HEYNE<

Alles wird gut

Nicholas Sparks, Mary Higgins Clark, Amelie Fried,
Marian Keyes, David Sedaris und andere

WILHELM HEYNE VERLAG
MÜNCHEN

HEYNE ALLGEMEINE REIHE
Nr. 01/12571

Umwelthinweis:
Dieses Buch wurde auf chlor- und
säurefreiem Papier gedruckt.

Originalausgabe 10/2003
Copyright © 2003
by Ullstein Heyne List GmbH & Co. KG, München
http://www.heyne.de
Printed in Germany 2003
Umschlagillustration und Umschlaggestaltung:
Hauptmann und Kampa Werbeagentur, München - Zürich
Satz: Schaber Satz- und Datentechnik, Wels
Druck und Bindung: Elsnerdruck, Berlin

ISBN 3-453-87579-6

Inhalt

MARIAN KEYES	Die glückliche Reisetasche	7
MARY HIGGINS CLARK	Lady Spürnase, Lady Spürnase, scher dich zurück nach Hause!	13
FRANK GOOSEN	Nachtlicht	57
CHITRA BANERJEE DIVAKARUNI	Kleider	64
AMELIE FRIED	Immer voll vorbei	85
JANE GREEN	Champagnerlaune	88
SUE TOWNSEND	Der November ist ein grausamer Monat	103
ANNE PERRY	Onkel Charlies Briefe	107
MARIAN KEYES	Gut, dass es jüngere Brüder gibt, die die Party retten können	126
DAVID SEDARIS	Zyklop	132
AMELIE FRIED	Seien Sie doch einfach selbstbewusst!	141
MELISSA BANK	Wie Frauen fischen und jagen	144
GILES SMITH	Die Beatles	195
DEAN KOONTZ	Der Handtaschenräuber	205
NICHOLAS SPARKS	Heiligabend	230
	Quellenverzeichnis	237

MARIAN KEYES *Die glückliche Reisetasche*

Last-Minute-Urlaub? Lassen Sie mich bloß damit in Ruhe! Vor ein paar Jahren brachen mein Herzallerliebster und ich zu so einer Last-Minute-Geschichte nach Griechenland auf. Wir hatten kaum Geld, also buchten wir eines dieser Billigangebote, bei denen man nicht weiß, wo man landet. »Was kümmert's uns, wo wir hinkommen?«, lachten wir, während wir die Gläser, mit denen wir den Beginn der Ferien feierten, klingen ließen. »Solange die Sonne scheint, wird es auf jeden Fall gut.«

Der Haken an der Sache war die obligatorische Reiseversicherung, die die Reisekosten beinahe verdoppelte und dadurch fast unser ganzes Urlaubstaschengeld auffraß, aber wir trugen es mit Fassung.

Wir landeten bei herrlicher Nachmittagshitze und gingen zusammen mit den anderen Urlaubern in ausgelassener Ferienstimmung zum Karussell hinüber, um unser Gepäck in Empfang zu nehmen. Gut gelaunt warteten wir. Und warteten. Und warteten … Die Stimmung war nicht mehr ganz so gut, besonders unsere nicht, als klar wurde, dass alle anderen Mitreisenden schon im Bus saßen, als die Reisetasche meines Herzallerliebsten immer noch nicht auf dem Gepäckband erschienen war.

Es war wenig hilfreich, dass Warren, unser Reiseleiter, ein waschechter Londoner mit großer Klappe, in Panik geriet, als er Gerüchte über eine Meuterei unter unseren Mitreisenden hörte. Alle hatten Urlaub und waren natürlich nicht gerade glücklich darüber, in einem heißen, stickigen Bus zu sitzen und auf irgendjemandes Tasche zu warten, anstatt den ersten Retsina zu trinken. Warren verließ uns, um sie bei Laune zu halten, indem er sich vorn in den Bus stellte und herablassende Geschichten über die Griechen und ihre Produkte erzählte. (»Sie nennen es Wein, aber ich sage euch, wir werden es gut gebrauchen können, wenn dem Bus der Sprit ausgeht! Hahaha!«)

In der Zwischenzeit waren wir in ein kleines, dunkles, stickiges Büro geführt worden, wo unablässig die Telefone klingelten und schwitzende Bedienstete in militärisch anmutenden Uniformen sich in einer fremden Sprache anbrüllten, von der ich nur vermuten konnte, dass es Griechisch war. Ständig kamen welche herein, gingen zum Telefon, brüllten, schwitzten, brüllten, starrten uns an, brüllten, und gingen wieder hinaus. Kamen dann wieder herein, um kurz etwas zu brüllen. Irgendwie erinnerte mich das Ganze an den Film *Midnight Express*. Das einzige Mal, dass man uns Aufmerksamkeit widmete, war, als man uns die Pässe abknöpfte. Sonderbarerweise trug das nicht zu meiner Beruhigung bei.

Lange Zeit später, nachdem man ein paar dürftige Einzelheiten zu Protokoll genommen und nichts getan hatte, was uns davon überzeugt hätte, dass wir die Reisetasche jemals wiedersehen würden, durften wir gehen. Wir standen auf einer Treppe und atmeten gierig die saubere Luft der Freiheit ein. Unsere Hochstimmung fand ein jähes Ende, als wir die wütenden Gesichter sahen, die uns aus den Fenstern des Busses heraus anstarrten. Verlegen und kleinlaut kletterten wir hinein, und los ging es.

Jedes Mal, wenn der Bus vor einem Hotel anhielt, war ich gespannt, ob ich wohl in diesem wundervollen Palast mit dem Swimmingpool meinen Urlaub verbringen würde. Jedes Mal wurde ich enttäuscht.

Endlich wurden unsere Namen aufgerufen, und es sah gar nicht so schlecht aus. Zwar war nirgendwo ein Pool zu entdecken, aber wir wurden zu strahlend weißen, modernen Apartments geführt – und dann an ihnen vorbei ... Endlich hielt der Reiseleiter vor etwas an, das man nur als Hütte bezeichnen konnte. Sie war düster, schmutzig und deprimierend, und das Badezimmer sah aus, als lebte dort eine ganze Kolonie Spinnen. »Home sweet home, Leute!«, grölte Warren und lachte schallend. Dann ging er.

Auf einem kurzen Erkundungsgang durch das Dorf stellte sich heraus, dass man den Strand in einem fünfundzwanzigminütigen Fußmarsch erreichen konnte und dass es keine Restaurants, dafür aber jede Menge Imbissstuben gab, die von Engländerinnen aus Yorkshire geführt wurden. Als ich vorsichtig fragte, ob es vielleicht auch griechische Küche gäbe, hieß es: »Nee, Süße, hier kriegst du so was nicht. Würden die Leute gar nicht essen.«

Als wir an diesem Abend nach dem Essen, das aus einem deftigen Eintopf bestanden hatte, in das verschmutzte Bett gefallen waren, erscholl Musik. Es stellte sich heraus, dass unsere Hütte direkt neben einer Diskothek lag, in der es gegen ein Uhr nachts erst so richtig losging. Fantastisch, wenn man ein Partylöwe ist. Nicht ganz so toll, wenn man sich vorgenommen hat, sich im Urlaub richtig zu erholen. Wir taten die ganze Nacht kein Auge zu und spürten, wie unsere Eingeweide sich im Rhythmus der Basstrommel zusammenzogen und wir vom Schlafmangel zunehmend hysterisch wurden.

Am nächsten Morgen hatten wir keine Wahl, als zu dem Hotel auf dem Berg zum Treffen der Neuankömmlinge zu gehen, um zu erfahren, ob die Reisetasche mittlerweile angekommen war. Dabei wollten wir klarstellen, dass wir normalerweise *niemals* zu einem Treffen von Neuankömmlingen gehen würden. Die Vorstellung, dass die Leute denken könnten, ich hätte irgendetwas mit ›Griechischen Folkloreabenden‹ oder Bingo-Nächten zu tun, fand ich furchtbar.

Mein Herzallerliebster hatte keine Sommerklamotten, die er hätte anziehen können, und als er jetzt in Jeans und Sweatshirt den Hügel hinaufschwitzte, überholte uns Warren auf einem Fahrrad. »Ist dir warm genug, Kumpel?«, grölte er und musste so lachen, dass er ins Schleudern geriet und beinahe in den Graben gefallen wäre.

Es gab keine Neuigkeiten von der Reisetasche. Sie hatte sich einfach in Luft aufgelöst. Was sollten wir tun? Mein Herzallerliebster konnte schließlich nicht die ganze Woche in der Jeans herumlaufen.

»Ihr müsst wohl Klamotten kaufen«, schlug Warren vor. »Hebt die Rechnungen auf und reicht sie hinterher bei der Versicherung ein.«

Eiskalte Angst ergriff mich, als ich an den mickrigen Stapel Reiseschecks dachte, den wir dabeihatten. Wir hatten kein Geld, um in diesem Urlaub irgendetwas nebenbei zu kaufen.

»Könnten Sie ...« Ich brachte die Frage kaum über die Lippen. »Könnten Sie ... ich meine, könnten Sie uns in diesem Fall das Geld nicht *vorstrecken*?«

»Du machst wohl Witze, Süße!« Warren krümmte sich vor Lachen. »Was glaubst du denn, wer wir sind?«

Meine Kreditkarte bot keinen Spielraum mehr – mit anderen Worten, sie war um ungefähr zweihundert Pfund über dem erlaubten Limit im Minus – aber ich hatte festgestellt, dass es in keinem der Läden im Ort eine elektronische Kasse gab. Also bestand eventuell die Möglichkeit, mit meinem Plastikgeld Kleider für meinen Herzallerliebsten zu kaufen, ohne dass jemand vor meinen Augen die Karte zerschneiden würde. (Es wäre nicht das erste Mal gewesen, dass mir so etwas passiert, und zweifellos auch nicht das letzte.) Auf der anderen Seite würde ich natürlich bei der Rückkehr in Gatwick von bewaffneten Wachmännern empfangen und auf der Stelle verhaftet werden, aber was sollte ich denn tun?

Also bummelten wir durch die Läden und kauften Shorts, T-Shirts, eine Sonnenbrille, eine Badehose und alles, was ein gut gekleideter Mann für einen heißen Sommerurlaub sonst noch so braucht. Allerdings hätten wir uns gar keine Sorgen zu machen brauchen. Es begann nämlich prompt zu regnen.

Mein Herzallerliebster nahm es persönlich. »Ich war schon ungefähr zwanzig Mal in Griechenland«, jammerte er, »und es hat noch *nie* geregnet.«

Daraufhin schaute er mich mit einem merkwürdigen Blick an, und mir wurde klar, dass er sich fragte, ob ich wohl eine Art Unglücksbringerin sei. Und ich fragte mich meinerseits, ob unsere Beziehung diesen Urlaub wohl heil überstehen würde.

Abgesehen von schnellen Beutezügen in die Imbissstube waren wir vier Tage lang in unserer fernseherlosen Hütte gefangen. Nachts stopften wir uns Watte in die Ohren, da wir wegen der Musik allmählich durchdrehten. Die Reisetasche tauchte nie wieder auf, und als wir schließlich abreisten, munterte uns die Vorstellung auf, dass wir die Reiseversicherung schröpfen würden und den Erlös für ein Wochenende in Barcelona verwenden würden. »Sie werden den Tag verwünschen, an dem sie uns die obligatorische Versicherung aufs Auge gedrückt haben«, lachten wir, fast schon wieder Freunde.

Als wir aus dem Flugzeug stiegen, schaute ich mich rasch um, ob ich irgendwo eine Gruppe Polizisten mit Schäferhunden entdecken konnte, die mich nach meiner Kreditkarten-Raserei festnehmen würden. Die Luft war rein. Dann wurde unser Blick sogartig von einem Stapel Reisetaschen angezogen, der sich vor einer Wand türmte. Und mitten in dem Haufen schimmerte in einer Art dynamischer Regungslosigkeit etwas, das uns bekannt vorkam. Nein, bestimmt nicht! Es konnte doch nicht sein ... Aber es war so. Unsere Tasche. Unsere verdammte Tasche. Der Traum vom Trip nach Barcelona flackerte noch einmal, schwankte und schmolz schließlich dahin.

Widerwillig näherten wir uns dem Stapel verlorener Söhne und zogen die Tasche heraus. Sie war mit Stempeln und Aufklebern übersät, an denen man ablesen konnte, dass sie es sich eine Woche in Montego Bay hatte gut gehen lassen.

»Beneidenswertes Miststück«, sagte ich mit missgünstiger Bewunderung. »Na komm, lass uns nach Hause gehen.«

MARY HIGGINS CLARK *Lady Spürnase, Lady Spürnase, scher dich zurück nach Hause!*

»Alvirah, ich brauche deine Hilfe.«
»Falls ich helfen kann, Mike«, erwiderte Alvirah vorsichtig. Sie saß mit Captain Michael Fitzpatrick, dem Polizeichef des 7. Reviers in Queens, auf der Terrasse ihres Apartments auf der Central Park South. Sie kannte Mike seit dreißig Jahren, genau genommen seit er zehn war und immer gerufen hatte: »Halt! Wer da?«, wenn sie ihm im Foyer des Apartmenthauses in Jackson Heights begegnet war, in dem sie beide wohnten. »Er ist zum Cop geboren«, hatte sie von Mike immer gesagt, und die Ereignisse hatten ihr Recht gegeben. Garantiert würde er eines Tages Commissioner werden.

Ein gut aussehender Mann, dachte Alvirah anerkennend. Als Teenager war er ja ein bisschen pummelig gewesen, aber er hatte sich großartig gemacht. Manche Menschen verlieren ihre überflüssigen Pfunde nie, dachte sie seufzend, rief sich aber schnell ins Gedächtnis, dass Willy sie so mochte, wie sie war.

Es war ein wunderschöner Nachmittag Ende September. Alvirah wusste, dass es in wenigen Minuten, wenn die Sonne noch ein bisschen schräger stand, zu kalt für die Terrasse werden würde, aber als Mike vorhin gekommen war und die Aussicht sah, wollte er unbedingt hier draußen sitzen.

Noch immer schien er vollkommen fasziniert von dem Blick über den Park. Er saß aufrecht auf dem bequemen Balkonstuhl, als hätte er Angst, in seine übliche legere Haltung als entfernter Angehöriger von Willy und Alvirah zu verfallen. Seine Uniformjacke und die Hose waren tipptopp gebügelt; sein schmales intelligentes Gesicht mit den klugen braunen Augen wirkte besorgt.

Alvirah wusste, dass Mike in seiner Eigenschaft als Polizist zu ihr gekommen war. Außerdem war sie keineswegs sicher, ob sie ihm helfen konnte. Spionieren war nicht ihr Ding.

Mike drehte sich zu ihr um. »Die Aussicht ist wirklich sensationell«, stellte er fest. »In der Nacht nach dem College-Ball habe ich Fran zu einer Kutschfahrt durch den Park eingeladen und ihr einen Heiratsantrag gemacht. Erinnerst du dich, wie ich sie kennen gelernt habe, an dem Tag, als ihre Großmutter in unser Apartmenthaus einzog?«

»Ja, zweiundzwanzig-fünfzig Eighty-first Street, Jackson Heights.« Alvirah nickte nachdenklich. »Ich bin froh, dass wir unsere Wohnung dort nicht aufgegeben haben, Mike. Wir malen uns immer aus, dass wir zurückgehen können, wenn der Staat New York den Lotteriegewinn nicht mehr auszahlt und die Banken zusammenbrechen.« Sie schüttelte den Kopf. Es kam ihr immer noch vor wie ein Traum. Bis vor ein paar Jahren war sie Putzfrau gewesen und Willy Klempner. Aber dann, eines Abends, als sie gerade nach einem langen harten Putztag in Mrs O'Keefes Haus ihre Füße badete, hatte Willys Lottoschein die Nummer des Vierzig-Millionen-Gewinns.

»Ihr habt Kontakt mit den alten Nachbarn gehalten. Ich habe euch vorigen Monat bei Trinky Callahans Beerdigung gesehen.«

»Es ist traurig, wenn ein junger Mensch stirbt«, meinte Alvirah. Jetzt wusste sie, in welcher Mission Mike hier war.

»Und es ist auch traurig, wenn der Mörder ungeschoren davonkommt«, sagte er ernst.

Alvirah zog die Augenbrauen hoch. »Trinky ist auf der alten Marmortreppe gestürzt. Du weißt doch, wie glatt die ist.«

»Ach, komm schon, Alvirah«, entgegnete Mike. »Das glaubst du doch selbst nicht. Ein paar neue Mieter haben gehört, wie Sean Trinky angeschrien hat – wenn sie noch einmal durch die Kneipen zieht, bringt er sie um. Fünfzehn Minuten später war sie tot.«

»Mike, du weißt doch, wie viele Leute im Streit so was sagen.«

»Nein«, widersprach Mike. »Das weiß ich nicht. Wir können es nicht beweisen, aber wir sind überzeugt, dass Sean sie die Treppe runtergeschubst hat, so heftig, dass sie mit dem Kopf aufgeschlagen ist. Und ich glaube, dass die Leute, die schon lange im Haus wohnen, sich verschworen haben, den Mund zu halten, um Sean und seine Mutter zu schützen, und ich glaube außerdem, es ist deine Aufgabe als gesetzestreue Bürgerin, deine alten Nachbarn dazu zu bringen, dass sie die Wahrheit sagen.«

Die gläserne Schiebetür zum Wohnzimmer ging auf. »Hey, ihr beiden, kommt rein und unterhaltet euch mit mir.«

Alvirah lächelte Willy zu. Da er unter extremer Höhenangst litt, kam er nie auf die Terrasse. Aber er wusste, dass Mike Fitzpatrick wegen Trinkys Tod Alvirah wahrscheinlich mächtig unter Druck setzte, und er wollte ihr den Rücken stärken. Willy sieht aus wie Tip O'Neill, dachte sie bewundernd, mit seinem silbernen Haar und seinen blauen Augen und dem hübschen blauen Cardigan. Willy war eine Augenweide.

»Es wird tatsächlich ein bisschen kühl«, pflichtete sie ihm bei, stand auf und strich den eleganten dunkelblauen Hosenanzug glatt. Sie hatte ihn mit Hilfe ihrer Freundin Baroness Min von Schreiber gekauft, die Alvirah bei ihrem letzten Besuch vor kurzem durch die Designer-Läden der Seventh Avenue geschleppt hatte. Min behauptete nämlich, wenn man Alvirah sich selbst überließe, würde sie ganz instinktiv Kombinationen in Orange und Purpurrot erwerben.

»Mit deinen roten Haaren sind diese Farben ein Affront für sensible Gemüter«, bemerkte Min immer mit einem Seufzen.

Reflexartig steckte sich Alvirah ihre Brillantbrosche mit dem Geheimmikro an, die sie von ihrem Lektor bekommen hatte, als sie anfing, Artikel für den *New York Globe* zu schreiben. Und wie sich herausstellte, war es eine große Hilfe beim Lösen von Kriminalfällen. Natürlich zeichnete Alvirah nie ein Gespräch ohne gerechtfertigten Grund auf, aber beim Wort ›Mord‹ schien das Band schon fast automatisch anzuspringen.

Im Wohnzimmer vergeudete Mike keine Zeit, sondern sicherte sich sofort Willys Unterstützung. »Ich kenne Sean Callahan, seit er drei Jahre alt war. Himmel, Willy, für mich war er immer so eine Art kleiner Bruder. Er hätte Trinky nicht heiraten sollen, aber das gibt ihm nicht das Recht, sie umzubringen.«

»Falls er es getan hat«, murmelte Alvirah.

Mike ignorierte ihre Bemerkung und redete weiter mit Willy. »In Jackson Heights gibt es neben euren Altersgenossen eine ganze Menge hart arbeitender junger Familien. Momentan versuche ich herauszufinden, wer unsere Nachbarschaft mit Drogen überschwemmt. Außerdem hab ich da noch einen Irren, der nachts auf der Straße Frauen begrapscht. Letztes Jahr hat er auf diese Weise sechs Frauen einen Höllenschrecken eingejagt, und vielleicht ist es nur eine Frage der Zeit, bis er wirklich einer etwas antut. Die Menschen müssen begreifen, dass jedes ungelöste Verbrechen ein Makel für die Gemeinschaft ist.«

»Im Autopsiebericht steht, dass Trinky drei oder vier Gläser Wein intus hatte«, beharrte Alvirah. »Mike, ich denke, du solltest dich lieber um den Drogendealer und den Grapscher kümmern, als zu versuchen, einem netten Kerl wie Sean Callahan einen Mord anzuhängen. Angenommen, er war mit ihr auf der Treppe, als sie gestürzt ist. Vielleicht hat er Panik gekriegt, weil er Angst hatte, die Leute denken, er hat sie geschubst?«

»Gib's zu, Alvirah«, antwortete Fitzpatrick ohne Zögern. »Du hast auch Zweifel, was da oben auf dem Treppenabsatz wirklich passiert ist.«

»Ich weiß noch, wie Sean und Trinky geheiratet haben, kurz bevor wir vorletztes Jahr hierher gezogen sind«, sagte Willy. »Ihr Hochzeitskleid war praktisch durchsichtig. Ich dachte schon, der neue Pastor von St. Joan würde eine Decke suchen und Trinky überwerfen. Brigid Callahans Gesicht hätte eine Uhr zum Stillstand bringen können. Sean war ein Trottel, dass er ins gleiche Haus wie seine Mutter gezogen ist.« Er hielt inne und sah Alvirah an. »Schatz, ich muss sagen, wenn Sean Trinky tatsächlich die Treppe runtergeschubst hat, sollte er nicht ungeschoren davonkommen.«

»Ganz deiner Meinung«, pflichtete Alvirah ihm bei. »Andererseits, wenn ich beweisen kann, dass es ein Unfall war, dann muss Sean Callahan sein Leben nicht unter einer dunklen Wolke fristen.«

»Du wirst uns also helfen?«, fragte Mike, und als er aufstand, um seine Uniformmütze zu holen, sah er mehr denn je aus wie der geborene Polizist.

Alvirah nickte. »Dann ist es wohl an der Zeit, einen Termin mit dem Maler zu vereinbaren«, sagte sie zu Willy.

Die beiden Männer starrten sie an.

»Der Innenarchitekt, den Min mitgebracht hat, möchte, dass ich ein paar Renovierungen vornehme. Jetzt ist ein guter Zeitpunkt dafür.«

»Was hat das mit Sean Callahan zu tun?«, wollte Mike wissen.

»Eine Menge. Während hier das Chaos regiert, suchen wir Zuflucht in Jackson Heights und ziehen in unsere alte Wohnung. Dann habe ich reichlich Gelegenheit, mit den alten Nachbarinnen rumzuhängen und rauszufinden, was damals wirklich abgelaufen ist.«

Als Mike gegangen war, sagte Willy: »Schatz, ich muss mit dir reden. In letzter Zeit hatten wir's ziemlich nett und friedlich, und ich kann nicht behaupten, dass es mir nicht gefallen hätte. Ich bin nicht entführt worden, und niemand hat versucht, dich von der Terrasse zu stoßen oder dich zu erwürgen. Aber seit wir von unserer Reise zurück sind, sehnst du dich danach, dass endlich was passiert. Eigentlich müsste es ungefährlich sein, wenn du die alten Nachbarinnen aushorchst, aber ich mache mir trotzdem Sorgen.«

»Ach, Willy«, meinte Alvirah lächelnd. »Diesmal werde ich mich verhalten wie Hercule Poirot. Erinnerst du dich? Ich habe auf der Kreuzfahrt ein paar Bücher über ihn gelesen. Er hat seine kleinen grauen Zellen benutzt, um ein Problem zu lösen. So werde ich diesmal auch vorgehen, das verspreche ich dir.«

Eine Woche später wurde die Ankunft von Alvirah und Willy von einem Mann am Fenster zur Straße mit zusammengekniffenen Augen argwöhnisch beobachtet. Unsere Stars, dachte der Beobachter sarkastisch. Glaubte irgendjemand tatsächlich, dass sie in dieses Loch hier zurückkamen, weil ihre Wohnung in der Central Park South renoviert wurde, wenn sie sich mit ihrem ganzen Geld ohne weiteres in irgendeinem schicken Hotel hätten einmieten können? Was natürlich bedeutete, dass Mike Fitzpatrick sie um Hilfe angefleht hatte. Als Alvirah aufsah und den Blick über die Fassade schweifen ließ, trat der Beobachter hastig einen Schritt zurück, und der Vorhang glitt an seinen Platz. Ein freudloses Lächeln begleitete den Gedanken, dass auch Trinky im Augenblick ihres Todes nach oben geschaut hatte.

»Du solltest deine Nase nicht zu tief in anderer Leute Angelegenheiten stecken, sonst wirst du dich womöglich nicht mehr am Rest deines Lotteriegewinns erfreuen können.« Das drohende Flüstern verhallte im Zimmer.

Willy schloss den Wagen ab und nahm die Koffer. Gemeinsam gingen er und Alvirah auf das Gebäude zu. Die Tür schwang auf, und ein magerer Junge von etwa zwölf Jahren mit glänzenden schwarzen Haaren und einem schelmischen Lächeln zückte einen Fotoapparat.

»MILLIONÄRE KEHREN ZU IHREN WURZELN ZURÜCK!«, rief er mit dramatischer Stimme. »Ich bin

Alfie Sanchez«, fügte er erklärend hinzu. »Reporter und Fotograf der Schülerzeitung.«

»Eher ein Paparazzo«, brummte Willy an Alvirah gewandt.

»Er ist doch süß«, meinte sie.

»Nur noch ein paar Bilder«, ordnete Alfie an. »Dann hätte ich gern einen kurzen Kommentar darüber, was für ein Gefühl es ist, wenn man die Pracht von Central Park gegen die weniger ruhigen Straßen von Jackson Heights eintauscht.«

»Ich finde, der Junge ist ein kleiner Klugscheißer«, bemerkte Willy ein paar Minuten später beim Auspacken.

»Der Junge ist schlau wie ein Fuchs«, entgegnete Alvirah leidenschaftlich. »Ich hab ihm gesagt, er wird eines Tages bestimmt ein großartiger Reporter. Zu gerne würde ich mal sein Notizbuch sehen.«

Sie brauchten nicht lange, um es sich in der Dreizimmerwohnung gemütlich zu machen, die fast vierzig Jahre ihr Zuhause gewesen war. »Die Zimmer wirken so klein, findest du nicht?« Alvirah lächelte wehmütig. »Ich weiß noch, als wir hier eingezogen sind, haben wir gedacht, es sei ein Palast.«

»Wie gut, dass wir nicht so viele Klamotten mitgenommen haben, Schatz«, stellte Willy fest. »Hier gibt's keinen begehbaren Wandschrank. Natürlich haben wir den auch nicht gebraucht, bevor wir im Lotto gewonnen haben.«

»Ich hab mir gedacht, ich kann hier nicht in meinen Designer-Sachen rumlaufen und erwarten, dass sich die Leute in meiner Gegenwart wohl fühlen, deshalb habe ich beschlossen, was von den Sachen anzuziehen, die ich hier gelassen habe«, erklärte Alvirah. »Wie seh ich aus?«

Statt ihres Hosenanzugs von St. John trug sie jetzt eine grüne Polyester-Hose und ein T-Shirt mit dem Aufdruck: »NEW YORK IS BOOK COUNTRY.«

»Bequem, aber ich glaube, du solltest es nicht tragen, wenn Min von Schreiber irgendwo in der Nähe ist. Ich ziehe mich auch um.«

Als er ein paar Minuten später in seiner alten Khaki-Lieblingshose und einem Giant-Sweatshirt ins Wohnzimmer trat, fand er Alvirah mit einem der Sofakissen im Arm auf der Velourscouch.

»Willy«, sagte sie stirnrunzelnd, »irgendjemand hat die Wohnung benutzt. Das letzte Mal waren wir im Juli hier, bevor wir nach Italien gefahren sind. Als wir zurückkamen, haben wir erfahren, was mit Trinky passiert ist, und sind direkt zum Bestattungsinstitut und am nächsten Morgen zur Messe.«

»Stimmt«, pflichtete Willy ihr bei. »Hier waren wir überhaupt nicht mehr. Du meinst also, dass jemand in der Zwischenzeit die Wohnung benutzt hat.«

»Genau das meine ich.« Alvirah deutete auf eine Ottomane mit fadenscheinigem Bezug. »Die steht immer vor deinem Stuhl, doch jetzt hat sie jemand an die Wand geschoben.« Sie klopfte auf das Kissen, das sie in der Hand hielt. »Das hier lag auf dem Ohrensessel, aber es gehört auf die Couch.« Sie zeigte auf den Couchtisch. »Sieh dir die Ringe hier an. Jemand hat Gläser ohne Untersetzer auf den Tisch gestellt.«

Ehe Willy antworten konnte, klingelte es an der Tür.

»Das hat sich ja schnell rumgesprochen«, brummte er, während er dicht gefolgt von Alvirah zur Tür ging und öffnete. Abrupt hielt er inne und schnupperte. »Das riecht aber gut.«

Im Treppenhaus stand Brigid Callahan, einen Teller Maismuffins in den Händen. »Frisch aus dem Ofen«, verkündete sie. »Willkommen zu Hause, ihr beiden.«

Bei einer Tasse Tee begann sie dann ziemlich nervös von ihrer verstorbenen Schwiegertochter Trinky zu erzählen.

»Alvirah, Willy, ich will ja nicht schlecht über die Toten sprechen, aber ihr kanntet sie. Wenn das Mädchen behauptet hat, sie geht nach Osten, ist sie garantiert nach Westen marschiert. Denkt nur an ihre ganzen Allüren. Sie hat praktisch jeden Morgen erst mal den Spiegel geküsst! Und immer hat sie die Haare so affig hin und her geschleudert.«

»Stimmt, das hat sie gemacht«, bestätigte Alvirah. Mit einer scheinbar beiläufigen Bewegung griff sie zu ihrer Brillantbrosche und knipste das Mikro an.

Ihre Antwort ermutigte Callahan zum Weitersprechen. »Was für ein Pech, dass sie sich ausgerechnet an meinen Sean rangemacht hat, einen hart arbeitenden, gut aussehenden jungen Kerl, aus dem bestimmt etwas hätte werden können – aber nicht mit der da.«

Hastig stopfte Brigid den letzten Bissen Maismuffin in den Mund und fuhr mit ihrer Litanei fort. »Sie hat ihn regelrecht in die Falle gelockt, und wie ich Ihnen schon immer gesagt habe, Alvirah, ich wette, sie hat behauptet, sie wäre schwanger. Und anständig, wie mein Sean nun mal ist, hat er sie geheiratet. Was passiert dann? Nach zwei Jahren Ehe irgendwelche Anzeichen einer Schwangerschaft? Nein, nichts. Nie hat sie ein ordentliches Essen gekocht für den armen Kerl. Die Wohnung war ein Saustall. In keinem Job hat sie's ausgehalten, ist immer gefeuert worden, weil sie zu spät kam. Dann fing sie an, mit ihren Freundinnen durch die Kneipen zu ziehen, während der arme Sean sich dumm und dämlich arbeitete, um sich als Jurist selbstständig zu machen. Freundinnen, dass ich nicht lache. Mir kann keiner erzählen, dass die nicht darauf aus waren, sich Männer zu angeln. Und nach den Gesprächsfetzen, die ich so aufschnappte, hatte sie was am Laufen. Gott vergib ihr, und möge sie in Frieden ruhen.«

Brigid und ich sind im selben Alter, aber sie sieht viel älter aus, dachte Alvirah. Sie hat eine Menge durchgemacht.

Als Sean drei Jahre alt gewesen war, zog Brigid, damals bereits verwitwet, im Wohnblock ein. Die nächsten Jahre hatten Alvirah und Willy verfolgt, wie sie ihren Sohn liebevoll und beharrlich großzog. Sie hatte als Kellnerin gearbeitet und sich aufgeopfert, damit er auf die Xavier Military Academy, aufs Manhattan College und später auf die St. John's Law School gehen konnte.

»Wie geht es Sean?«, fragte Alvirah.

Blitzschnell verschwand der Ausdruck gerechten Zorns über die Missetaten ihrer verstorbenen Schwiegertochter von Callahans Gesicht. »Er ist sehr still geworden, vermutlich trauert er. Wenn ich mit ihm reden will, kriege ich bloß einsilbige Antworten. Ich hab ihm gesagt, er kann mir doch seinen Wohnungsschlüssel geben, damit ich mal richtig sauber mache, aber das will er nicht. Und jetzt schickt Mike Fitzpatrick seine Cops her, um sich mit Sean zu unterhalten. Aber ich frage mich, worüber sie sich mit ihm unterhalten sollen, Herrgott noch mal!«

Das also war der Grund für die Muffins, dachte Alvirah. Sie will uns auf den Zahn fühlen. Aber vor allem macht sie sich Sorgen. »Brigid, Sie möchten sicher noch eine Tasse Tee.«

»Ein halbes Tässchen vielleicht, Alvirah. Also, was für ein Gefühl ist es denn, wieder hier zu sein, jetzt, da ihr an Central Park South gewöhnt seid? Ich muss schon sagen, als ich euch mit den Koffern aus dem Auto hab steigen sehen, ist mir ganz flau im Magen geworden. Aber dann hat Mrs Marco gesagt, dass eure neue Wohnung renoviert wird.«

Das Netzwerk funktioniert also noch, dachte Alvirah. Mike Fitzpatrick hat Recht. Wenn es ein Geheimnis über Trinkys Tod zu erfahren gibt, dann bewahrt es jemand in diesem Haus.

»Ich muss mal 'ne Weile raus, Angie.«
»Wann kommst du zurück, Vinny?«
»Wenn ich wieder da bin.«
»Vergiss nicht ...«
»Ich weiß. Vergiss nicht, das Türschloss auszuwechseln.«

Krachend fiel die Tür hinter ihm ins Schloss, und Angie Oaker legte das Schinken-Käse-Sandwich beiseite, auf das sie solchen Appetit gehabt hatte. Ihre Kehle war plötzlich wie zugeschnürt. Sie rieb sich die Stirn, um den dumpfen Schmerz zu vertreiben, der sie seit Tagen plagte, und schloss die Augen. Eigentlich hatte sie vorgehabt, bei Alvirah und Willy Meehan vorbeizuschauen, aber vielleicht sollte sie lieber warten, bis sich die Kopfschmerzen gelegt hatten.

Angie Oaker und ihr Ehemann, der inzwischen verstorbene Herman Oaker, waren fünfundzwanzig Jahre Hausmeister im Gebäude 2250 Eighty-First Street gewesen. Herman, ein geborener Mechaniker, hatte stets dafür gesorgt, dass die Zentralheizung funktionierte und reichlich heißes Wasser aus den Hähnen floss. Jeden Tag hatte er den Marmorboden der schäbigen, aber immer noch eleganten Eingangshalle gewischt und liebevoll die beiden Marmortreppen gescheuert, die zu den Apartments an der Galerie im ersten Stock führten. Von der linken Treppe war Trinky in den Tod gestürzt.

Der Hausbesitzer hatte Angie behalten, aber allein war es harte Arbeit, und keiner von den jungen Männern, die in den letzten Jahren angeheuert worden waren, war ihr eine große Hilfe gewesen. Eines Tages hatte Angies Cousine Rosa aus Kalifornien angerufen, um sich zu erkundigen, wie es Angie ging. Als sie hörte, was los war, hatte sie vorgeschlagen, ihren Sohn Vinny zu schicken. Er hatte gerade seinen Job gekündigt, wollte gern in New York leben und konnte ›alles reparieren‹.

Das klang, als wären Angies Gebete erhört worden. Sie konnte sich noch gut an den süßen kleinen Jungen erinnern. Aber bald schon wurde ihr klar, dass der achtjährige Vinny, der vor siebzehn Jahren nach Kalifornien gezogen war, sich nicht in die erwartete Richtung entwickelt hatte.

Zwar sah er immer noch gut aus mit seinen glänzend schwarzen Haaren und den blauen Augen, aber Angie fand, sein unverändert mürrischer Gesichtsausdruck hätte selbst einen Heiligen zur Weißglut treiben können. Vinny war oft die halbe Nacht unterwegs, und an den wenigen Abenden, die er zu Hause verbrachte, dröhnte Heavy-Metal-Musik durch die ganze Wohnung. Es war überdeutlich, dass er weder das Talent besaß, das seine Mutter in Aussicht gestellt hatte, noch beabsichtigte, sich dieses anzueignen.

Heute Morgen hatte wieder einmal das Schloss der Innentür zur Vorhalle geklemmt. Vinny sollte es längst ausgetauscht haben. Mrs Monahan in Apartment 4B beschwerte sich, dass das Schiebefenster im Schlafzimmer immer noch nicht richtig funktionierte, und letzte Woche hatte Vinny einen Eimer mit Seifenwasser oben auf der Balkontreppe stehen lassen. Ein Wunder, dass niemand darüber gestolpert war, insbesondere, wenn man bedachte, dass alle durch Trinkys Tod noch reichlich durcheinander waren.

Während Angie so vor sich hin grübelte, klingelte das Telefon. Noch eine Beschwerde, dachte sie. Aber es war Alvirah Meehan. Ihre fröhliche Begrüßung zauberte ein unwillkürliches Lächeln auf Angies Gesicht.

Alvirah und Willy wollten kurz vorbeikommen und hallo sagen. Eine plötzlich viel glücklichere Angie antwortete: »In einer Viertelstunde? Das wäre großartig.« Beim Auflegen dachte sie, dass Alvirah zu den ganz wenigen Hausbewohnern gehörte, die anriefen, bevor sie an der Tür klingelten. Auf einmal sah das Sandwich wieder richtig verlockend aus. Und eine Tasse Tee kann auch nicht schaden, dachte Angie.

Willy kam es so vor, als hätte er den ganzen Vormittag nichts anderes getan als Tee zu trinken. Jetzt versuchte er zu ignorieren, wie ausgemacht unbequem der schmiedeeiserne Stuhl in Angie Oakers Küche war, auf dem er gerade saß. Mit stolzgeschwellter Brust hatte sie davon berichtet, dass sie die ganze Garnitur, einen Tisch und vier Stühle, gleich nach Hermans Tod bei einem privaten Flohmarkt erstanden hatte. Natürlich wusste sie, dass es eigentlich Gartenmöbel waren, aber sie gaben ihrer Küche einen gewissen Pfiff, nicht wahr?

»Ich hab dann immer das Gefühl, ich sitze im Garten«, hatte Angie strahlend festgestellt, »und deshalb hab ich mir auch die Blümchentapete ausgesucht.«

Alvirah hatte alles gebührend bewundert und gemeint, wenn man jemand verloren hatte, wäre es immer eine gute Idee, die Wohnung ein bisschen umzugestalten. Irgendwie machte das die Umstellung leichter.

»Wenn ich hierher zurückkomme, denke ich immer an die tolle Zeit, die Willy und ich hier erlebt haben«, sagte sie. »Und manchmal komme ich mir egoistisch vor, weil ich die Wohnung unbedingt behalten will. Deshalb war ich auch froh, dass Sie letztes Jahr zweimal angerufen und gefragt haben, ob jemand für ein paar Tage darin wohnen kann.«

»Ja, erst Mrs Casey, als sie die Maler in der Küche hatte und ihr Asthma so schlimm wurde, und dann Mrs Rivera, als bei ihr im Badezimmer ein Wasserrohr geplatzt ist«, stimmte Angie zu. »Das war wirklich sehr nett von Ihnen beiden.«

»Hat denn in letzter Zeit jemand bei uns übernachtet?«, fragte Alvirah.

Angie machte ein verdutztes Gesicht. »O Alvirah, Sie glauben doch nicht, dass ich jemand ohne Ihr Einverständnis in Ihre Wohnung lasse, oder?«

»Aber nein, natürlich nicht«, entgegnete Alvirah mit Nachdruck. »Ich habe nur gemeint, dass Sie hoffentlich auch dann jemand dort wohnen lassen würden, wenn Sie uns mal nicht erreichen und jemand unbedingt eine Bleibe braucht.«

»Nein, das würde ich nie tun«, sagte Angie. »Nicht ohne Ihr Einverständnis.«

Ein paar Minuten später brach der Besuch wieder auf. Gerade als Angie die Tür für sie aufhielt, ertönte anhaltend die Klingel.

Angie eilte zur Gegensprechanlage.

Angie und Willy konnten die schrille Stimme verstehen. »Das Schloss ist schon wieder kaputt. Wie lange soll ich das noch mitmachen, Angie? Ich schwöre Ihnen, ich rufe den Hausbesitzer an und sage ihm, dass das Haus allmählich zu einer Bruchbude verkommt.«

»Ich kümmere mich darum«, erbot sich Willy und eilte die Treppe hinunter.

Alvirah sah, dass Angie Oaker mit den Tränen kämpfte. »Das war Stasia Sweeney. Ich kann's ihr nicht verdenken, wenn sie sich beim Eigentümer beschwert. Letzte Woche ist ihr Schlüssel im Schloss stecken geblieben. Ich hätte es gleich reparieren lassen müssen.«

»Angie, jetzt, da Herman nicht mehr da ist, brauchen Sie Hilfe«, sagte Alvirah bestimmt.

»Die sollte ich auch haben«, jammerte Angie. »Meine Cousine Rosa hat mir ihren Sohn Vinny aus Los Angeles geschickt, damit er mir zur Hand geht. Aber er weiß wahrscheinlich nicht mal, was das bedeutet. Er wird mich meinen Job kosten. Ich sollte mich lieber sofort bei Stasia entschuldigen.«

Stasia Sweeney, deren mächtige Stimme ihre zweiundachtzig Jahre Lügen strafte, stand bereits neben Willy und einem etwa dreißigjährigen attraktiven jungen Mann mit einem Einkaufswagen und einer schweren Tüte im Foyer. Alvirah sah, dass Willy bereits Öl auf die Wogen gegossen hatte, indem er Stasia Komplimente über ihr Aussehen machte und ihr versicherte, wie sehr er sich freute, eine Weile wieder hier zu wohnen und sich um alles zu kümmern, was nicht reibungslos verlief. »Angie hat nach Hermans Tod einfach zu viel um die Ohren«, schloss er. »Nun, Sie wissen ja selbst, wie das ist, wenn man einen guten Mann verliert, Stasia.«

Sofort war der gereizte Ausdruck aus ihren eisblauen Augen verschwunden, die von der riesigen Brille noch vergrößert wurden. »Es hat nie einen besseren Mann auf Gottes weiter Erde gegeben als meinen Martin«, bestätigte Sweeney. Als sie Angela entdeckte, fügte sie hinzu: »Tut mir Leid, dass ich so an die Decke gegangen bin, Angie.«

»Siehst du, ich hab's dir doch gesagt, Tante Stasia«, meldete sich eine liebenswürdige Stimme zu Wort. »Aber jetzt würde ich gerne diese Einkäufe abladen, wenn es dir nichts ausmacht. Mein Arm bricht gleich ab.«

»Alvirah, Willy, das ist mein Großneffe Albert Rice«, sagte Sweeney.

Freundliche Begrüßungen wurden ausgetauscht, ehe sich Sweeney, dicht gefolgt von Albert samt Tüten und Einkaufswagen, langsam an den Aufstieg zur Galerie machte.

»Scheint ein sehr netter junger Mann zu sein«, meinte Alvirah anerkennend. »Man sieht die Ähnlichkeit mit Stasia. Erinnerst du dich, wie dunkel ihre Haare früher waren? Gut, dass er ihr hilft. Es ist schon schwer, wenn man verwitwet ist und keine eigenen Kinder hat. Hast du bemerkt, dass er English Leather Rasierwasser benutzt, Willy? Das hast du auch immer genommen.«

Willy beobachtete Albert Rice, der mit dem Einkaufswagen kämpfte. »Wozu die ganzen Lebensmittel? Geben Sie eine Party?«

»Albert hat Stasia eine Liste machen lassen von Dingen, die die anderen alten Hausbewohnerinnen brauchen«, antwortete Angie. »Er hat gesagt, er kann es nicht mit ansehen, wenn sie schwere Tüten durch die Gegend schleppen, deshalb erledigt er für sie einen Teil der Einkäufe. Stasia allein hat nie so viel eingekauft. Jeder weiß doch, dass sie nicht mal das Geld von ihrer Erstkommunion ausgegeben hat.«

Die Außentür ging auf. Angie bedachte die herannahende gebückte Gestalt mit finsteren Blicken. »Vinny, Mrs Sweeney war schon wieder ausgesperrt.«

Alvirah merkte, dass sich Willy die Nackenhaare sträubten, als er das ausdrucksvolle Achselzucken des Neuankömmlings sah.

»Angie«, sagte Willy, »machen Sie mir eine Liste der Dinge, die erledigt werden müssen. Ich werde mich darum kümmern, und Sie, Vinny, werden mir dabei helfen.«

Um drei schloss Sean Callahan seine kleine Anwaltskanzlei in Forest Hill ab und fuhr die fünf Meilen zum Calvary Cemetery. Dort parkte er und ging über die stillen Pfade, bis er zu einem kleinen Grabstein kam, in den der Name KATHERINE CALLAHAN eingemeißelt war. Einen Moment später zuckten seine breiten Schultern; er schluchzte. »Es tut mir so Leid, Trinky«, flüsterte er. »Es war ein Unfall. Ich schwöre dir, es war ein Unfall.« Tränen strömten über sein Gesicht, seine Stimme wurde lauter. »Ich schwöre, es war ein Unfall, Trinky. Es tut mir Leid.«

Callahan hatte keine Ahnung, dass ein verstecktes Mikro jedes Wort aufzeichnete.

Willy verbrachte den Nachmittag mit dem, was er am liebsten tat: Reparieren. Seit er und Alvirah das große Los gezogen hatten, wurden seine Dienste nur noch von einer Person in Anspruch genommen, nämlich von seiner ältesten Schwester Cordelia, die sich auf der West Side von Manhattan um Arme und Kranke kümmerte. Schwester Cordelia hielt Willy mit den verstopften Heizungsrohren, überlaufenden Toiletten und tropfenden Wasserhähnen und allen anderen Haushaltsproblemen ihrer Schutzbefohlenen ordentlich auf Trab.

Aber so froh Willy auch war, Angie helfen zu können, so sehr verdross ihn Vinnys Unfähigkeit. Deshalb war er, als er um vier Uhr endlich wieder nach oben kam, kurz davor zu explodieren.

»Eine schöne Hilfe!«, schnaubte er, als er seinen Werkzeugkasten auf den Boden der Besenkammer stellte. »Dieser Knabe sollte sich was schämen, von Angie auch nur zehn Cent anzunehmen! Ich glaube, er hat noch nie einen Schraubenzieher gesehen, bevor er hierher gekommen ist. Ich sag dir, Schatz, der ist nicht nur nutzlos, er hat auch was richtig Hinterhältiges an sich.«

»Genau das ist auch der Grund, weshalb ich den Gedanken nicht los werde, dass er es war, der sich hier eingenistet hat«, sagte Alvirah, während sie für Willy ein Bier aus dem Kühlschrank holte und es ihren Mann auf den Tisch stellte. »Du weißt doch, dass Angie die ganzen Wohnungsschlüssel an dem Brett in der Küche hängen hat. Da könnte er sich problemlos einen nachmachen lassen. Er weiß, dass wir fast nie da sind. Ich frage mich, was er hier getan hat, und falls er sich mit jemandem getroffen hat, mit wem? Willy, ich muss denken wie Hercule Poirot und meine kleinen grauen Zellen anstrengen.«

Ihr leicht vorstehendes Kinn straffte sich entschlossen. »Ich werde von Angie in Erfahrung bringen, wo in Kalifornien Vinny gewohnt hat. Vielleicht gibt es in seiner Vergangenheit etwas, das wir wissen sollten. Denk doch mal nach: Warum wollte Angies Cousine

Rosa ihn unbedingt zu ihr schicken, wenn nicht, um ihn los zu werden?«

»Ich hab Stasias Neffen noch mal im Korridor getroffen«, sagte Willy. »Ein äußerst höflicher junger Mann. Er ist extra stehen geblieben, um sich bei mir zu bedanken, dass die Tür im Foyer wieder in Ordnung ist.«

»Oh, ich hab viel von ihm gehört«, ergänzte Alvirah. »Er arbeitet als Gepäckmann auf dem Kennedy Airport und kommt seit letztem Frühling immer wieder hier vorbei, um Stasia zu sehen. Immerhin ist sie inzwischen zweiundachtzig und wird langsam ein bisschen gebrechlich. Ich finde es sehr nett von ihm, aber natürlich fragen sich einige der anderen Damen, wo er die ganzen Jahre gesteckt hat.«

»Kein Wunder«, knurrte Willy.

»Gehen wir die Sache noch mal durch«, sagte Mike Fitzpatrick leise. »Warum war Trinkys Tod ein Unfall?«

Sean Callahan hatte die Krawatte gelockert und den obersten Hemdenknopf geöffnet. Um die Augen hatte er dunkle Ringe, und er stützte die Stirn auf die Hand, als hätte er Schmerzen. Eine Erinnerung huschte ihm durch den Kopf: Mike Fitzpatrick, einer der ›großen Jungs‹ im Haus, der ihm jetzt auf dem Revier gegenübersaß, war durch und durch ein Cop. Garantiert weiß er genau, wie oft ich auf dem Friedhof war, dachte Sean.

»Sean, ich möchte dir doch bloß helfen«, gurrte Fitzpatrick. »Du hast natürlich weiterhin das Recht zu schweigen oder einen Anwalt zu verlangen. Vielleicht war es ja ein Unfall. Vielleicht wolltest du Trinky nicht stoßen, aber das müssen letztendlich die Geschworenen entscheiden.«

»Ich wollte an diesem Abend einfach nicht, dass sie

weggeht«, murmelte Sean, mehr zu sich selbst als zu Fitzpatrick.

Mike Fitzpatricks Augen wurden schmal. Er beugte sich vor. In aufmunterndem Ton sagte er: »Du hattest Recht. Heutzutage geht man doch bloß in diese Bar, um jemanden abzuschleppen, und Trinky hat ja damit geprahlt, dass sie einen großzügigen Freund hat. Sean, das wusstest du doch, oder?«

»Nein, das wusste ich nicht«, antwortete Sean mit monotoner Stimme. »Im letzten Jahr wurden sechs junge Frauen von einem Irren belästigt. Ich hab mir Sorgen um Trinky gemacht. Ich wusste, dass es verrückt war, mich mit ihr einzulassen, aber sie war mir immer noch sehr wichtig, und ich wollte nicht, dass ihr was zustößt. Sie hatte an diesem Abend sowieso schon zu viel getrunken.«

»Deshalb hast du mit ihr gestritten und bist ihr nach draußen nachgelaufen, doch oben an der Treppe hast du die Beherrschung verloren.«

Sean Callahan schloss die Augen.

Die Tür des Verhörraums ging auf. Fitzpatrick blickte verärgert auf. Es war der Sergeant vom Empfangspult. »Captain, können Sie einen Moment kommen? Ein dringender Anruf.«

Das Nicken des Sergeants in Seans Richtung war fast nicht zu bemerken.

Mit klopfendem Herzen legte Alvirah den Telefonhörer in Stasia Sweeneys Wohnung auf. Jetzt Mike Fitzpatrick anzurufen war das Schwerste gewesen, was sie in ihrem Leben je getan hatte, aber sie wusste, sie hatte keine andere Wahl. Völlig außer sich hatte Angela sie angerufen und gebeten, sofort zu Stasia zu kommen, es sei äußerst wichtig.

Wichtig! Voller Entsetzen sah Alvirah zu, wie Stasia, mit dicken Kissen auf die Couch gebettet, den Sanitätern erzählte, was ihr zugestoßen war.

»Vermutlich habe ich mich zu sehr darüber aufgeregt, dass ich schon wieder nicht reingekommen bin. Ich habe gerade irisches Haferbrot gebacken, und da bekam ich plötzlich Schmerzen in der Brust. In meinem Alter – wer weiß, was da alles passieren kann? Ich sprach ein Stoßgebet, während ich die Notrufnummer wählte. Dann habe ich mich hier aufs Sofa gelegt, und mir wurde klar, dass ich womöglich zum Herrn abberufen werde, obwohl noch eine Sünde auf meinem Herzen lastet. Ich meine, ich sehe mir im Fernsehen eine Menge Polizeiserien an, ich weiß Bescheid, was es bedeutet, Beihilfe zu einem Verbrechen zu leisten.«

Alvirah wollte den Rest der Geschichte nicht noch einmal hören, aber es gelang ihr auch nicht, ihre Ohren auf Durchzug zu stellen. Ihr war klar, dass Stasias Brustschmerzen bereits der Vergangenheit angehörten. Sie hatte schon wieder eine recht gesunde Gesichtsfarbe, und sie strotzte vor Selbstgerechtigkeit. Alvirah merkte, dass ihr verstecktes Mikro immer noch aufnahm, aber obwohl sie die Geschichte kannte, knipste sie es nicht aus.

»Bis jetzt wusste nur mein Großneffe Albert, dass ich von der Galerie aus gesehen habe, wie Sean Callahan am Fuß der Treppe über Trinky kniete und ihren Kopf auf den Boden schlug, als sie aufzustehen versuchte«, erzählte Sweeney. »Danach bewegte sich Trinky nicht mehr. Ich weiß nicht, warum, aber ich war ganz sicher, dass sie tot war. So schnell ich konnte, lief ich in die Wohnung zurück. Vermutlich hatte ich einen Schock, denn das Nächste, woran ich mich erinnere, war der Trubel draußen vor dem Haus. Ich war immer noch reichlich benommen, aber ich ging runter ins Foyer. Da waren die Cops, und Sean stand weinend neben Trinkys Leiche. Brigid Callahan war ohnmächtig, und man versuchte sie wiederzubeleben, das arme Ding.«

Mike Fitzpatrick hat Recht, dachte Alvirah. Die alten Hausbewohnerinnen halten zueinander wie Pech und Schwefel. Sean hat Trinky tatsächlich umgebracht, und was alles noch schlimmer machte: Nicht genug, dass er sie die Treppe hinuntergestoßen hat – er hat die Sache auch noch zu Ende gebracht, als er merkte, dass sie nicht tot war. Sean war ein kaltblütiger Mörder. Alvirah konnte nicht anders, als sich das einzugestehen.

Inzwischen waren die Sanitäter bereit zum Aufbruch. »Ihr Puls und Ihr Herz sind wieder vollkommen in Ordnung, Mrs Sweeney«, erklärte der Notarzt.

»Geben Sie mir meine Brille«, befahl Sweeney. »Sie haben mir gesagt, ich soll sie absetzen, aber ohne sie bin ich aufgeschmissen.«

»Aber sicher, nur einen Moment, ich putze sie schnell. Sie ist ziemlich verschmiert.«

»Der Teig«, erklärte Sweeney. »Anscheinend gibt es jedes Mal Ärger, wenn ich dieses Brot backe.«

Ein Klingeln kündigte Captain Mike Fitzpatrick in Begleitung zweier Beamter in Zivil an; bestimmt waren die beiden Detectives, vermutete Alvirah. Zum dritten Mal hörte sie den vernichtenden Augenzeugenbericht von Stasia Sweeney mit an.

Als Fitzpatrick ging, folgten sie und Willy ihm auf den Korridor, eine hektische Angela auf den Fersen. »Mike, werdet ihr Sean jetzt verhaften?«, erkundigte sich Alvirah.

»Er ist bereits in Untersuchungshaft«, antwortete Mike. »Alvirah, es tut mir Leid, dass ich dich da mit reingezogen habe. Der Fall ist sonnenklar. Sean hat Trinky nicht nur die Treppe runtergestoßen, sondern ihr auch noch den Rest gegeben. Verschwende deine Sympathie nicht an ihn.«

Alvirahs Antwort ging in einem ohrenbetäubenden Schrei unter.

»VINNNY!«

Mit vor Wut bebender Hand deutete Angie zum Ende des Korridors, wo eine Gestalt sich eilig verdrückte. »Ich habe ihn gesucht, seit er die Wohnung verlassen hat. Ist er blind und taub? Hat er den Krankenwagen vor der Tür nicht bemerkt? Sollte man nicht annehmen, dass er nachsehen würde, was los ist und ob er vielleicht helfen kann? Helfen! Ha! Seht nur, er ist schon wieder verschwunden.«

»Vielleicht hat er Sie nicht gehört«, meinte Fitzpatrick trocken. »Ist das nicht der Sohn Ihrer Cousine, der für Sie arbeiten soll, Angie?«

»Ja, genau. Er *soll* für mich arbeiten.«

»Ich glaube nicht, dass ich ihm je begegnet bin.« Achselzuckend wandte sich Fitzpatrick wieder an Alvirah und Willy. »Ich muss zurück aufs Revier.«

»Und ich muss diesen elenden Vinny auftreiben«, fauchte Angie.

Auf der Treppe waren Schritte zu hören. Alfie Sanchez erschien mit seiner Kamera, als die Sanitäter aus Stasia Sweeneys Wohnungstür traten. Er machte ein enttäuschtes Gesicht, als er sah, dass die Bahre leer war. »Ihr bringt sie nicht ins Krankenhaus?«, fragte er.

»Tut uns Leid, Alfie«, meinte einer der Männer. »Diesmal gibt's keine Schlagzeilen für dich.«

»Schade.« Alfie zuckte resigniert mit den Schultern. »Und gestern hab ich verpasst, wie die Cops einen betrunkenen Autofahrer dingfest gemacht haben. Er ist auf sie losgegangen. Wäre bestimmt ein tolles Foto geworden.« Er grinste Alvirah an. »Denken Sie dran, sich mal mein Album anzuschauen, okay?«

»Ganz bestimmt«, antwortete Alvirah.

Im Revier ging Captain Mike Fitzpatrick direkt zu dem Zimmer, in dem man Sean Callahan festhielt. Noch einmal belehrte er ihn über seine Rechte und sagte dann: »Sean, du solltest lieber einen Rechtsanwalt anrufen. Stasia Sweeney hat gesehen, wie du Trinky mit dem Kopf auf den Boden geschlagen hast.«

Callahan sah ihn verblüfft an. »Bist du verrückt, Mike?«

»Nein, ich bin nicht verrückt. Du kannst einen Anruf machen. Wer ist dein Anwalt?«

»Vergiss den Anwalt. Ich muss mit meiner Mutter sprechen … O Gott«, fügte er hoffnungslos hinzu. »Ich weiß nicht, was ich tun soll.«

Alvirah schlief nicht so gut wie sonst. Immer wieder rissen wirre Träume sie aus dem Land des Schlummers. Um drei Uhr morgens hatte sie schließlich genug, stand auf und schlich auf Zehenspitzen mit ihrem Spiralblock und der Brillantbrosche hinaus ins Wohnzimmer. Irgendetwas hatte ihr Unterbewusstsein in Bewegung gebracht, etwas, das sie gehört hatte und unbedingt überprüfen musste.

Sie machte es sich auf der grauen Velourscouch bequem, die vor vierzig Jahren einhundertfünfzig Dollar gekostet hatte, und stopfte sich ein Kissen ins Kreuz.

Ihr fiel ein, wie Willy und sie, als sie pleite gewesen waren, immer zwischen Rahmen und Polstern gefühlt hatten, ob nicht vielleicht aus irgendeiner Tasche Münzen in die Ritzen gerutscht waren, und sie lächelte.

Bei dem Gedanken vollführte ihre Hand auch schon die vertraute Geste, und prompt stieß ihr Zeigefinger auf etwas Hartes, Rundes. Vorsichtig, um den Gegenstand nicht weiter in die Ritze zu drücken, klemmte sie ihn zwischen Daumen und Zeigefinger, zog ihn heraus und hielt ihn ans Licht. Es war ein schmales Armband, seinem Gewicht und Glanz nach zu urteilen mit Sicherheit kein billiges Zeug. Das ist garantiert einiges wert, dachte Alvirah. Aber wie ist es hierher geraten?

Ein Name schoss ihr durch den Kopf. Vinny! Er hatte Zugang zum Wohnungsschlüssel. War er hier gewesen? Und wenn ja, wer war die Frau, die ihn begleitete? Eine Fremde wäre den wachsamen Blicken der alten Damen im Block bestimmt nicht entgangen. Aber wie konnte er sich so ein teures Schmuckstück leisten?

Sie hatte da so eine Idee, wer Vinnys Begleiterin gewesen sein konnte. Vinny sah gut aus und wirkte nicht sehr charakterfest. Und Trinky war der geborene Flirt. Angenommen ...

Sie spürte, wie ihre grauen Zellen arbeiteten. Wie hatte Vinny in Kalifornien gelebt? Hatte er Schwierigkeiten gehabt? War er vielleicht in Drogengeschichten verwickelt gewesen? Alvirahs Lektor beim *Globe* hatte Kontakte überall im Land. Er konnte ein paar Nachforschungen über den Jungen anstellen.

Das war also geregelt. Nun holte sie die Kassette aus der Brillantbrosche, legte sie in ihr tragbares Tapedeck und spulte sie zurück.

Bei Sonnenaufgang war sie mit ihren Notizen fertig. Sie lehnte sich zurück und befahl ihren grauen Zellen, sich weiterhin zu konzentrieren.

Als Willy um acht Uhr aufwachte und Alvirah nicht neben ihm im Bett lag, eilte er sofort ins Wohnzimmer, wo er sie mit erschöpftem, aber höchst zufriedenem Gesicht vorfand. »Wir haben eine Menge zu tun«, verkündete sie forsch. »Zum Glück ist heute Samstag. Erster Punkt auf der Tagesordnung ist ein Anruf bei Alfie Sanchez. Er soll herkommen und uns sein Album zeigen. Vielleicht hat er ein Bild von Vinny, das ich Charley vom *Globe* geben kann. Ich weiß, dass seine Mutter in West Hollywood wohnt, und ich hab dort schon die Auskunft angerufen. Man hat mir ihre Telefonnummer gegeben, also ist sie registriert. Für Charley müsste es ein Kinderspiel sein, ihre Adresse herauszufinden. Würdest du Charley das Foto bringen und mich wissen lassen, was er in Erfahrung bringt?«

Willy rieb sich den Schlaf aus den Augen. »Okay. Und dann?«

»Dann werde ich mich eine Weile mit Brigid Callahan befassen. Willy, sie war total fahrig, als sie uns gestern besucht hat. Jetzt, da man Sean verhaftet hat und er wahrscheinlich wegen Mordes an Trinky angeklagt wird, ist sie sicher einem Nervenzusammenbruch nahe. Ich muss sie dazu bringen, dass sie mir ihr Herz ausschüttet. Sie weiß etwas, das sie nicht verraten will.«

»Das ist gut möglich, Schatz. Was hast du sonst noch vor?«

»Etwas, dem sich meine grauen Zellen noch widmen müssen.«

Als Alfie, ein dickes Fotoalbum unter dem Arm, an der Wohnungstür der Meehans klingelte, hatte er keinen blassen Schimmer, dass die Person, die ihn so freundlich fragte, wohin er denn unterwegs sei, einen triftigen Grund für diese Frage hatte.

Alvirah begrüßte Alfie herzlich und führte ihn in die Küche, wo bereits Pfannkuchenteig mit Blaubeeren darauf wartete, in der Pfanne zu brutzeln. Willy kam aus dem Schlafzimmer; er trug seine Manhattan-Klamotten, wie er sie nannte – ein elegantes blaues Leinenjackett, einen weißen Rollkragenpulli und eine dunkelblaue Sporthose.

»English Leather«, stellte Alvirah fest. »Das weckt Erinnerungen.«

Willy zuckte die Achseln. »Ich hab es zum ersten Mal auf dem Ball bei den Knights of Columbus getragen, wo wir uns kennen gelernt haben. Wie geht's denn so, Alfie?«

»Großartig«, erwiderte Alfie strahlend. »Ich hab ein tolles Foto von Mrs Callahan gemacht, als sie gestern Abend vom Revier zurückgekommen ist. Sie sah aus, als wäre sie mindestens hundert. Mutter des Angeklagten werde ich drunterschreiben.«

Alvirah zündete das Gas unter der Bratpfanne an. »Dir entgeht wohl kaum etwas, Alfie«, meinte sie so beiläufig wie möglich. »Hast du eigentlich auch ein Bild von Angelas Neffen Vinny?«

»Vinny Nodder? Na klar«, antwortete Alfie und trank einen Schluck Orangensaft aus dem Glas neben seinem Teller.

»Ein besonders gutes sogar. Ich zeig's Ihnen.« Er griff nach seinem Album.

Willy und Alvirah tauschten einen raschen Blick

über Alfies gebeugten Kopf hinweg: Das Foto war offensichtlich von der Galerie herab gemacht worden und zeigte Vinny, wie er, den Mopp in der Hand, eine schlanke Gestalt auf der Treppe anstarrte.

»Ist das nicht Trinky Callahan auf der Treppe?«, fragte Alvirah.

»Ja, das ist Trinky«, antwortete Alfie. »Aber worauf ich Sie aufmerksam machen möchte – ich hab versucht einzufangen, wie fas... Mann, wie heißt das Wort noch mal?«

»Fasziniert?«, schlug Alvirah vor.

»Genau. Wie *fasziniert* er von ihr war«, fuhr Alfie fort. »Er hat Trinky fortwährend angeglotzt. Kein Wunder, oder?«

Alvirah runzelte unvermittelt die Stirn. Hätte sie doch nur eine neue Kassette in die Brillantbrosche gesteckt! Sie durfte sich nichts entgehen lassen von dem, was Alfie, der offenbar eine üppig sprudelnde Informationsquelle war, zu erzählen hatte.

Nach dem Frühstück machte sich Willy auf den Weg nach Manhattan, während Alvirah den Jungen einlud, sich neben sie aufs Sofa zu setzen und ihr sein Album zu zeigen. »Ich erklär Ihnen alles«, versprach er.

Eine gigantische Aufgabe, wie sich herausstellte. Zweifellos hatte Alfie eine feine Nase für Sensationen. Mehrfache Auffahrunfälle, Feuersbrünste, zertrümmerte Schaufenster – alles war Wasser auf seine Mühlen. Und Alfie hatte ein ebenso fotografisches Gedächtnis für die Begleitumstände, unter denen jedes einzelne Bild entstanden war.

Nach vierzig Minuten beschloss Alvirah, zur Sache zu kommen. »Alfie«, begann sie, »hast du vielleicht auch Bilder gemacht, nachdem man Trinky Callahan tot im Foyer gefunden hat? Ich meine, das muss doch ziemlich aufregend gewesen sein mit so viel Polizei ...«

»Na klar«, erwiderte Alfie. »Die Fotos sind ganz hinten.«

Er blätterte, bis er zu einer Seite mit der Überschrift ›Die Nacht des Sturzes‹ gelangte. Wieder hatte Alfie von der Galerie aus fotografiert; das Bild war düster und unumwunden. Trinkys Leiche lag unter einer Plane am Fuß der Marmortreppe. Im Foyer wimmelte es von Polizisten. »Der arme Sean«, seufzte Alvirah. »Bestimmt ist er gerade rausgegangen, um Luft zu schnappen.« Dann wurden ihre Augen plötzlich groß. »O mein Gott«, sagte sie leise. »Ich brauche dieses Foto, Alfie.«

Auf dem Weg hinunter zu seiner Wohnung beantwortete Alfie bereitwillig die Fragen der Person, die ihm auf der Treppe begegnete. Ja, Mrs Meehan hatte ein Foto behalten, und zwar jenes, das er nach Trinkys Tod gemacht hatte, als die Polizei da war.

Sie muss damit aufhören, schwor sein Zuhörer im Stillen, aber voller Leidenschaft. Sie muss damit aufhören!

Brigid Callahan war die ganze Nacht in ihrer Wohnung auf und ab gewandert. An wen nur sollte sie sich wenden? Als man ihr gestern Abend endlich gestattet hatte, Sean zu besuchen, war ihr der schreckliche Gedanke durch den Kopf geschossen, dass ihr Sohn mit seinem matten Gesicht, den sorgenvollen, traurigen Augen und den dunklen Haaren, die strähnig und feucht an seiner Stirn klebten, wie das Ebenbild seines sterbenden Vaters aussah, der im gleichen Alter an Krebs gestorben war. Noch schockierender wurde die

Ähnlichkeit, als sie erkannte, dass Seans Hauptsorge seit Trinkys Tod gewesen war, sie zu beschützen.

Jetzt zermarterte sich Brigid den Kopf, ob es ein Fehler gewesen war, dass sie Sean versprochen hatte, Mike Fitzpatrick nichts zu erzählen.

Als sie gestern Abend nach Hause kam, wollte sie sofort in Seans Wohnung, aber dann wagte sie es doch nicht, weil Alfie Sanchez mal wieder herumschnüffelte und sie beobachtete. Doch jetzt, um zehn Uhr morgens, konnte sie sich darauf verlassen, dass er anderweitig beschäftigt war, und machte sich rasch auf den Weg. In der Halle begegnete ihr Alvirah. Brigid erklärte ihr, dass Sean ein paar persönliche Dinge brauchte.

»Ich begleite Sie, Brigid«, sagte Alvirah entschlossen. »Wir müssen miteinander reden.«

Seans und Trinkys Wohnung war eine der kleinsten im Gebäude, mit einem winzigen Wohnzimmer, einem Schlafzimmer und einer Küche. »Sean hat sauber gemacht«, sagte Brigid dumpf. »Er ist von Natur aus ordentlich.«

Alvirah schaute kurz in den Wandschrank. »Da sind keine Kleider von Trinky mehr. Hat Sean alle weggegeben?«

»Wahrscheinlich. Er mochte es nicht, wie schlampig sie sich gekleidet hat ... Ach, Alvirah.« Brigid Callahan sank auf die Bettkante und begann zu weinen. »Alles, was ich sage, klingt so, als würde ich Gründe dafür angeben, dass er ihr was angetan hat. Er kann das nicht gemacht haben, was Stasia Sweeney angeblich gesehen hat. Mein Sean würde niemandem wehtun.«

Alvirah knipste das Mikro in ihrer Brillantbrosche an. »Brigid«, sagte sie mit fester Stimme, »was Sie mir erzählen, bleibt unter uns. Aber Sie müssen ehrlich zu mir sein. Sie wissen doch irgendetwas, was in jener Nacht vorgefallen ist, und wenn Sie mir nicht die Wahrheit sagen, kann ich Ihnen auch nicht helfen.«

Brigid sah ihre alte Freundin flehend an.

»Ich liebe Sean auch«, meinte Alvirah leise, »und ich bin hierher gekommen, weil ich helfen wollte, seine Unschuld zu beweisen. Inzwischen sieht es für ihn ziemlich schlecht aus, aber ich will es immer noch versuchen.«

Callahan nickte. Mit halb erstickter Stimme sagte sie: »Ich wollte an diesem Abend noch schnell was einkaufen und bin auf dem Treppenabsatz Trinky begegnet. Sie war aufgedonnert, und was sie anhatte – das war wirklich eine Schande, Alvirah.«

»Haben Sie ihr das gesagt?«, fragte Alvirah.

»Ja. Und sie solle entweder zu Hause bleiben und eine gute Frau für meinen Sohn sein oder verschwinden.« Brigid schluckte schwer. »Alvirah, der Fußboden war noch etwas feucht. Dieser Vinny hatte ihn wahrscheinlich gerade gewischt. Trinky hat mich beschimpft, ich solle mich zum Teufel scheren, und ist die erste Stufe runtergegangen. Da ist sie auf ihren blödsinnigen hohen Absätzen ausgerutscht. Ich hab noch versucht, sie am Arm zu packen, aber sie hat geschrien: ›Schubs mich gefälligst nicht!‹ Plötzlich hat sie das Gleichgewicht verloren und ist gestürzt, und dann lag sie unten an der Treppe. Ich dachte, sie ist tot, aber da hab ich gesehen, dass sie sich bewegte.«

Alvirah konnte sich denken, wie die Geschichte weiterging. »Und Sie sind losgerannt, um Sean zu suchen.«

»Ja. Er saß am Küchentisch. Zuerst hab ich kein Wort rausgebracht. Dann hab ich ihm gesagt, dass

Trinky schwer verletzt sei. Ich hatte solche Angst. Sean rannte raus, doch als er zurückkam, sagte er, sie sei tot, und ich sollte mit niemandem darüber reden, damit keiner auf die Idee kommt, ich hätte sie gestoßen.« Callahan fing an zu schluchzen. »Und jetzt behauptet Stasia Sweeney, dass sie gesehen hat, wie Sean Trinkys Kopf auf den Boden geschlagen hat und dass sie daran gestorben ist. Aber Sean hat das nicht getan«, jammerte sie. »Ganz egal, wie aufgeregt er war, das hat er ganz bestimmt nicht getan.«

Alvirah tätschelte Brigids Hand. »Ich glaube Ihnen«, entgegnete sie leise. »Wir müssen nur herausfinden, wie wir es beweisen können.« Sie zog das goldene Armband hervor, das sie in der Couch gefunden hatte. »Haben Sie das hier schon mal gesehen?«

»Das gehörte Trinky. Sie hat gesagt, ihre Freundin habe es ihr letzten Mai zum Geburtstag geschenkt. Wo haben Sie es gefunden?«

»Das ist jetzt nicht so wichtig, aber eines können Sie mir glauben: Dieses Armband war teuer, und Trinky hat es garantiert nicht von einer Freundin zum Geburtstag bekommen.« Alvirah stand auf. »Ich muss mich mit Stasia Sweeney unterhalten«, erklärte sie.

»Alvirah, da ist noch etwas.« Brigids Stimme zitterte. »Sehen Sie mal hier.« Sie griff unter das Bett und zog einen blauen Müllsack hervor. »Da drin sind fünfundzwanzigtausend Dollar«, flüsterte sie. »Sean hat sie nach Trinkys Tod gefunden und wusste nicht, was er damit machen soll. Der Himmel weiß, wer ihr das Geld gegeben hat, aber Sean wollte es verstecken. Er hat gesagt, wenn die Polizei einen Durchsuchungsbefehl kriegt und das Geld findet, wird Mike Fitzpatrick behaupten, das sei der Beweis, dass Trinky mit einem anderen Mann zusammen war, und das wäre dann ein Motiv für Sean, sie umzubringen. Können Sie es an sich nehmen, bitte?«

»Herr im Himmel!«, stöhnte Alvirah, aber im gleichen Augenblick erklang ein scharfes Klopfen an der Tür, und Callahan fuhr auf.

Sie rannte auf den Flur. »Wer ist da?«, rief sie.

»Polizei. Wir haben einen Durchsuchungsbefehl für diese Wohnung.«

O mein Gott, dachte Alvirah. Instinktiv nahm sie den Plastikbeutel und klemmte ihn unter den Arm. Als Callahan die Tür aufmachte, verkündete Alvirah so laut, dass man sie auch im Hausflur hören konnte: »Brigid, ich will nicht länger stören. Falls Sie mich brauchen, ich bin im Wäscheraum.«

Beihilfe, dachte sie, als sie drei Minuten später in ihrer Wohnung nach einem Versteck für den Beutel suchte. Schließlich folgte sie Brigids Beispiel und schob ihn unters Bett.

Dann stellte sie den Recorder an und ging sämtliche Aufnahmen durch, die sie gemacht hatte, seit sie und Willy nach Jackson Heights zurückgekehrt waren, bis sie zu der Stelle kam, als sie in Stasia Sweeneys Wohnung gewesen war. Dreimal musste sie die Kassette zurückspulen, bevor ihr klar wurde, was ihr entgangen war. »Aha!«, rief sie triumphierend. »Die grauen Zellen legen Überstunden ein.«

Stasia Sweeney war mit der zweiten Ladung Haferbrot beschäftigt, als Alvirah zu ihr kam. »Ich war noch nie eine besonders ordentliche Bäckerin«, seufzte sie, wischte sich die mehligen Hände an der Schürze ab und rückte die Brille zurecht.

Alvirah schlich nicht lange um den heißen Brei herum. »Stasia«, begann sie und roch den angenehmen Duft, der aus dem Backofen drang. »Sie haben mich gestern Abend wirklich neugierig gemacht. Sie haben gesagt, wenn Sie backen, gibt es immer irgendwelchen Ärger. Was haben Sie damit gemeint?«

Sweeney zuckte die Achseln. »Oh, nur dass ich gestern Abend Brustschmerzen bekommen habe. Als ich das letzte Mal Haferbrot gebacken habe, wurde Trinky Callahan ermordet. Das kann man doch mit Fug und Recht Ärger nennen.«

»Allerdings. Aber der Punkt ist, dass Sie nie erwähnt haben, weshalb Sie an jenem Abend rausgegangen sind, obwohl Sie doch mitten im Backen waren. Haben Sie gehört, wie Trinky gestürzt ist?«

»Durch die geschlossene Tür würde man das nicht hören. Nein, ich habe die Tür aufgemacht, weil es in der Wohnung so heiß war, und dann hab ich den Eimer an der Treppe gesehen und beschlossen, Vinny gehörig die Meinung zu sagen, weil er so spät noch Wasser durch die Gegend schwappt, und da hab ich nach unten geschaut und gesehen, wie Sean ihren Kopf auf den Boden schlug.«

»Stasia, sehen Sie sich doch mal dieses Bild hier an«, sagte Alvirah und legte das Foto auf den Küchentisch.

Als Sweeney nach unten blickte, rutschte ihr die Brille ein Stück von der Nase. Mit ihren mehligen Fingern versuchte sie, sie wieder zu richten. Sie riss die Augen auf und rieb ungeduldig auf den Gläsern herum, wodurch sie diese nur noch mehr verschmierte. »Alvirah, ich will mir das Bild nicht ansehen. Wenn ich nur an das arme tote Mädchen denke, wird mir schon ganz anders.«

»Wer steht da in der Tür?«, fragte Alvirah schnell.

»Sean Callahan, wer denn sonst?«

»O nein, das ist nicht Sean«, widersprach Alvirah triumphierend. »Das ist Angies Neffe Vinny. Sehen Sie! Sean steht da drüben in der Ecke, neben Brigid. Er dreht Ihnen den Rücken zu. Verstehen Sie, was ich meine, Stasia? Vinny hat die gleiche Statur wie Sean und auch die gleichen dunklen Haare. Beide tragen Jeans und Shirt, und es ist nicht sonderlich hell im Foyer. Ich wette, Sie haben sich mit mehligen Fingern auf die Brille gefasst, als Sie nach unten schauten, und dann das gesehen, was Sie erwarteten. Haben Sie Seans Gesicht irgendwann an diesem Abend deutlich erkannt?«

»Ich dachte schon.« Sweeney zögerte und starrte auf das Foto. »Alvirah, wollen Sie damit sagen, dass ich mich geirrt habe? Ich würde es ja gern glauben. Aber warum sollte dieser faule Sack von Vinny dem Mädchen etwas antun wollen?«

»Auf diese Frage muss ich meine grauen Zellen noch ansetzen«, erwiderte Alvirah, zufrieden, dass Stasia zumindest die Möglichkeit einräumte, sie könnte sich geirrt haben.

Wieder in ihrer Wohnung bemerkte Alvirah, dass ihre neu gefundene Zuversicht schon wieder zu verpuffen begann. Sie hatte nicht den kleinsten Beweis gefunden, alles, was sie hatte, waren Hypothesen, und sie wusste ganz genau, dass Mike Fitzpatrick mit Hypothesen nicht beizukommen war. Andererseits, dachte sie, leuchtet es ja ein, dass Vinny es war, der Trinky auf der Treppe erwartete, aber woher hatte er das Geld, um ihr das Armband zu kaufen und womöglich fünfundzwanzigtausend Dollar zu schenken?

Es sei denn, sie hatte Recht, und er war in Wirklichkeit gar nicht der unfähige, faule Nichtsnutz, der zu sein er vorgab. Wenn er derjenige war, der in der Gegend Drogen absetzte und dabei noch mit Trinky rummachte, dann ergab alles einen Sinn. Vielleicht hatte Trinky zu viel über ihn gewusst und war eine Bedrohung geworden. Mike Fitzpatrick hatte erzählt, die Polizei sei dem Dealer in der Nachbarschaft auf den Fersen. Brigid und Stasia hatten den Mopp und den Eimer auf der Treppe gesehen, also musste Vinny in der Nähe gewesen sein.

Bestimmt findet Willy heraus, dass Vinny in Kalifornien Ärger am Hals hatte, dachte Alvirah. Sie konnte es nicht erwarten, bis er endlich mit seinem Bericht heimkam.

Wie immer beschloss sie, ihre Anspannung dadurch zu lindern, dass sie die Wohnung putzte. Während sie Staub saugte, wischte und schrubbte, ging ihr auf, dass sie wieder ganz am Anfang war, falls es über Vinny keine Akte gab. Sie konnte nichts beweisen.

Inzwischen machte sich die schlaflose Nacht bemerkbar. Ich könnte ein schönes warmes Bad nehmen, dachte sie. Dann geht es mir bestimmt gleich besser, und ich fühle mich nicht völlig erschöpft, wenn Willy zurückkommt.

Gesagt, getan. Rasch füllte sich die Badewanne. Alvirah überlegte, ob wohl noch etwas von ihrem alten Badesalz da war. Als sie das Toilettenschränkchen öffnete, schlug ihr ein leichter, vertrauter Duft entgegen, und sie lächelte leise. Aber dann kniff sie die Augen zusammen. Sie nahm die Flasche English Leather in die Hand und starrte sie an. Die hat nicht zwei Jahre lang hier rumgestanden, dachte sie. Diese Flasche ist so gut wie neu. Vorsichtig drehte sie den Deckel ab und schnupperte, und auf einmal passte alles zusammen. So ergab die Geschichte wesentlich mehr Sinn, als wenn sie alles diesem Verlierer Vinny anhängte.

Selbstverständlich! Was ist nur los mit mir? Offenbar haben die grauen Zellen doch nicht ganz so effektiv gearbeitet. Stasias Großneffe, der so hilfsbereit alle möglichen Erledigungen in der Nachbarschaft machte! Dunkle Haare, mittelgroß, genau wie Sean und Vinny. Als sie ihn das erste Mal gesehen hatte, roch er nach English Leather. Und er hatte Stasia auszureden versucht, dass sie erzählte, was sie in jener Nacht gesehen zu haben glaubte.

Wer wusste etwas über Albert Rice? Sie würde Mike Fitzpatrick anrufen und ihn bitten, Nachforschungen über den jungen Mann anzustellen. Aber zuerst musste sie das Wasser abstellen, sonst war bald die ganze Wohnung überschwemmt. Mit der Flasche English Leather in der Hand drehte sie sich um. Ihre Augen wurden groß.

Im Türrahmen stand eine Gestalt, groß, mittlerer Körperbau, dunkle Haare, eisblaue Augen.

»Ich habe mich schon gefragt, wie lange es noch dauern würde, bis Sie mich mit dem Aftershave in Verbindung bringen, Mrs Meehan«, sagte Albert Rice freundlich. »Ihr Ehemann hatte es aufgelegt, als er heute früh wegging. Trinky mochte es. Ein sehr attraktives, aber leider etwas dummes Mädchen. Sie hat zu viel geredet, das war sehr gefährlich für mich. Dumm genug, das Geld von hier zu entfernen und dann zu behaupten, sie wüsste nicht, wo es geblieben ist.«

Er kam auf sie zu. Unwillkürlich drehte Alvirah sich um und wich zurück, aber es gab keine Fluchtmöglichkeit. Hinter ihr war die Badewanne. Sie machte den Mund auf, um zu schreien, aber ehe ein Ton herauskam, packte Albert sie am Kopf und hielt ihr den Mund zu.

»In diesem Gebäude gibt es so viele Unfälle«, flüsterte er. »Sie sind gestolpert, als Sie in die Wanne steigen wollten, haben das Bewusstsein verloren und sind ertrunken. Vielleicht ein Schwindelanfall. Sie hätten im Central Park bleiben sollen, Alvirah. Sie sind eine aufdringliche Person, denn Sie stecken Ihre Nase in Dinge, die Sie nichts angehen. Jetzt wird es einige Mühe machen, bis ich Tante Stasia davon überzeugt habe, dass sie tatsächlich gesehen hat, wie Sean in jener Nacht Trinkys Kopf auf den Boden schmetterte.«

Er hat gewusst, dass ich Sean nie für den Mörder gehalten habe, dachte Alvirah. Aber wie ist er in die Wohnung gekommen? Ach, natürlich. Er hat einen Schlüssel. Vielleicht hatte er auch für Angie gelegentlich Besorgungen gemacht und den Schlüssel aus ihrer Küche mitgehen lassen. Die grauen Zellen laufen auf Hochtouren, dachte Alvirah, aber jetzt ist es womöglich zu spät.

»Leben Sie wohl, Alvirah«, flüsterte Albert.

Sie konnte sich nicht gegen den heftigen Schub wehren, der sie ins Taumeln brachte. Sie fiel in die Wanne, ihr Kopf knallte gegen den Wasserhahn, und ein stechender Schmerz schoss durch Stirn und Hals. Heftig mit den Armen rudernd, versuchte sie sich aus dem stählernen Griff zu befreien, der sie unter Wasser drückte. Gurgelnde Laute drangen aus ihrem Mund, während sich ihre Nasenlöcher mit Wasser füllten. Sie würde sterben, aber er würde nicht so einfach davonkommen.

Alvirah schaffte es, beide Füße auszustrecken und

gegen die Wand zu stoßen. Bumm. Bumm. *BUMM!* Mach, dass jemand mich hört, betete sie. Noch ein schwaches Aufbäumen, dann wurde alles schwarz.

Willy sprang aus dem Taxi, als Mike Fitzpatrick aus einem Streifenwagen stieg. »Du bist genau der, den ich gesucht habe«, sagte Willy.

»Später, Willy«, wollte Mike ihn vertrösten. »Stasia Sweeney erwartet mich.«

»Ich hab etwas über Angies Neffen Vinny rausgefunden«, drängte Willy. »Er ist alles andere als hasenrein.«

»Und nach dem, was Stasia sagt, könnte er auch ein Mörder sein«, erwiderte Mike, während er in Begleitung seines Fahrers, Officer Jack Hand, die Treppe zum Apartmentgebäude hinaufeilte.

Alfie Sanchez war in der Eingangshalle, die stets einsatzbereite Kamera in der einen, ein vergrößertes Foto in der anderen Hand. Er hatte gehört, was Mike gesagt hatte.

»Gab's einen Durchbruch in dem Fall?«, erkundigte er sich aufgeregt.

»Verschwinde, Alfie«, blaffte Mike.

Sanchez machte ein beleidigtes Gesicht. »Captain, ich arbeite für Sie als unbezahlter Detective und außerdem als Fotograf. Ich bin gerade unterwegs zu Mrs Meehan, denn ich bin auf ein interessantes Detail gestoßen, das vielleicht ein wenig Licht in die undurchsichtigen Umstände von Trinky Callahans Tod bringen könnte.«

»Was meinst du damit?«, wollte Fitzpatrick wissen.

Alfie wedelte ihm mit dem Foto unter der Nase herum. »Ich habe Mrs Meehan heute Morgen mein Album gezeigt, und sie wurde ganz aufgeregt wegen eines Fotos, das ich kurz nach der Entdeckung von Trinky Callahans Leiche gemacht habe.«

Ohne dass er hätte sagen können, warum, bekam Willy plötzlich das Gefühl, dass Alvirah ihn brauchte.

»Jetzt hab ich begriffen, was Mrs Meehan an meiner wirklich hervorragenden Aufnahme aufgefallen ist. Ihr wurde klar, dass Mrs Sweeney womöglich von der Galerie aus Trinkys Ehemann Sean mit Vinny, dem Hausmeister, verwechselt hat. Aber das ist vielleicht nicht mehr wichtig.« Alfie deutete wieder auf das Foto. »Das hier war nur deshalb nicht in meinem Album, weil ich es gemacht habe, nachdem die Leiche bereits abtransportiert worden war und ich es für weniger aufschlussreich hielt. Aber bei näherer Betrachtung werden Sie feststellen, dass selbst mein geübter Blick getrübt war. Der Mann, der hier neben Angie im Foyer steht, ist nicht Vinny, sondern Mrs Sweeneys Großneffe Albert Rice.«

»Ich weiß wirklich nicht, wovon du redest«, meinte Willy, »aber wenn Alvirah etwas herausbekommen hat, ist sie womöglich in Schwierigkeiten.« Er begann die Treppe hinaufzulaufen, als er aus dem Augenwinkel Vinny entdeckte, der sich untätig in der Halle herumdrückte. »Mike!«, schrie Willy. »Schnapp dir den Kerl. In Los Angeles besteht ein Haftbefehl gegen ihn. Er überfällt Frauen und begrapscht sie, deshalb hat seine Mutter ihn zu Angie geschickt.«

Auf der Galerie wurde eine Tür aufgerissen. »Mein Badezimmer ist überschwemmt!«, bellte Stasia Sweeney. »Könnte aus Ihrer Wohnung kommen, Willy, direkt über mir. Außerdem klopft jemand an die Wand. Macht Alvirah seit neuestem Yoga, oder drehen jetzt alle endgültig durch?«

»Alvirah«, ächzte Willy. »Alvirah!«

Vinny drückte sich gegen die Wand, als Officer Hand auf ihn zulief. »Ich weiß, was Sie denken«, wimmerte er, »aber ich hab Trinky nichts getan. Sie hat mit Albert rumgemacht, ich hab sie dauernd zusammen gesehen. Er ist grade aus Ihrer Wohnung gekommen, Willy, und die Feuertreppe runtergegangen.«

Mike Fitzpatrick packte Willy am Arm. »Dann mal los.«

Das Wasser quoll bereits auf den Korridor, als sie in die Wohnung stürzten und zum Badezimmer rannten. Der Geruch von English Leather Aftershave erfüllte die Luft.

Alvirah lag reglos in der Wanne. Im Handumdrehen war Willy auf die Knie gesunken und hatte sie herausgezogen. »Schätzchen ...«

»Gib sie her«, befahl Mike. »Vielleicht ist es noch nicht zu spät.«

Alvirahs erster Eindruck war, dass sie in die kratzige Wolle des unechten Orientteppichs atmete, den sie und Willy vor zweiundvierzig Jahren für zweihundert Dollar gekauft hatten. Als Nächstes dachte sie, dass sie irgendwie in voller Montur in die Badewanne geraten war.

Doch schließlich erinnerte sie sich. Dieser Dreckskerl Albert, dachte sie, als sie Willys Stimme hörte.

»Alles wird wieder gut«, sagte Willy. »Wir kriegen noch siebzehn Auszahlungen von der Lotterie. Du willst doch nicht, dass ich das Geld für ein Flittchen ausgeben muss, oder?«

Darauf kannst du wetten, dachte Alvirah, während sie mühsam die Luft einsog.

»Sie kommt zu sich«, sagte Mike. »Willy, wann zieht ihr zurück in die Central Park South?«

»Tja, wir haben einiges erreicht durch unseren Aufenthalt hier«, sagte Alvirah fröhlich, als sie am nächsten Morgen die frisch gewaschene Hose und den Pulli sorgfältig zusammenfaltete, die um ein Haar ihr Totenkleid geworden wären. »Ist es nicht schön, dass wir in nur vierundzwanzig Stunden Seans Unschuld bewiesen, Vinny als Grapscher demaskiert und Albert Rice als Mörder und Drogendealer entlarvt haben?«

»Sehr schön«, stimmte Willy zu. »Aber Alvirah, mein Schatz, würdest du mir zuliebe deinen grauen Zellen wenigstens eine kleine Pause gönnen?«

Es klingelte. »Was ist?«, fragte Willy und ging zur Tür.

Im Hausflur standen eine strahlende Brigid Callahan am Arm ihres Sohns Sean, eine kleinlaute Angie Oaker und eine betrübt dreinblickende Stasia Sweeney, angeführt von Detektiv Alfie Sanchez und Captain Mike Fitzpatrick.

»Fototermin!«, verkündete Alfie.

»Wir möchten ein Flugblatt mit einem Gruppenfoto verteilen«, erklärte Mike, »um zu zeigen, dass Nachbarschaftshilfe unser Viertel für alle Bürger sicherer macht.«

»Alvirah, wie können wir Ihnen nur danken?«, fragte Brigid.

»Alvirah ...« Sean ergriff ihre Hand. »Alles ist gut geworden, Ihretwegen.«

Alvirah küsste ihn. »Sean, Sie haben wirklich eine schlimme Zeit hinter sich, und Ihre Mutter ebenfalls. Beherzigen Sie meinen Rat, und konzentrieren Sie sich eine Weile ganz auf Ihre Anwaltspraxis.« Sie sah Brigid an. »Und auch wenn Ihre Mutter das vielleicht ungern hört – Sie sollten sich anderswo eine Wohnung suchen. Eine Weile allein sein, nicht in diesem Haus.«

»Ich werde eine Erklärung abgeben, damit niemand auf die Idee kommt, dass man einem gestörten Sohn einen Gefallen tut, wenn man ihn wegschickt, um sich an unschuldige Menschen ranzumachen«, verkündete Angie mit Tränen in den Augen.

»Und ich möchte sagen, ganz gleich, ob ich mit ihm verwandt bin oder nicht, will ich nichts zu tun haben mit Menschen, die Drogen verschieben und eine junge Frau ermorden, damit sie nichts ausplaudern kann«, sagte Stasia Sweeney mit fester Stimme, obwohl Alvirah sah, dass ihre Unterlippe zitterte.

Meisterfotograf Alfie Sanchez hatte Angies und Stasias Verzweiflung deutlich zur Kenntnis genommen. »Ich werde vorschlagen, dass Kids in meinem Alter für ältere Nachbarn freiwillig Besorgungen übernehmen und beim Reinigen der Apartmentgebäude helfen«, verkündete er mit großer Geste. »Aber Captain Fitzpatrick und ich haben einen Termin. Wenn sich jetzt bitte alle vor dem Fenster aufstellen und sich zum Lächeln bereitmachen möchten.«

FRANK GOOSEN *Nachtlicht*

Es gab eine Zeit, da wusste ich nicht, wer ich war und was ich wollte. Meine härteste Kritikerin war meine Leber. Sie warf mir Faulheit vor, Mangel an Antrieb, Dummheit. In immer kürzeren Abständen sah ich mich gezwungen, sie mit immer mehr und immer außergewöhnlicheren Getränken zu besänftigen. Ich schlief den ganzen Tag, verließ die Wohnung nur nachts und streifte durch die dunklen, leeren Straßen, als könnte mir jemand oder etwas begegnen.

Dann diese Party, zu der ich eigentlich nicht hatte gehen wollen. Aber die Einladung, die von jemandem kam, den ich nicht kannte, an jemanden adressiert war, von dem ich noch nie gehört hatte, und die gar nicht in meinem Briefkasten gelegen, sondern auf dem Bürgersteig vor meiner Haustür gelegen hatte, versprach ›außergewöhnliche Cocktails‹. Meiner Leber zuliebe entschloss ich mich, doch hinzugehen. Ich wartete, bis es dunkel war, und machte mich auf den Weg.

Die Wohnung war im neunten Stock eines Hochhauses am Rande der Innenstadt. Ich klingelte und fuhr im Fahrstuhl nach oben. Die Wohnungstür stand offen, und dahinter sah ich Leute mit bunten Getränken, aus denen kleine Schirmchen oder dicke Ananasscheiben herausragten. Mancher Glasrand trug einen Salzkragen.

Man nahm keine Notiz von mir, als ich eintrat. Ich kannte niemanden, lächelte in das ein oder andere Gesicht, bekam aber nichts zurück, das den Beginn eines Gespräches nach sich gezogen hätte. Alle waren gut gekleidet. Viele trugen Hornbrillen.

Ich brauchte was zu trinken. Ich wollte einen Cocktail, der mir den Dreck unter den Fingernägeln wegputzte. Irgendwas Starkes, von dem ich noch meinen Enkeln würde erzählen können.

In einem Raum lief laute, industrielle Musik. Die Männer tanzten aggressiv entrückt, die Frauen zu schneller Musik in langsamen Bewegungen. Sie sahen aus, als wollten sie verbrannt werden.

Auf der Suche nach den außergewöhnlichen Cocktails quetschte ich mich in die voll besetzte Küche. Keine Bar, nur Leute. Plötzlich stand jemand hinter mir und sagte: »Na?«

Ich drehte mich um. Ein Mann meiner Größe, der mir noch dazu ein wenig ähnlich sah. Ich gab ihm sein »Na?« zurück. Er sah mich an, als erwarte er etwas von mir. »Nette Party«, sagte ich.

»Kennen Sie hier jemanden?« Ich verneinte. »Kommen Sie zurecht?«

»Wo gibt es die Cocktails?«

Der Mann schüttelte den Kopf. »Fragen wir uns doch mal«, sagte er langsam, »was wir hier machen.«

Ich spielte mit. »Okay. Was machen wir hier?«

»Ich bin Schriftsteller«, sagte der Mann und sah mich wieder so offensiv an. Wo hatte er das nur gelernt? »Ich beobachte«, ergänzte er, als sei damit alles gesagt.

»Aha«, gab ich zurück. Und, um Interesse zu heucheln, fragte ich, ob er denn schon etwas veröffentlicht habe.

»Was meinen Sie denn?«, fragte er zurück. »Wie schätzen Sie mich ein? Bin ich ein veröffentlichter Schriftsteller?«

»Keine Ahnung.«

»Wissen Sie, es geht doch beim Schreiben nicht allein ums Veröffentlichen.«

»Na gut. Was schreiben Sie denn so?«

»Sie denken zu eindimensional.«

»Lassen Sie mich raten«, versuchte ich, Boden gut zu machen, »es geht beim Schreiben auch gar nicht so sehr ums Schreiben.«

»Sie haben es erfasst.«

»Und worum geht es dann?«

»Tja ...« Mit einem wissenden Grinsen ließ er das zwischen uns stehen.

Ich nickte. »Ah ja, ich habe schon davon gehört.« Ich brauchte immer dringender etwas zu trinken. Meine Zunge lungerte in meiner linken Backentasche herum wie abgestreifte Schlangenhaut in der Sonne Arizonas.

»Was glauben Sie«, fragte mich mein Gesprächspartner, »wie viele Frauen ich mit dieser Masche schon herumgekriegt habe?«

»Mit der Schriftstellermasche? Keine Ahnung. Wie viele?«

»Nicht eine einzige. Aber ich glaube fest daran, dass es eines Tages klappt. Und was wäre der Mensch ohne einen festen Glauben?« Der Mann verschwand im Partygetümmel.

Von der Küche aus gelangte man auf einen kleinen Balkon, der von den anderen Gästen komischerweise gemieden wurde, obwohl die Luft mild und angenehm war. Ich nutzte diese drei Quadratmeter Einsamkeit, um mich zu sammeln. Unter mir die

Scheinwerfer und Rückleuchten der Autos auf dem Weg zur Ausfallstraße. Nachtgeräusche. Ich lehnte mich gegen das Geländer und betrachtete die Menschen in der Küche, in ihren Händen die köstlichen Getränke. Es gibt nichts Schlimmeres für einen auf dem Trockenen sitzenden, lustbetonten Trinker als volle Gläser in den Händen fremder Leute, die man nicht um einen Schluck bitten kann oder will. Ich machte mich noch einmal auf die Suche nach den Cocktails, stellte mir aber selbst ein Ultimatum. Fünf, maximal zehn Minuten noch, dann würde ich mich zur Wohnungstür durchschlagen und mich in der nächstbesten Eckkneipe unter den Zapfhahn legen.

Acht Minuten und ein Dutzend Hornbrillen später, kurz davor aufzugeben, in den Ohren das Motzen meiner Leber, wurde ich in einen großen Raum gespült, in dessen hinteren Bereich etwas aufgebaut war, das Linderung versprach. Es war eine zu einer Cocktailbar umgebaute Hausbar, eines dieser billigen Dinger aus dem Baumarkt, Kiefernfurnier, passte eigentlich gar nicht hierher, war vielleicht nur dafür angeschafft worden. Es schien aber niemand dahinter zu stehen. Vielleicht musste man sich die Cocktails selbst mixen. Meiner Leber kamen die Tränen. Ich ging zum Tresen, und gerade als ich ihn erreichte, erschien dahinter, wie von einem Fahrstuhl nach oben gefahren, die schönste Frau der Welt. Sie hatte lange blonde Locken, die ihr bis zur Hüfte herunterfielen, und ich dachte noch, dass es wohl nicht schicklich war, eine derart blonde Frau als schönste Frau, die man je gesehen hatte, zu bezeichnen, denn blond, blond, blond, das ist ja der Traum aller Männer, die schon seit einiger Zeit allein sind, aber leider hält sich die Wirklichkeit nicht immer an unser Bedürfnis, Klischees zu vermeiden.

Sie lächelte mich an und fragte, wonach mir der Sinn stehe. Ich verkniff mir jede anzügliche Bemerkung. Sie trug ein schwarzes Kleid und eine weiße Perlenkette, von der ich hoffte, dass sie nicht echt war, denn in dieser Liga spielte ich nicht. Sie fragte mich, was ich wollte, und ihr Blick fuhr mir in die Zehen. Ich sagte: »Überraschen Sie mich!«

Ohne zu zögern machte sie sich an die Arbeit. Sie drehte mir den Rücken zu. Ich konnte nicht sehen, was sie tat, welche Substanzen sie verwendete. Ein paar Minuten später stellte sie etwas vor mich hin, das aussah wie flüssiger, rostfreier Stahl. Als hätte man die Edelstahlabdeckung einer Küchenspüle geschmolzen und in ein Glas gefüllt. Meine Leber verstummte und bekam es mit der Angst. Enthaltsamkeit bis hin zum Blaukreuzlertum lag plötzlich im Bereich des Möglichen. Die schönste Frau der Welt sah mich an. Ich durfte jetzt nicht kneifen. Ich hob das Glas und hielt es ins Licht. Der Drink ... na ja, er *oszillierte*. Changierte. Leuchtete. Zeigte alle Schattierungen von Stahl, die physikalisch möglich waren. Und noch einige mehr.

Ich nahm einen Schluck.

Ich stellte das Glas wieder ab.

Einige Sekunden später kannte ich die exakte Anzahl der Atome, aus denen ich bestand. Ich nahm einen weiteren Schluck und fühlte mich, als würde mir in den nächsten Minuten ein Heilmittel für Krebs einfallen. Nach dem dritten Schluck wusste ich die Namen aller meiner Haare.

»Ich kenne niemanden hier«, sagte ich.

Sie sah mich an und lächelte. »Ich mache nur meinen Job.« Ihre Stimme war dunkel wie ein längst abgebautes Flöz.

»Und sonst?«, fragte ich und hätte mir am liebsten auf die Zunge gebissen, denn das war die zweitdümmste Bemerkung zu Beginn eines Gespräches, nach *Haben wir uns nicht schon mal irgendwo gesehen?*

Sie lachte und sagte, sie finde es prima, dass ich den Mut aufbrächte, sie das zu fragen. »Immerhin glauben viele, das sei die zweitdümmste Bemerkung zu Beginn eines Gespräches, gleich nach *Haben wir uns nicht schon mal irgendwo gesehen? Sie sind gut.«

Voller Dankbarkeit warf ich einen Blick auf den Drink und dachte an Werbung aus den Siebzigerjahren. Ich sagte, ich sei Schriftsteller, worauf sie meinte, das sei aber sehr interessant, und ich sagte, das fände ich auch.

»Was haben Sie denn schon so veröffentlicht?«, wollte sie wissen, während sie einen Gin Fizz für eine magere Frau mit weißer Haut und großen Augen mixte.

Ich sagte, das Veröffentlichen sei beim Schreiben nicht das Wichtigste, diesen Ansatz müsse man einfach überwinden.

»Na gut«, sagte sie und sah mich an, »was schreiben Sie denn so?«

»Ach«, sagte ich und ließ das Wort etwas im Raume hängen.

Sie warf ihr Haar zurück. »Es geht beim Schreiben nicht in erster Linie ums Schreiben, nicht wahr? Diesen Ansatz sollte man wohl endlich überwinden.«

Ich antwortete, es sei schön, dass sie nicht so eindimensional denke wie die meisten anderen Menschen. Ich leerte mein Glas und wusste plötzlich, dass es im

Universum intelligentes Leben gab. Ich fragte, wie man diesen Drink nenne. Sie sagte: »Er heißt *Nachtlicht*.«

»Was ist da drin?«

»Ich mache in fünf Minuten Schluss.«

Als wir hinausgingen, hob der Mann, mit dem ich vorhin in der Küche geredet hatte, sein Glas und winkte mir zu. »Der sieht ja aus wie Sie!«, sagte die Frau an meiner Seite.

Hand in Hand gingen wir durch die nächtliche Stadt. Am Himmel ein paar Sterne, aber nicht so viele, wie man denkt. Die Beleuchtung in den Schaufenstern erlosch, wenn wir vorbeigingen. Meine Leber lachte.

Die schönste Frau der Welt nahm mich mit in ihre Wohnung.

Es folgten zwei sehr schöne Jahre, in denen ich wieder Hoffnung fasste, alles könne irgendwann gut werden.

CHITRA BANERJEE DIVAKARUNI *Kleider*

Das Wasser des Frauensees schwappt kühl und beruhigend gegen meine Brüste. Ich spüre, wie es langsam die heiße Nervosität von meinem Körper wäscht. Die kleinen Wellen kitzeln meine Achselhöhlen, lassen meinen Sari um mich herumfließen, nass und gelb wie eine Sonnenblume nach dem Regen. Ich schließe die Augen und atme den süßen, braunen Geruch des *ritha*-Breis ein, den meine Freundinnen Deepali und Radha in mein Haar einmassieren, damit es heute Abend wie mit kleinen Lichtern glänzen wird. Sie schrubben mit mehr Nachdruck als gewöhnlich und waschen die Haare sorgfältiger aus, weil heute ein ganz besonderer Tag ist. Heute ist der Tag meiner Brautschau.

»Ei, Sumita! Mita! Bist du taub?«, erkundigt sich Radha. »Jetzt habe ich dir schon zum dritten Mal die gleiche Frage gestellt.«

»Sieh sie dir an, sie träumt schon von ihrem Ehemann und hat ihn noch gar nicht gesehen!«, scherzt Deepali. Dann fügt sie hinzu – und der Neid in ihrer Stimme ist nur halb verborgen –: »Was kümmern einen schon Freundinnen aus einem alten indischen Dorf, wenn man in Amerika leben wird?«

Ich möchte es gern leugnen, möchte sagen, dass ich sie immer lieben werde, ebenso wie all die Dinge, die wir in den Jahren des Heranwachsens gemeinsam getan haben: die Male, als wir die *charak*-Kirmes besuchten, wo wir immer zu viele Süßigkeiten aßen, die heißen Sommernachmittage, als die Erwachsenen schliefen und wir den Guajave-Baum im Garten des Nachbarn plünderten, die Geschichten, die wir uns erzählten, während wir einander die Haare zu kunstvollen erfundenen Mustern flochten. *Und sie heiratete den gut aussehenden Prinzen, der sie in sein Königreich hinter den sieben Meeren mitnahm.* Doch all die Aktivitäten unserer Mädchenzeit scheinen schon weit in der Vergangenheit zu liegen. Die Farben sind bereits verblasst, wie bei alten Sepiadrucken.

Sein Name ist Somesh Sen. Er ist der Mann, der heute mit seinen Eltern in unser Haus kommen und der mein Ehemann werden wird – »wenn ich das Glück habe, ausgewählt zu werden«, wie meine Tante sagt. Er kommt den weiten Weg aus Kalifornien. Vater hat es mir gestern auf dem metallenen Globus, der auf seinem Schreibtisch steht, gezeigt: ein klobiger, rosafarbener Keil am Rande einer bunten Fläche, auf der Ver. Staaten v. Amerika zu lesen stand. Ich berührte die Stelle und spürte, wie die Aufregung einem elektrischen Schlag gleich meinen Arm hinaufsprang. Dann erstarb das Gefühl und ließ nur eine metallene Kälte an meinen Fingerspitzen zurück.

Zum ersten Mal wurde mir bewusst, dass ich, falls die Sache so ausging, wie alle es sich erhofften, um die halbe Welt reisen würde, um mit einem Mann zusammenzuleben, den ich noch nicht einmal kennen gelernt hatte. Ob ich wohl meine Eltern jemals wiedersehen würde? *Schickt mich nicht so weit fort*, hätte ich am liebsten gerufen, aber das tat ich natürlich nicht. Ich wollte nicht undankbar sein. Vater hatte sich solche Mühe gegeben, um diese gute Partie für mich ausfindig zu machen. Und belehrte mich Mutter nicht immer, dass es das Schicksal einer jeden Frau sei, das Bekannte für das Unbekannte aufzugeben? Sie hatte es getan, und auch ihre Mutter vor ihr. *Eine verheiratete Frau gehört zu ihrem Mann und dessen Verwandten.* Diese Ungerechtigkeit ließ unter meinen Lidern heiße Tränen stechen.

»Mita Moni, kleines Juwel«, rief mich Vater bei meinem Namen aus der Kindheit. Er streckte die Hand aus, als wolle er mein Gesicht berühren, und ließ sie dann aber an seiner Seite hinabfallen. »Er ist ein anständiger Mann. Kommt aus einer feinen Familie. Er wird gut zu dir sein.« Er schwieg für eine Weile. Schließlich sagte er: »Komm, ich zeige dir den Sari, den ich dir für die Brautschau in Kalkutta gekauft habe.«

»Bist du nervös?«, fragt Radha, als sie mein Haar in ein weiches Baumwollhandtuch wickelt. Ihre Eltern bemühen sich ebenfalls, eine Heirat für sie zu arrangieren. Bisher sind drei Familien gekommen, um sie anzusehen, aber keine hat sie gewählt, da man ihre Hautfarbe als zu dunkel erachtet. »Es muss doch schrecklich sein, nicht zu wissen, was passieren wird!«

Ich nicke, weil ich ihr nicht widersprechen möchte, weil ich vermeiden will, dass sie sich schlecht fühlt, wenn ich erwiderte, dass es manchmal schlimmer ist, wenn man weiß, was passieren wird – so wie ich es weiß. Es war mir sofort klar, als Vater seinen Mahagoni-*almirah* öffnete und den Sari herausnahm.

Es war der teuerste Sari, den ich jemals gesehen hatte, und gewiss auch der schönste. Er war in einem hellen Rosa gehalten, wie der Himmel über dem

Frauensee in der Morgendämmerung. Die Farbe des Übergangs. Und er war mit winzigen Sternen übersät, die mit echten *zari* gestickt waren.

»Hier, nimm ihn einmal«, forderte Vater mich auf.

Der Sari lag seidig-glatt und unerwartet schwer in meinen Händen. Ein Sari, in dem man sich vorsichtig bewegen musste. Ein Sari, der das Leben verändern konnte. Ich stand da, hielt ihn fest und hätte am liebsten geweint. Wenn ich ihn trug, das wusste ich, würde er in gleichmäßigen Falten bis zu meinen Füßen an mir herabfallen und im Licht der Abendlampen schimmern. Er würde Somesh und seine Eltern blenden, und sie würden mich zu seiner Braut erwählen.

Als das Flugzeug abhebt, bemühe ich mich, ruhig zu bleiben und ganz tief und langsam zu atmen, wie es Vater immer tut, wenn er seine Yogaübungen macht. Aber meine Hände krampfen sich in den Falten meines Sari zusammen, und als die *Fasten-seat-belt-* und *No-smoking*-Anzeigen ausgegangen sind und ich meine Finger zwinge, sich zu öffnen, entdecke ich, dass sie feuchte Flecken auf dem feinen, zerdrückten Stoff hinterlassen haben.

Wir hatten einige Auseinandersetzungen wegen dieses Saris. Ich wollte einen blauen für die Reise, da Blau die Farbe der Möglichkeit ist, die Farbe des Himmels, durch den ich fliegen sollte. Aber Mutter bestand darauf, dass Rot darin sein müsse, da Rot die Farbe des Glücks für verheiratete Frauen ist. Schließlich fand Vater einen Sari, der uns beide zufrieden stellte: einen mitternachtsblauen mit einer schmalen roten Borte in der gleichen Farbe wie das Heiratsmal, das ich auf der Stirn trage.

Es fällt mir schwer, mich selbst als verheiratete Frau zu begreifen. Ich flüstere meinen neuen Namen vor mich hin: Mrs Sumita Sen, aber die Silben rascheln unbehaglich in meinem Mund, wie steifer, noch nicht getragener Satin.

Somesh musste eine Woche nach der Hochzeit wieder nach Amerika zurück. Er müsse wieder in den Laden, hatte er mir erklärt. Das habe er seinem Partner versprochen. Der Laden. Er kommt mir wirklicher vor als Somesh selbst. Das mag daran liegen, dass ich mehr über ihn weiß. Denn über diesen Laden haben wir in der Nacht nach der Hochzeit, der ersten Nacht, in der wir allein waren, am meisten geredet. Er ist vierundzwanzig Stunden lang geöffnet, dieser Laden, ja, die ganze Nacht hindurch, jede Nacht, nicht wie die indischen Läden, die zur Essenszeit am Abend schließen und manchmal auch in der heißesten Zeit am Nachmittag. Deshalb brauchte ihn sein Partner dort.

Der Laden nannte sich *7-Eleven*. Ich hielt das für einen seltsamen Namen, exotisch, gewagt. Die Läden, die ich kannte – zum Beispiel *Ganesh Süßwaren* oder auch *Lakshmi Vastralaya für feine Saris* –, waren fromm nach Göttern benannt, damit sie ihren Besitzern Glück brachten.

Der Laden verkaufte alle möglichen erstaunlichen Dinge: Apfelsaft in Pappkartons, die niemals leckten, amerikanisches Brot, das bereits geschnitten und in Zellophan verpackt war, Schachteln mit Kartoffelchips, in denen eine große, körnige Scheibe wie die andere aussieht. In dem riesigen Kühlschrank mit den Glastüren, durch die man hineinsehen konnte, standen Bier und Wein, die, wie Somesh mir erklärte, die beliebtesten Waren darstellten.

»Damit macht man besonders in der Gegend, in der unser Laden liegt, das meiste Geld«, sagte Somesh und lächelte, als er den schockierten Ausdruck auf meinem Gesicht sah. (Die einzigen Orte, von denen ich wusste, dass dort Alkohol verkauft wurde, waren die Palmwein-Läden im Dorf. Vater bezeichnete sie als ›dunkle, stinkende Lasterhöhlen‹.) »Viele Amerikaner trinken, musst du wissen. Es ist Teil ihrer Kultur und wird nicht als unmoralisch angesehen, wie es hier der Fall ist. Im Grunde ist auch nichts Schlimmes dabei.« Er berührte meine Lippen leicht mit seinem Finger. »Wenn du erst in Kalifornien bist, werde ich dir etwas süßen Weißwein mit nach Hause bringen, und du wirst sehen, wie gut du dich danach fühlst ...« Seine Finger begannen über meine Wangen und meinen Hals zu streicheln und wanderten tiefer. Ich schloss die Augen und bemühte mich, nicht zurückzuweichen, denn schließlich war dies meine Pflicht als Ehefrau.

»Es hilft, wenn du dabei an etwas anderes denkst«, hatte meine Freundin Madhavi gesagt, als sie mich vor dem warnte, was die meisten Ehemänner in der ersten Nacht verlangten. Sie war seit zwei Jahren verheiratet, hatte bereits ein Kind und war mit dem zweiten schwanger.

Ich versuchte an den Frauensee zu denken, an das dunkle, wolkige Grün der *shapla*-Blätter, die auf dem Wasser trieben, aber seine Lippen fühlten sich heiß an auf meiner Haut, seine Finger spielten ungeschickt an den Knöpfen, zerrten an dem Baumwoll-Nachtsari, den ich trug. Ich bekam keine Luft.

»Beiß ganz fest auf deine Zunge«, hatte Madhavi mir geraten. »Der Schmerz wird deinen Verstand von dem abhalten, was dort unten vor sich geht.«

Aber als ich zubiss, tat es so weh, dass ich aufschrie. Ich konnte es einfach nicht verhindern, obwohl ich mich dafür schämte. Somesh hob den Kopf. Ich weiß nicht, was er in meinem Gesicht sah, aber er hielt sofort inne. »Schhh«, sagte er, obwohl ich mich bereits zum Verstummen gebracht hatte. »Das ist schon in Ordnung, wir werden warten, bis dir danach ist.« Ich versuchte, eine Entschuldigung hervorzubringen, aber er lächelte sie fort und begann wieder, mir von dem Laden zu erzählen.

Und so ging es weiter bis zum Ende der Woche, als er schließlich abreiste. Wir lagen nebeneinander auf dem großen, weißen Brautkissen, das ich mit einem Taubenpaar bestickt hatte, das Harmonie in meine Ehe bringen sollte, und Somesh beschrieb mir, wie die Schaufenster des Ladens dekoriert waren, erzählte mir von dem blinkenden Dewar-Neonschild und dem erleuchteten Budweiser-Wasserfall, der *sooo groß* war. Ich beobachtete, wie seine Hände sich aufgeregt durch die dämmrige Luft des Schlafzimmers bewegten, und dachte, dass Vater Recht gehabt hatte – er war ein anständiger Mann, mein Ehemann, ein liebenswürdiger, geduldiger Mann. Und er sah zudem gut aus, fügte ich im Stillen hinzu und warf einen flüchtigen Blick auf sein ausgeprägtes Kinn. Womit hatte ich ein solches Glück nur verdient?

In der Nacht, bevor er abreiste, gestand Somesh mir, dass der Laden noch nicht viel Geld abwarf. »Aber ich mache mir keine Sorgen, ich bin sicher, dass es bald anders wird«, fügte er hinzu, während seine Finger mit der Borte meines Saris spielten. »Ich möchte nur nicht, dass du einen falschen Eindruck hast und vielleicht enttäuscht bist.«

Im Halbdunkel konnte ich erkennen, dass er sich mir zugewandt hatte. Sein Gesicht mit den beiden senkrechten Falten zwischen den Brauen wirkte jung, ängstlich und schutzbedürftig. Einen solchen Ausdruck hatte ich noch niemals auf dem Gesicht eines Mannes gesehen. Etwas stieg wie eine Welle in mir auf.

»Schon gut«, sagte ich, wie zu einem Kind, und zog seinen Kopf auf meine Brust herunter. Sein Haar roch leicht nach den amerikanischen Zigaretten, die er rauchte. »Ich werde nicht enttäuscht sein. Ich werde dir helfen.« Und eine plötzliche Freude erfüllte mich.

In jener Nacht träumte ich, ich wäre in dem Laden. Sanfte amerikanische Musik plätscherte im Hintergrund dahin, während ich zwischen den Regalen hindurchging. Sie waren bis oben mit leuchtend bunten Dosen und Flaschen gefüllt, deren Hälse sich elegant in die Höhe schwangen und deren Etiketten man sorgfältig nach vorn gedreht hatte. Alles war sauber geputzt und glänzte.

Nun, da ich in dieser Metallhülle sitze, die durch die Leere dahinsaust, versuche ich mich an andere Dinge zu erinnern, die ich mit meinem Ehemann verbinde: wie zärtlich seine Hände gewesen waren und seine Lippen – so weich, wie die einer Frau. Wie ich mich in diesen unendlich langen Nächten, in denen ich darauf wartete, dass mein Visum eintreffen würde, nach ihnen gesehnt hatte. Ich stelle mir vor, wie er mich hinter dem Zoll erwartet, wie ich auf ihn zutrete und er sein Gesicht auf das meine herabsenkt. Wir werden uns unbekümmert wie Amerikaner vor all den Menschen küssen, zurückweichen, einander in die Augen sehen und lächeln.

Aber während ich darüber nachdenke, fällt mir plötzlich auf, dass ich mich nicht mehr an Somesh' Gesicht erinnern kann. Ich versuche es immer und immer wieder, bis mein Kopf schmerzt, aber alles, was ich sehe, ist diese schwarze Luft, die draußen um das Flugzeug herumwirbelt, und die zu dünn ist zum Atmen. Mein Atem wird holperig vor Panik, wenn ich daran denke, und mein Mund füllt sich mit einer sauren Flüssigkeit, wie man sie schmeckt, kurz bevor man sich übergeben muss.

Ich suche nach etwas, an dem ich mich festhalten kann, etwas Wundervollem, einem Glücksbringer gleich, aus meinem alten Leben. Und dann erinnere ich mich. Irgendwo unter mir, tief im Bauch des Flugzeugs, in meinem neuen, braunen Koffer, der mit hunderten von anderen dort in der Dunkelheit gestapelt ist, sind meine Saris. Dicke Kanjeepuram-Seide in kräftigem Purpur und goldenem Gelb, dünne, handgewebte Baumwolle aus der ländlichen Gegend Bengalens, grün wie eine junge Bananenpflanze, grau wie der Frauensee an einem Monsunmorgen. Ich spüre, wie sich meine Schultern entspannen, mein Atem ruhiger wird. Mein Heirats-Benarasi, in flammendem Orange, mit einem weiten *palloo* aus tanzenden, in Gold gestickten Pfauen. Die in Falten gelegten *dhakais*, so fein, dass man die Stoffe durch einen Ring ziehen kann. Mutter hat in jede Falte ein kleines Säckchen mit Sandelholzpulver gelegt, um die Saris vor den unbekannten Insekten Amerikas zu schützen. Kleine Seidensäckchen, die sie aus *ihren* alten Saris gefertigt hat – ich kann ihren beruhigenden Duft riechen, während ich zusehe, wie die amerikanische Stewardess den Wagen mit dem Abendessen auf meinen Platz zuschiebt. Es ist der Duft von Mutters Händen.

Da weiß ich, dass alles gut werden wird. Und als die Stewardess ihren lockigen Goldkopf herabbeugt, um mich zu fragen, was ich gern essen möchte, da verstehe ich jedes ihrer Worte, obwohl sie mit einem fremden Akzent spricht – und ich antworte ihr, ohne ein einziges Mal über die ungewohnten englischen Sätze zu stolpern.

Spät am Abend stehe ich vor unserem Schlafzimmerspiegel und probiere ein paar Kleidungsstücke an, die Somesh mir gekauft und an seinen Eltern vorbeigeschmuggelt hat. Ich spiele Mannequin für ihn, spaziere hin und her, die Hände hinter dem Kopf verschränkt, die Lippen schmollend gespitzt, die linke Hüfte vorgeschoben, wie ich es bei den Mannequins im Fernsehen gesehen habe, während er flüsternd Zustimmung äußert. Mein unterdrücktes Lachen macht mich ganz atemlos (Vater und Mutter Sen dürfen uns nicht hören), und meine Wangen glühen von der köstlichen Aufregung der Verschwörung. Wir haben ein Handtuch in den Schlitz unten an der Tür gestopft, damit kein Licht nach außen dringen kann.

Ich trage gerade ein Paar Jeans, bewundere die Rundungen meiner Hüften und Oberschenkel, die bisher immer unter den fließenden Linien der Saris verborgen waren. Mir gefällt die Farbe. Es ist das gleiche blasse Blau, wie es die *nayantara*-Blumen tragen, die im Garten meiner Eltern wachsen. Welch ein kräftiges, tröstliches Gewicht. Passend zu der Jeans gibt es ein eng anliegendes T-Shirt, unter dem sich meine Brüste abzeichnen.

Ich schimpfte mit Somesh, um mein verlegenes Vergnügen vor ihm zu verbergen. Er hätte so etwas

Verschwenderisches nicht tun sollen. Das können wir uns nicht leisten. Er lächelt nur.

Die Farbe des T-Shirts ist Sonnenaufgangs-Orange – für mich die Farbe der Freude, meines neuen, amerikanischen Lebens. Über die Mitte steht in großen, schwarzen Buchstaben *Great America* geschrieben. Ich war mir sicher, dass sich der Schriftzug auf das Land bezieht, aber Somesh erklärte mir, dass es sich um den Namen eines Vergnügungsparks handle, eines Ortes, an den sich die Leute begeben, um Spaß zu haben. Welch eine wundervolle neue Idee. Über den Buchstaben befindet sich das Bild eines Zugs. Aber es ist gar kein Zug. Somesh erklärte mir, dass es sich um eine Achterbahn handelt. Er versucht, mir zu beschreiben, wie sich die Wagen fortbewegen, erzählt von der verrückten Geschwindigkeit, dem Schwindel, wenn der Boden wegzurutschen scheint, gibt dann aber auf. »Ich werde dich einmal dorthin mitnehmen, Mita, Liebling«, sagt er. »Sobald wir in unsere eigene Wohnung gezogen sind.«

Das ist unser Traum (mehr der meine als der seine, vermute ich): aus diesem Zwei-Zimmer-Appartement auszuziehen, wo es mir so vorkommt, als bliebe keine Luft mehr übrig, wenn wir einmal alle zugleich einatmen würden. Wo ich meinen Kopf mit dem Saum meines japanischen Nylonsaris bedecken muss (meine teuren indischen werden für besondere Gelegenheiten aufgespart, wie die Ausflüge zum Tempel und das bengalische Neujahr) und wo ich den alten Frauen, die Mutter Sen besuchen kommen, Tee serviere und als gute indische Frau meinen Ehemann niemals mit seinem Namen ansprechen darf. Wo wir uns sogar in unserem Bett mit schlechtem Gewissen küssen und unbehaglich auf das verräterische Quietschen der Sprungfedern lauschen. Manchmal lache ich in mich hinein, wenn ich über die Ironie der Situation nachdenke. Nach all meinen Ängsten vor Amerika stellt sich nun heraus, dass mein Leben sich nicht von dem unterscheidet, das Deepali oder Radha führen. Aber in anderen Momenten fühle ich mich in dieser Welt gefangen, wo mir alles wie festgefroren vorkommt, wie die Szenerie in einem Glasbriefbeschwerer. Es ist eine so kleine Welt, dass ich, würde ich meine Arme ausstrecken, an die kalten, unnachgiebigen Wände stoßen müsste. Ich stehe inmitten dieser Glaswelt, sehe hilflos zu, wie Amerika vorübereilt, und möchte am liebsten schreien. Dann schäme ich mich. Mita, ermahne ich mich, du verwestlichst. Zu Hause hättest du niemals so empfunden.

Wir müssen Geduld haben. Das weiß ich. Taktvolle, liebevolle Kinder sein. Das ist die indische Art. »Ich bin ihr Leben«, erklärt mir Somesh, als wir nach unserem Liebesspiel ermattet nebeneinander liegen. Das ist nicht angeberisch gemeint, sondern eine Tatsache. »Sie waren immer für mich da, wenn ich sie brauchte. Ich könnte sie niemals in irgendein Altersheim abschieben.« Für einen Augenblick verspüre ich Wut. Du denkst immer nur an sie, hätte ich am liebsten geschrien. Und was ist mit mir? Dann erinnere ich mich an meine eigenen Eltern, an Mutters Hände, die in langen Fiebernächten kühl auf meinem schweißgebadeten Körper lagen, an Vater, der mir das Lesen beibrachte und dessen Finger über die scharfen schwarzen Winkel des Alphabets wanderten und die Buchstaben wie durch Zauberei in Dinge verwandelte, die ich kannte: Wasser, Hund, Mangobaum. Also kämpfe ich gegen mein unangemessenes Verlangen an und nicke zustimmend.

Somesh hat mir eine cremefarbene Bluse mit einem langen, braunen Rock gekauft. Beides passt wundervoll zusammen, wie die Innen- und Außenseiten einer Mandel. »Für später, wenn du anfängst zu arbeiten«, sagt er. Aber zuerst möchte er, dass ich das College besuche. Einen Abschluss mache, vielleicht als Lehrerin. Ich stelle mir vor, wie ich in einem Klassenzimmer mit Mädchen stehe, die blonde Zöpfe und blaue Uniformen tragen – wie eine Szene aus einem englischen Film, den ich vor langer Zeit einmal in Kalkutta gesehen habe. Sie heben respektvoll die Hände, wenn ich eine Frage stelle. »Meinst du wirklich, dass ich das könnte?«, erkundige ich mich. »Natürlich«, entgegnet er.

Ich bin dankbar, dass er solches Vertrauen in mich hat. Aber ich habe einen anderen Plan, einen geheimen Plan, den ich ihm erst enthüllen werde, wenn wir umziehen. Eigentlich ist es mein Wunsch, im Laden mitzuarbeiten. Ich möchte in meiner cremefarbenen und braunen Kombination (der Farbe der Erde und der Samen) hinter der Theke stehen und die Preise in die Kasse tippen. Ich stelle mir vor, wie die Schublade der Kasse aufgleitet. Selbstbewusst zähle ich grüne Dollarscheine und silberne Vierteldollar. Glänzende Kupferpennys. Ich staube Gläser ab, die auf der Theke stehen und die mit in Goldpapier eingewickelter Schokolade gefüllt sind. Rücke Plakate an der hinteren Wand zurecht, auf denen lächelnde junge Männer ihre Biergläser heben, um mit leicht bekleideten rothaarigen Frauen, die mächtige, stachelige Wimpern haben, anzustoßen. (Ich war noch nie im Laden – meine Schwiegereltern sind der Ansicht, dass sich das für eine Ehefrau nicht geziemt –, aber natürlich weiß ich genau, wie es dort aussieht.) Ich werde die Kunden mit meinem Lächeln betören, sodass sie immer und immer wiederkehren, nur damit sie hören, wie ich ihnen einen guten Tag wünsche.

In der Zwischenzeit sorge ich mit all meiner Willenskraft dafür, dass der Laden genug Geld für uns abwirft. Und zwar ganz schnell. Denn wenn wir umziehen, werden wir für zwei Haushalte zahlen müssen. Doch bisher funktioniert das noch nicht. Sie machen Verluste, erklärt mir Somesh. Sie waren gezwungen, ihren Angestellten zu entlassen. Das bedeutet, dass Somesh in den meisten Nächten die Friedhofsschicht übernehmen muss (welch ein schreckliches Wort, es ist wie eine kalte Hand, die mir das Rückgrat hinaufkriecht), weil sein Partner sich weigert, es zu tun.

»Dieser Bastard!«, stieß Somesh einmal hervor. »Nur, weil er mehr Geld reingesteckt hat, glaubt er, dass er mich herumkommandieren kann. Dem werd ich's zeigen!« Sein bösartig verzogener Mund machte mir Angst. Irgendwie hatte ich angenommen, dass er niemals zornig werden könne.

Somesh verlässt oft unmittelbar nach dem Abendessen die Wohnung und kommt erst zurück, nachdem ich den Morgentee für Vater und Mutter Sen zubereitet habe. In solchen Nächten liege ich meistens wach und stelle mir vor, wie maskierte Eindringlinge im düsteren hinteren Teil des Ladens hocken, wie ich es in den Polizeiserien gesehen habe, die Vater Sen manchmal im Fernsehen anschaut. Aber Somesh beharrt darauf, dass ich mir keine Sorgen machen müsse, denn sie haben Gitterstäbe vor den Fenstern und eine Alarmanlage. »Und vergiss nicht, dass wir mit dem zusätzlich verdienten Geld schneller ausziehen können.«

Ich trage nun ein Nachthemd, mein erstes. Es ist schwarz, hat viel Spitze, glänzt ein wenig und gleitet über meine Hüften, um unerhört hoch oben, mitten auf meinen Oberschenkeln, zu enden. Mein Mund ist im Spiegel zu einem überraschten O geformt, meine Beine sind lang und bleich und weich von dem Haarentferner, den zu kaufen ich Somesh letzte Woche gebeten hatte. Die Beine eines Filmstars. Somesh lacht, als er den Ausdruck auf meinem Gesicht sieht, und sagt: »Du bist schön.« Seine Stimme verursacht ein Flattern in meinem Bauch.

»Findest du wirklich?«, frage ich nach – hauptsächlich, weil ich es gern noch einmal hören möchte. Bisher hat mich noch nie zuvor jemand als schön bezeichnet. Mein Vater hätte das für ungehörig gehalten, und meine Mutter wäre der Ansicht gewesen, dass es mich eitel macht.

Somesh zieht mich nahe an sich heran. »Wunderschön«, flüstert er. »Die schönste Frau der Welt.« Seine Augen blicken nicht scherzend wie sonst. Ich möchte das Licht ausschalten, aber er sagt: »Bitte, ich möchte dein Gesicht dabei sehen.« Seine Finger ziehen die Nadeln aus meinem Haar, lösen meine Zöpfe. Die entflohenen Strähnen fallen wie dunkler Regen über sein Gesicht. Wir haben bereits entschieden, wo wir meine neue amerikanische Kleidung verstecken. Die Jeans und das T-Shirt werden auf einem Bügel zwischen Somesh' Hosen in Deckung gehen, Rock, Bluse und Nachthemd sollen zusammen mit einem Sandelholzsäckchen auf dem Boden meines Koffers warten.

Ich stehe in der Mitte unseres leeren Schlafzimmers, mein Haar ist noch feucht von dem Reinigungsbad, mein Rücken dem abgezogenen Bett zugewandt, dessen Anblick ich nicht ertragen kann. Ich halte den schlichten weißen Sari in den Händen, den ich überziehen soll. Ich muss mich beeilen. Jede Sekunde wird es an der Tür klopfen. Sie haben Angst, mich zu lange allein zu lassen, Angst, dass ich mir etwas antun könnte.

Der Sari – ein dicker Schleierstoff, der sich beim Tragen in der Taille bauschen wird – ist geliehen. Weiß. Die Witwenfarbe, Farbe des Elends. Ich versuche, ihn oben in meinen Unterrock zu stopfen, aber meine Finger sind zu taub, gehorchen mir nicht. Er gleitet mir durch die Hände und ergießt sich in weißen Wellen um meine Füße. Ich trampele in einem Anfall plötzlicher Wut auf ihm herum, aber der Sari ist zu weich, gibt zu sehr nach. Ich packe ein Stück Stoff, grabe meine Zähne hinein und ziehe. Ein Gefühl grimmiger, bitterer Befriedigung überkommt mich, als ich höre, wie er reißt.

An meinem rechten Unterarm ist ein Schnitt, der bis halb zum Ellbogen hinaufreicht und immer noch brennt. Er stammt von der Armreifbrechen-Zeremonie. Die alte Mrs Gosh, die selbst auch eine Witwe ist, hat das Ritual vollzogen. Sie nahm meine Hände in die ihren und schlug meine Arme fest auf den Bettpfosten, sodass die gläsernen Armreife, die ich trug, zerbrachen und bunte Scherben in alle Richtungen flogen. Einige landeten auf dem Leichnam, der auf dem Bett lag und mit einem Laken bedeckt war. Ich vermag ihn nicht mehr Somesh zu nennen. Er war bereits von mir gegangen. Sie nahm eine Ecke des Lakens und rieb das rote Heiratsmal von meiner Stirn. Sie weinte. Alle Frauen im Raum weinten – außer mir. Ich beobachtete sie wie vom anderen, weit entfernten

Ende eines Tunnels. Ihre aufgeblähten Nasenlöcher, ihre rotgeäderten Augen, die Tränenrinnsale, salzigzerfressen, die ihnen die Wangen hinunterliefen.

Es geschah in der Nacht zuvor. Er war im Laden. »Es ist nicht allzu schlimm«, erzählte er an Tagen, wenn er gut gelaunt war. »Nicht zu viele Kunden. Ich kann die Füße hochlegen und die ganze Nacht MTV gucken – und so laut ich will mit Michael Jackson singen.« Er hatte eine schöne Stimme, mein Somesh. Manchmal, wenn wir nachts im Bett lagen und er mich in den Armen hielt, sang er mir leise etwas vor. Hindi-Liebeslieder, *Mere Sapnon Ki Rani*, Königin meiner Träume. (Aus Respekt vor seinen Eltern sang er zu Hause keine amerikanischen Lieder, weil die solche Musik für dekadent hielten.) Ich spürte seinen warmen Atem auf meinem Haar, wenn ich einschlief.

Irgendjemand kam gestern Nacht in den Laden. Er nahm das ganze Geld mit. Sogar die kleinen Rollen mit Pennys, die ich noch gemeinsam mit Somesh gewickelt hatte. Bevor er ging, leerte er das ganze Magazin seiner Waffe in die Brust meines Mannes.

»Das Einzige, was mich stört«, hatte Somesh über die Nachtschichten gesagt, »ist, dass ich dich unglaublich vermisse. Ich sitze da und stelle mir vor, wie du schlafend im Bett liegst. Weißt du eigentlich, dass du im Schlaf die Hände wie ein Baby zu Fäusten ballst? Wenn wir umgezogen sind – wirst du mich dann hin und wieder nachts begleiten und mir Gesellschaft leisten?«

Meine Schwiegereltern sind liebe Menschen, gütige Menschen. Sie haben dafür gesorgt, dass der Leichnam bedeckt wurde, bevor sie mich in das Zimmer ließen. Als jemand fragte, ob mein Haar abgeschnitten werden solle, wie man es zu Hause manchmal bei

Witwen tut, verneinten sie. Sie stellten mir frei, zusammen mit Mrs Gosh im Appartement zu bleiben, statt sie zum Krematorium zu begleiten. Sie baten Dr. Das, mir etwas zur Beruhigung zu geben, als das Zittern einfach nicht aufhören wollte. Nicht ein einziges Mal behaupteten sie – wie es die Leute zu Hause im Dorf sicherlich getan hätten –, dass ich das Unglück mitgebracht hätte, das ihren Sohn so kurz nach der Hochzeit zu Tode kommen ließ.

Nun werden sie sicherlich nach Indien zurückgehen. Hier hält sie ja nichts mehr. Sie erwarten gewiss, dass ich sie begleite. Du bist wie eine Tochter für uns, werden sie sagen. Bei uns hast du ein Heim, so lange du es wünschst. Für den Rest deines Lebens. *Für den Rest meines Lebens.* Daran vermag ich im Moment noch nicht zu denken. Es macht mich schwindelig. Bruchstücke fliegen mir um den Kopf, bunt und schneidend scharf, wie die Teile eines Glasreifs.

Ich möchte, dass du aufs College gehst. Dir einen Beruf aussuchst. Ich stehe vor einer Klasse lächelnder Kinder, gefalle ihnen in meiner cremefarbenen und braunen amerikanischen Kleiderkombination. Eine gesichtslose Parade zieht an meinen Augenlidern vorüber: all die Kunden des Ladens, die ich niemals kennen lernen werde. Das Spitzennachthemd, das nach Sandelholz duftet und in seiner Schwärze in meinem Koffer wartet. Unser Sparbuch mit den 3605,33 Dollar. *Viertausend, und wir können ausziehen – vielleicht schon nächsten Monat.* Der Name der Seidenstrumpfhose, die ich mir zu meinem Geburtstag gewünscht hatte: pures Gold-Beige. Seine Lippen, so unerwartet sanft, frauenweich. Weinflaschen mit eleganten Hälsen, die von Regalen gestoßen werden und auf dem Boden zersplittern.

Ich weiß, dass Somesh nicht versucht hat, den Mann mit der Waffe aufzuhalten. Ich stelle mir seine Silhouette vor dem erleuchteten Dewar-Schild vor, die Hände in die Höhe gehoben. Er bemüht sich, seinem Gesicht den richtigen Ausdruck zu verleihen: gelassen, beruhigend, vernünftig. *Okay, nehmen Sie das Geld. Nein, ich werde nicht die Polizei rufen.* Seine Hände zittern nur ein klein wenig. Seine Augen verdunkeln sich ungläubig, als seine Finger die Brust berühren und die Feuchtigkeit fühlen.

Ich riss das Laken zur Seite. Ich musste es einfach sehen. *Great America, hier haben Sie Spaß.* Mein Atem braust wie eine Achterbahn durch meinen Körper, mein ungelebtes Leben sammelt sich zu einem Schrei. Ich hatte Blut erwartet, eine Menge Blut, tiefes Rot-Schwarz, das seine Brust verkrustet. Aber sie müssen ihn wohl im Krankenhaus gewaschen haben. Er trug seine seidene Hochzeits-*kurta*. Gegen ihre warme Elfenbeinfarbe wirkte sein Gesicht entrückt, streng. Ich nahm das Moschusaroma seines After-shave wahr, mit dem jemand seinen Leichnam benetzt haben musste. Es verbarg nicht ganz diesen anderen, schwachen, sauer metallischen Geruch. Den Geruch des Todes. Der Boden gab unter meinen Füßen nach, bäumte sich wie eine Welle auf.

Ich liege jetzt auf dem Boden, auf dem ausgebreiteten weißen Sari. Ich fühle mich schläfrig. Oder vielleicht ist es auch ein anderes Gefühl, für das ich keine Worte habe. Der Sari ist verführerisch weich, zieht mich in seine Falten.

Manchmal, wenn ich im See badete, entfernte ich mich von meinen Freundinnen und ihrem endlosen Geplapper. Ich schwamm mit langsamen Bewegungen auf dem Rücken zur Wassermitte, blickte zum

Himmel hoch, und sein überwältigendes Blau zog mich hinauf, bis ich mich schwerelos und schwindelig fühlte. Ab und zu durchquerte ein Flugzeug das Blau, eine schmale, silberne Nadel, die durch die Wolken drang, hinein und wieder hinaus, bis sie verschwunden war. Manchmal, während ich in der Mitte des Sees dahintrieb und die Sonne auf meine geschlossenen Lider herabbrannte, kam mir der Gedanke, wie leicht es doch wäre, einfach loszulassen, hinabzusinken in die düstere, braune Lehmwelt mit ihren Wasserpflanzen, die so fein waren wie Haare.

Einmal hätte ich es beinahe getan. Ich rollte meinen Körper so fest wie eine Faust zusammen und begann, mich sinken zu lassen. Die Sonne wurde blass und formlos, das Wasser, plötzlich so kalt, leckte zur Begrüßung an den Innenseiten meiner Ohren. Aber am Ende brachte ich es doch nicht fertig.

Nun klopfen sie an die Tür, rufen meinen Namen. Ich stemme mich vom Boden in die Höhe. Mein Körper ist beinahe zu schwer, um sich aufzurichten – ganz so, als wenn man nach langem Schwimmen aus dem Wasser klettert. Ich bin überrascht, wie lebendig diese Erinnerung ist, die ich mir so viele Jahre nicht mehr ins Gedächtnis gerufen habe. Das verzweifelte Schlagen mit Armen und Beinen, als ich mich nach oben kämpfe. Der Druck des Wassers auf mir, schwer wie Entsetzen. Das wilde Tier, das in meiner Brust gefangen ist, sich in meine Lungen krallt. Der Tag, der als sengende Luft zu mir zurückkehrt, die ich einatme, ein, ein, ein, als ob ich niemals wieder genug davon bekommen könnte.

In dem Moment weiß ich, dass ich nicht wieder zurückgehen kann. Ich habe noch keine Vorstellung, wie ich es schaffen soll, hier in diesem neuen, gefährlichen Land. Ich weiß nur, dass ich es schaffen muss. Denn überall in Indien servieren in diesem Augenblick Witwen in weißen Saris mit gebeugten, verschleierten Köpfen ihren Schwiegereltern den Tee. Tauben mit abgeschnittenen Flügeln.

Ich stehe jetzt vor dem Spiegel, hebe den Sari auf. Ich stecke das zerrissene Ende nach innen, sodass es auf meiner Haut liegt, mein Geheimnis ist. Ich bringe mich dazu, an den Laden zu denken, obwohl es wehtut. In der Abteilung mit den Kühlwaren stehen blaue Milchkartons ordentlich nebeneinander, von Somesh' Hand einsortiert. Ein exotischer Duft von Hills-Brothers-Kaffee liegt in der Luft, dunkel und stark zubereitet. Zuckerüberzogene Donuts schmiegen sich glänzend ins Papier. Das Neonschild mit dem Budweiser-Emblem blinzelt wie eine verführerische Einladung.

Ich richte meine Schultern auf, stehe gerader und atme tief ein. Die Luft erfüllt mich – die gleiche Luft, die noch vor einer kleinen Weile durch Somesh' Lungen gereist ist. Der Gedanke ist wie ein unerwartetes, intimes Geschenk. Ich recke mein Kinn in die Höhe, bereite mich auf die Auseinandersetzungen der kommenden Wochen, auf die Vorhaltungen vor. Im Spiegel erwidert eine Frau meinen Blick, deren Augen besorgt und dennoch fest blicken. Sie trägt eine Bluse und einen Rock in Mandelfarben.

AMELIE FRIED *Immer voll vorbei*

Heute lesen Sie wieder eine Lektion aus der Reihe ›Warum Männer und Frauen sich nicht verstehen können‹. Dieses Thema behandle ich ja immer wieder mal, was daran liegt, dass es zwischen Männern und Frauen eine Fülle von Möglichkeiten gibt, sich misszuverstehen. Ja, manchmal beschleicht einen das Gefühl, das Missverständnis sei sozusagen die Basis der Kommunikation zwischen Mann und Frau, und als sei es eher Zufall, wenn sie sich mal *richtig* verstehen.

Nehmen wir folgenden Dialog, der sich täglich so (oder so ähnlich) zwischen Paaren abspielt:

Sie sagt: »Lass uns doch mal wieder schön zusammen essen gehen!« *(Sie meint: Es war so viel los in letzter Zeit, ich hätte dich gerne mal wieder für mich.)*
Er sagt: »Warum sollen wir denn ausgehen, wir haben es doch zu Hause so gemütlich.« *(Er meint: Selber kochen ist billiger und der Weg zum Bett ist kürzer.)*
Sie sagt: »Ich würde gerne mal wieder unter Leute.« *(Sie meint: Ich möchte endlich meine neue Klamotte ausführen, und dich würde ich auch gerne mal wieder in was anderem sehen als in deinem alten Bademantel.)*

Er sagt: »Ich dachte, du willst mich für dich allein haben.« *(Er meint: Du langweilst dich also mit mir.)*

Sie sagt: »Deshalb können wir doch trotzdem ins Restaurant gehen.« *(Sie meint: Ich will einfach mal wieder verwöhnt werden.)*

Er sagt: »Du kochst viel besser.« *(Er meint: Solange du kochst, könnte ich die erste Halbzeit Bayern–Schalke anschauen.)*

Sie sagt: »Ich hab keine Lust zu kochen.« *(Er versteht: Ich hab keine Lust auf dich.)*

Er sagt: »Ich habe heute Abend sowieso ein Meeting, könnte später werden.« *(Er meint: Dann schau ich mir das Spiel eben mit meinen Kumpels an ...)* *(Sie versteht: Ich habe etwas Besseres vor, als mit dir essen zu gehen.)*

Sie sagt: »Du liebst mich nicht mehr.« *(Sie meint, was sie sagt.)*

Er sagt: »Wie kommst du denn darauf?« *(Er meint: Wenn du schon keine Lust auf Sex hast, dann lass mich wenigstens das Fußballspiel ansehen.)*

Sie sagt: »Ich spür das einfach.« *(Sie meint: Du bist ein unsensibler Klotz.)*

Er sagt: »Du spinnst.« *(Er meint: Hast du deine Tage?)*

Sie sagt: »Ich glaube, wir sollten uns trennen.« *(Sie meint: jetzt nimm mich doch endlich in den Arm!)*

Wie dieser Dialog endet, ist von Fall zu Fall verschieden, sicher ist: Mann und Frau haben mal wieder grandios aneinander vorbeigeredet, und das, ohne es zu merken.

Das Problem ist nämlich, dass beide glauben, der andere meine immer, was er sagt, müsse aber verstehen, dass man selbst eigentlich etwas anderes meint.

Aber um sich misszuverstehen, muss man nicht mal eine Unterhaltung führen, schon einzelne Begriffe werden von Männern und Frauen völlig unterschiedlich aufgefasst, wie folgende Beispiele zeigen:

Einkaufen:
Für Frauen = gemütliches, stundenlanges Bummeln durch Läden und Kaufhäuser, gelegentliche Anprobe von Kleidungsstücken, zwischendurch Kaffee und Kuchen.
Für Männer = Aufsuchen eines Geschäftes, Tunnelblick auf das, was gekauft werden soll, Anprobe von maximal zwei Teilen, Verlassen des Geschäftes nach höchstens zehn Minuten.

Schenken:
Für Frauen = ein Anlass, den Liebsten mal wieder so richtig zu überraschen.
Für Männer = ein Anlass, sich von der Liebsten mal wieder so richtig überraschen zu lassen.

Sex:
Für sie Beweis für die Existenz ihrer Liebe.
Für ihn Beweis für die Existenz seiner Triebe..

Romantik:
Sie *(blickt schwärmerisch zum Nachthimmel hoch)*: »Schau mal, wie schön der Mond ist!«
Er *(blickt misstrauisch zu ihr)*: »Was willst du denn damit sagen?«

Fazit:
Man muss jemanden nicht verstehen, um ihn zu lieben.

JANE GREEN *Champagnerlaune*

Nick war von Anfang an nicht der Richtige, mein Gott noch mal. Sogar mir war das klar. Ja, ich weiß, dass glücklich Verheiratete oft sagen, dass man es nicht auf Anhieb wissen kann, aber natürlich wusste ich es. Nicht, dass ich etwas gegen seine Sprache gehabt hätte – Nick drückte sich sogar etwas gewählter aus als ich, aber sonst stimmte überhaupt nichts, passte nichts zusammen.

Da war zunächst einmal die Sache mit dem Geld. Als PR-Referentin habe ich vielleicht nicht den bestbezahlten Job des Universums, aber immerhin kann ich meine Rechnungen bezahlen, meine Hypothek abstottern und habe gerade noch genug für gelegentliche Shopping-Therapien übrig. Nick dagegen verdiente keinen Pfennig. Na ja, das ist vielleicht ein bisschen übertrieben, aber er war nicht wie meine früheren Freunde, er strotzte nicht vor Geld. Natürlich ist Geld nicht das Wichtigste – es macht mir nichts aus, wenn ein Mann mich nicht einlädt, aber es macht mir eine Menge aus, wenn er nicht einmal für sich selbst bezahlen kann.

Zwar hat Nick manchmal angeboten, sein Essen selbst zu bezahlen, aber jeweils mit so wenig Überzeugung, dass ich Schuldgefühle bekam. Ich schob einfach seine Hand zur Seite, sagte ihm, er solle nicht albern sein, und zog meine Kreditkarte heraus.

Und dann war da die Sache mit der Politik. Beziehungsweise deren Fehlen, was es in meinem Fall wohl am ehesten trifft. Nick war nie glücklicher, als wenn er mit seinen Kumpels zusammen war und über das Für und Wider von New Labour diskutieren konnte, während ich zu Tode gelangweilt dasaß und vor mich hinschwieg, damit ja niemand auf die Idee kam, mich zu fragen, was ich wählte, und ich zugeben musste, dass ich konservativ wählte, weil, na ja, weil meine Eltern eben auch immer konservativ gewählt haben.

Apropos für und wider, es wird sicher alles verständlicher, wenn ich Ihnen die Liste zeige, die ich zusammengestellt habe, kurz nachdem ich Nick begegnet bin. Ich meine, hier zu sitzen und all die Gründe aufzuzählen, warum er nicht der Richtige für mich war, würde vermutlich den ganzen Tag dauern. Die Liste erklärt, warum ich so sehr darauf bestanden habe, dass er bloß eine Affäre war.

Für
– Ich fahre wirklich auf ihn ab.
– Er hat die größten, sanftesten, blausten Augen, die ich je gesehen habe.
– Er ist ausgesprochen zärtlich.
– Er ist fabelhaft selbstlos im Bett (oder sagen wir: einfach nur fabelhaft).
– Er bringt mich zum Lachen.

Wider
– Er hat kein Geld.
– Er lebt in einem miesen Wohnklo in Highgate.
– Er ist ein Linker und interessiert sich für Politik.
– Er mag Pubs und Bier (in rauen Mengen).

- Ich kann seine Freunde nicht ausstehen,
- Er ist ein absoluter Frauenheld.
- Er ist allergisch gegen feste Bindungen.
- Er sagt, er ist nicht reif für eine Beziehung (was für mich aber genauso gilt).

Voilà – viel mehr Wider als Für, und wenn ich ganz ehrlich bin, so haben die Gegenargumente mehr Gewicht. Ich meine, wie konnte ich mich nur mit jemandem einlassen, dessen Freunde ich nicht mag? Ich habe immer, immer schon geglaubt, dass man einen Menschen an seinen Freunden erkennt, und ich hätte es wirklich besser wissen sollen.

Andererseits kann man wohl kaum beeinflussen, in wen man sich verknallt, oder? Und genau das war der Punkt. Ich war total in Nick verknallt, so sehr wie ich seit Jahren in niemanden mehr verknallt gewesen war. Und wenn man solche Schmetterlingsgefühle im Bauch verspürt, dann hört man irgendwie auf, über Vor- und Nachteile nachzudenken; man lässt sich einfach treiben.

Wahrscheinlich fragen Sie sich jetzt, wie ich Nick kennen gelernt habe, denn im Grunde waren unsere Wege ja kaum dazu bestimmt, sich zu kreuzen. Eigentlich kannte ich ihn schon länger. Ich war ihm gelegentlich auf irgendwelchen Partys begegnet, wenn ich mit meiner Freundin Sally, Sal, unterwegs war, hatte ihm aber nie viel Beachtung geschenkt. Ich hatte ihn einfach nicht oft genug gesehen, um ihn groß zu beachten, denn so oft war ich mit Sally auch wieder nicht unterwegs.

Sal und ich kennen uns, weil wir früher beruflich miteinander zu tun hatten. Vor Jahren, als ich als kleine PR-Assistentin anfing, arbeitete Sally als Journalistin bei einer Zeitschrift, und sie war so ziemlich die Einzige, die mich nicht wie Dreck behandelte, und so kam es, dass wir uns anfreundeten.

Nicht, dass ich sie nicht mag. Sie ist Klasse. Sie ist nur anders. Anders als ich, meine ich. Sie hat mehr Ähnlichkeit mit Nick, und ich kann mich dumpf daran erinnern, dass sie einmal für ihn geschwärmt hat. Das ist wahrscheinlich der einzige Grund, warum ich mich überhaupt an ihn erinnerte – sie hatte mich irgendwann einmal gebeten, zu beobachten, ob er sie anstarrte, sich irgendwie interessiert zeigte, und ich ließ mich darauf ein, weil sie meine Freundin war und weil das immer noch besser war, als gelangweilt in der Gegend herumzustehen und mir zu wünschen, ich wäre anderswo.

Sal schleppte mich immer zu diesen Partys mit, Studentenpartys, dachte ich dann blasiert, außer dass seit Jahren keiner der Gäste mehr eine Uni von innen gesehen hatte. Diese Partys fanden immer in baufälligen Häusern statt, wurden von deren vier oder sechs Bewohnern veranstaltet und waren nie so ganz mein Ding.

Nicht, dass ich mir den Lebensstil, den ich mir wünschte, hätte erlauben können. Damals noch nicht. Champagnerlust und Bier-Budget, meckerte meine Mutter regelmäßig, wenn ich bei einem meiner Sonntagsbesuche versehentlich irgendeinen neuen Fummel trug.

»Was ist denn das?«, fragte sie dann in missbilligendem Tonfall.

»Was? Dieses alte Ding?«, lernte ich abwertend über mein tolles Designeroutfit zu sagen, das ich so liebte, dass ich es schon seit sechs Tagen nicht mehr ausgezogen hatte. »Das habe ich doch schon ewig.«

Oder: »Es hat im Büro als Muster herumgelegen. Gefällt's dir?« Mit der Zeit begriff ich, dass es meiner Mutter sehr wohl gefiel, solange ich ihr verschwieg, dass es neu war.

Wenn ich tatsächlich einmal zugab, dass ich ein Kleidungsstück gekauft hatte, zog sie die Augenbrauen hoch und fragte: »Und, wie viel?« Dann murmelte ich einen Preis, wobei ich normalerweise etwa hundert Pfund unterschlug, und sie verdrehte die Augen, schüttelte den Kopf und gab mir das Gefühl, ein unartiges Kind zu sein.

Ich habe immer davon geträumt, eine Karrierefrau zu werden. Ich wollte Schulterpolster, Aktentaschen und Handys. Ich wollte Designerklamotten und eine todschicke Wohnung mit Holzfußböden und weißen Sofas und riesigen Vasen voller Lilien auf all meinen Tischen aus poliertem Kirschbaum. Ich wollte einen Mercedes-Sportwagen und fetten Goldschmuck.

Unglücklicherweise ist die PR-Branche nicht der richtige Weg, um das zu erreichen. Ich weiß, was ich hätte tun sollen, ich hätte an die Börse gehen sollen. Ich bin während des riesigen Konjunktur-Booms in den Achtzigern mit der Uni fertig geworden und hätte ein Vermögen verdienen können. Aber Gelddinge und Zahlen waren noch nie meine Stärke, ich wäre ein hoffnungsloser Fall gewesen. PR schien mir die beste Lösung zu sein. Es hörte sich glanzvoll und aufregend an, und ich brauchte nicht als Sekretärin anzufangen, denn davor graute mir am meisten. So konnte ich als PR-Assistentin einsteigen, was mir im reifen Alter von einundzwanzig das Gefühl gab, im Lotto gewonnen zu haben.

Ich bewarb mich auf eine Anzeige im *Guardian*, und auf dem Weg zum Vorstellungsgespräch beschloss ich, dass ich sterben würde, wenn ich diesen Job nicht bekam. Die Büroräume der Firma Joe Cooper PR befanden sich in einer Seitenstraße in Kilburn, eine ziemlich heruntergekommene Gegend, ich weiß, und von außen sah das Gebäude nur wie ein großes Lagerhaus aus, aber innen war es fantastisch. Ein riesiges, ausgebautes Dachgeschoss, Holzfußböden, knallbunte Schreibtischsessel und Samtkissen, und mittendrin telefonierten einige der schönsten Menschen, die ich je gesehen hatte, pausenlos vor sich hin.

Und ich fühlte mich völlig fehl am Platz. Da waren sie nun, alle in Jeans, superschicken T-Shirts und dicken Bikerstiefeln (das war damals in), und hier stand ich in meinem knappen, cremefarbenen Kostüm mit passenden Pumps und umklammerte eine Aktentasche, um möglichst professionell auszusehen.

Ich weiß noch, dass ich ›Scheiße‹ dachte, als ich da hineinspazierte. Wieso, wieso nur habe ich mich nicht nach den Gepflogenheiten der Branche erkundigt, bevor ich gekommen bin – aber dann kam Joe Cooper und schüttelte mir die Hand.

»Du musst Libby sein«, sagte er, und ich wusste sofort, dass ich ihn mögen würde, und, was noch wichtiger war, ich wusste, dass er mich mögen würde. Ich lag richtig. Eine Woche später fing ich an. Ich bekam einen Hungerlohn, aber ich war glücklich. Überglücklich.

Innerhalb eines Monats waren all meine Freunde grün vor Neid, weil ich bereits mit einigen der heißesten Fernsehstars per Du war und meine Tage damit verbrachte, den PR-Referenten zu helfen, indem ich Pressemitteilungen tippte. Dann und wann durfte ich besagte Stars betreuen, wenn sie einen Termin bei einem Radio- oder Fernsehsender hatten, um für ihr neues Buch, ihre jüngste Show oder ihren letzten Film zu werben. Es war aufregend, und ich lernte tausend neue Leute kennen; mein Kostüm landete ganz hinten im Schrank, während ich mich genau so kleidete wie die anderen und dazugehörte.

Meine aufkeimenden Champagnergelüste kamen bei Joe Cooper PR zur vollen Entfaltung. Zugegebenermaßen nicht ganz so, wie ich es mir ausgemalt hatte. Anstelle von Yves Saint Laurent wollte ich Rifat Ozbek. Anstelle von Annabel's wollte ich Quiet Storm. Anstelle von Mortons wollte ich die Atlantic Bar oder was sonst zurzeit gerade in war. Oft musste ich Kunden ›unterhalten‹, also ging es auf Spesen, aber wenn man eine Frau im Berufsleben erst mal auf den Geschmack bringt, dann kann man nicht erwarten, dass sie sich abends mit Tütensuppen zufrieden gibt, oder?

Und jetzt kann ich mir meinen Lebensstil gerade eben so leisten, dank eines überaus verständnisvollen Bankangestellten, der bereit war, mir einen Dispokredit einzuräumen, ›nur für den Fall des Falles‹. Welchen Falles? Dass ich ihn irgendwann einmal nicht in Anspruch nehmen muss? Denn ich schöpfe meinen Dispokredit eigentlich andauernd aus, aber, du lieber Gott, es ist nur Geld; seien wir doch ehrlich – mit etwas Glück verbringen wir vielleicht achtzig Jahre hier, also spielt im kosmischen Gesamtgefüge kaum etwas eine besondere Rolle, Geld schon mal gar nicht. Im Zweifelsfall nicht einmal Männer.

Es sind die Freunde, auf die es ankommt, zu diesem Schluss bin ich gekommen. Mein Privatleben ist ein ewiges Auf und Ab. Manchmal stürze ich mich voll in den Trubel, bin jeden Abend unterwegs und dankbar, wenn ich ab und zu abends fernsehen und ein wenig Schlaf nachholen kann. Aber dann beruhigt sich alles eine Zeit lang, und ich bin jeden Abend zu Hause. Dann blättere ich in meinem Adressbuch und frage mich, warum ich mich eigentlich nicht dazu aufraffen kann, mit jemandem zu reden.

Na ja, nicht ganz. Ich rede ungefähr fünfmal täglich mit Jules, selbst wenn wir uns eigentlich gar nichts zu sagen haben, was meistens der Fall ist, denn was kann man jemandem, mit dem man zuletzt eine Stunde zuvor gesprochen hat, schon Neues erzählen. Meistens läuft es darauf hinaus, dass wir Unsinn reden. Sie ruft mich an und sagt: »Ich habe gerade eine halbe Packung Kekse und ein Sandwich mit Käse und Pickles gegessen. Mir ist schlecht.«

Und ich sage: »Ich hatte ein getoastetes Brötchen mit Räucherlachs, ohne Butter, und ein halbes Twix.« Und das ist alles.

Oder ich rufe sie an und sage: »Ich wollte einfach nur hallo sagen.«

Und sie seufzt und sagt: »Hallo. Irgendetwas Neues?«

»Nein. Bei dir?«

»Nein.«

»Okay. Ich ruf später noch mal an.«

»Okay.«

Wir verabschieden uns nie, niemals, oder sagen: »Ich ruf dich am Wochenende an«, nicht einmal: »Bis morgen«, denn außer wenn wir spätabends im Bett miteinander telefonieren (was wir so gut wie jede Nacht tun), wissen wir genau, dass wir kurz darauf wieder miteinander sprechen werden, auch wenn wir uns nichts zu sagen haben.

Das wirklich Überraschende daran ist nicht die Tatsache, wie nah wir uns stehen, sondern dass Jules verheiratet ist. Letztes Jahr hat sie James geheiratet, oder Jamie, wie ihn die meisten Leute nennen (gut, was? Jules et Jim), und ich hatte schreckliche Angst, dass ich sie nicht mehr zu Gesicht bekommen würde, aber das Gegenteil ist der Fall. Es ist fast so, als wäre sie gar nicht verheiratet, weil wir fast nie über Jamie sprechen. Er scheint niemals zu Hause zu sein, oder wenn er es ist, dann hat er sich in seinem Arbeitszimmer verkrochen und arbeitet. Eine Zeit lang war ich ziemlich besorgt und befürchtete, dass Jules vielleicht einen Fehler gemacht hatte, dass ihre Ehe vielleicht nicht das ist, was sie sein sollte. Doch bei den seltenen Anlässen, wenn ich die beiden zusammen erlebe, sehe ich, dass es funktioniert, dass sie glücklich ist, dass die Ehe ihr zum ersten Mal die Sicherheit gibt, die sie vorher nie hatte – die Sicherheit, nach der ich mich sehne.

Und unterdessen habe ich nach wie vor meine Freundin, mein Gewissen, meine Schwester. Natürlich ist sie das nicht, aber es fühlt sich so an, und Jules ist die klügste Frau, die ich kenne. Oft sitze ich da und erzähle ihr von meinem jüngsten Abenteuer, und sie hört mir ganz still zu und wartet am Ende ein paar Sekunden, bevor sie etwas sagt – was mich anfangs ziemlich verunsichert hat, weil ich dachte, dass sie sich langweilt. Doch in Wirklichkeit denkt sie über das nach, was ich ihr erzählt habe, und legt sich ihre Meinung zurecht; wenn sie mir schließlich einen Rat gibt, dann trifft sie hundertprozentig den Punkt, auch wenn es nicht immer das ist, was ich hören will.

Sie ist das, was meine Mutter eine echte Freundin nennen würde, und ich weiß, dass wir immer füreinander da sein werden, was auch geschieht. Daher ist Jules der einzige Mensch, den ich immer anrufe, selbst an den Abenden, an denen ich mich verkrieche, an denen ich beschließe, dass ich nicht in der Lage bin, mich der Welt zu stellen.

Wenigstens ist meine Wohnung ein gemütlicher Ort für diese einsamen Phasen voller Videos und Essen vom China-Imbiss. Nicht ganz die Wohnung, von der ich immer geträumt habe, aber ich habe sie wirklich nett eingerichtet, wenn man bedenkt, dass ich die meisten Möbel entweder von meinen Eltern geerbt oder Second Hand gekauft habe.

Aber wenn meine großzügigen Eltern nicht gewesen wären, hätte ich es mir wahrscheinlich nie leisten können, überhaupt eine Wohnung zu kaufen. Wahrscheinlich würde ich mit vier oder sechs anderen Frauen in einer WG in einem heruntergekommenen Haus wohnen und die Abende mit Streitereien über den Abwasch verbringen. Okay, ich musste noch nie so leben, aber ich habe genug Freunde, bei denen es so war, und offen gestanden habe ich die Nase voll von ihren ewigen Anrufen, ob sie auf meinem Sofa pennen können, weil sie Platz für sich brauchen.

Meine Wohnung ist winzig. Winzig. Die winzigste Wohnung, die Sie sich vorstellen können, die wirklich noch eine Wohnung ist und kein Studio. Sie ist im Souterrain eines Hauses in der Ladbroke Grove, und von der Eingangstür geht man direkt ins Wohnzimmer. Überraschenderweise ist sie ziemlich hell für eine Souterrainwohnung, und ich habe versucht, das zu unterstreichen, indem ich sie so neutral wie möglich gestaltet habe. Nur gegen das Durcheinander kann ich nichts tun, die Regale sind voller Bücher, Fotos und Postkarten, weil ich nichts wegwerfe; man weiß ja nie, wann man die Sachen vielleicht noch einmal brauchen kann.

Vom Wohnzimmer geht eine offene, L-förmige Küche ab, eine Art Kombüse, und gegenüber dem großen Fenster führt eine Glastür ins Schlafzimmer. Es ist so klein, dass ich ein Klappbett habe, aber ich mache mir nie die Mühe, es hochzuklappen, außer wenn ich eine Party gebe. Vom Schlafzimmer geht es in ein Miniaturbadezimmer, und das ist alles. Perfekt für mich, obwohl ich meinen Traum von den großen Zimmern und den hohen Decken nicht vergessen habe – ich habe mich aber mehr oder weniger damit abgefunden, dass mein PR-Job mir wahrscheinlich nie so viel einbringen wird, dass ich mir selber kaufen kann, was ich nur wünsche, und dass ich einfach einen reichen Mann heiraten muss, um mir den Lebensstil erlauben zu können, an den ich mich zu gewöhnen gedenke.

Nun ja. Männer. Wahrscheinlich der einzige Bereich in meinem Leben, der eine totale Katastrophe ist. Nicht, dass ich keine Männer kennen lernen würde, Gott, Männer kommen aus allen Ecken gekrochen, nur dass diejenigen, die auf mich zukriechen, grundsätzlich Würmer sind. Typisch, nicht wahr? Jules kann es nicht verstehen. Ich kann es nicht verstehen. Bei jedem neuen Mann glaube ich, dass es anders wird, dass er mich gut behandeln und für mich sorgen wird, doch es endet jedes Mal in Tränen.

Ich dachte, Jon wäre der Richtige. Ja, ja, ja, ich weiß, das sage ich jedes Mal. Aber ich habe es wirklich gedacht. Er war alles, was ich mir gewünscht hatte. Er war Immobilienmakler, was vielleicht ein bisschen langweilig ist, aber er war nicht langweilig. Er sah gut aus, kleidete sich gut, hatte eine tolle Wohnung in Maida Vale, einen Mazda MX-5, kannte interessante Leute, war klasse im Bett ... Tja, eigentlich geht die Liste noch ewig so weiter. Das Problem war einfach, dass er mich nicht besonders mochte. Ich meine, klar, er stand auf mich, aber er mochte mich nicht wirklich, er hatte keine Lust, seine Zeit mit mir zu verbringen. Ich dachte dauernd, er würde sich in mich verlieben, wenn ich perfekt wäre, wenn ich die perfekte Freundin spielen würde. Hat er aber nicht. Je mehr ich mich bemühte, die perfekte Freundin zu sein, desto gemeiner war er zu mir.

Anfangs hat er mich immer angerufen, doch dann wurden die Anrufe immer seltener, und irgendwann riefen mich die Leute an und fragten mich, warum ich gestern Abend nicht mit Jon auf der Party war. Er verreiste übers Wochenende, ohne es mir zu sagen; er verschwand einfach, und ich verbrachte die Wochenenden in Tränen aufgelöst, rief pausenlos seinen Anrufbeantworter an und knallte den Hörer auf, bevor seine Ansage zu Ende war.

Ich habe ihn meinen Eltern vorgestellt. Großer Fehler. Riesenfehler. Sie fanden ihn toll. Sie fanden es toll, dass ich endlich jemanden kennen gelernt hatte, der mich ihnen abnehmen, sich um mich kümmern konnte, und so erstaunlich und ungewöhnlich das ist, aber je mehr sie ihn liebten, desto mehr liebte ich ihn. Doch irgendwann konnte ich nicht mehr. Ich wurde einfach nicht mehr fertig damit, wie ein Stück Dreck behandelt zu werden, ich machte Schluss – und ich bin jetzt noch stolz auf mich.

Es schien dem Mistkerl nicht das Geringste auszumachen. Er hat vage mit den Achseln gezuckt und gesagt, er sei mit dem Stand der Dinge ganz zufrieden, und als ich sagte, ich bräuchte mehr, zuckte er einfach wieder mit den Achseln und sagte, es täte ihm Leid, dass er mir nicht mehr geben könnte. Mistkerl. MISTKERL.

Was soll's, das ist lange her. Ich war ungefähr eine Woche wie gelähmt vor Schmerz. Ich bin im Büro pausenlos in Tränen ausgebrochen, und alle hatten wahnsinnig viel Verständnis, ohne mich direkt darauf anzusprechen. Jedes Mal, wenn ich weinend am Schreibtisch saß, spürte ich eine Hand auf meiner Schulter, und jemand stellte wortlos eine Tasse Tee vor mich hin, was ich reizend fand. Die Art meiner Kollegen, mir ihr Mitgefühl zu zeigen.

Nach einer Woche sagte Jules dann, ich müsste mich zusammenreißen, und sie hätte von Anfang an gewusst, dass er nicht der Richtige für mich war, dass er viel zu arrogant war, dass ich etwas Besseres verdient hätte und dass auch andere Mütter hübsche Söhne hätten ... bla, bla, bla. Und allmählich begriff ich, was sie meinte.

Ich fing wieder an, mich unters Volk zu mischen. Ging in Bars, besuchte Partys und Vernissagen. Obwohl es mir schrecklich ging, tat ich so, als amüsierte ich mich, und nach ein paar Monaten merkte ich, dass ich mich tatsächlich amüsierte, und das war der Moment, in dem ich beschloss, dass ich von Männern die Nase voll hatte. Zumindest fürs Erste.

Ja, dachte ich. Keine Mistkerle mehr für mich. Doch vor sechs Monaten dann bekam ich die ersten Entzugserscheinungen. Nicht von Jon, sondern vom Kuscheln, von der Zuneigung eines anderen Menschen und, na gut, ich geb's zu, vom Sex. Es gibt da ja eine Art Ausschaltmechanismus. Wenn man daran gewöhnt gewesen ist, regelmäßig Sex zu haben, dann fehlt er einem ungefähr sechs Monate lang, das weiß ich, und danach denkt man eigentlich nicht mehr daran, weil es einfach nicht mehr zum Leben dazugehört. Und wenn es dann endlich wieder passiert, dann ist man erstaunt, dass man so lange ohne ausgekommen ist, weil es so verdammt schön ist. Ich weiß das, weil es in meinem Leben zwei LANGE Durststrecken gegeben hat. Eine hat zehn Monate gedauert und die andere ... Gott, ich weiß gar nicht, ob ich Ihnen das sagen möchte. Okay. Die andere zwei Jahre.

Siebenundzwanzig verflixte Jahre alt, und ich musste zwei Jahre lang ohne Sex auskommen. Traurig, nicht wahr?

Wahrscheinlich stand ich bereits kurz vor diesem Punkt, an dem Sex aufhört, wichtig zu sein, als ich beschloss, mir ein Abenteuer zu leisten. Ich will keine Beziehung, dachte ich. Ich will einfach nur Sex. Das ist alles.

Ich befand mich in jenem seltenen Zustand, den andere Frauen einem immer anzustreben raten, der aber normalerweise unerreichbar ist. Ein Zustand, in dem man auch ohne Mann absolut glücklich ist, deshalb nicht nach einem Mann sucht und ganz von der Arbeit und den Freunden erfüllt ist.

Und das war ich tatsächlich. Nach dem Drama mit Jon begriff ich, dass ich unter keinen Umständen eine Beziehung mit jemandem haben wollte, der nicht absolut der Richtige war, und wir wollen doch einmal ehrlich sein – wie oft begegnet man jemandem, der einen wirklich anzieht und den man wirklich mag? Genau.

Bei mir ist es wie bei den meisten Frauen. Ich lerne jemanden kennen, und er hat seine positiven Seiten, vielleicht sieht er gut aus, hat den richtigen Job oder er kommt aus einer tollen Familie. Und anstatt mich zurückzulehnen und darauf zu warten, dass seine übrigen Seiten ans Tageslicht kommen, erfinde ich sie. Ich male mir aus, wie er denkt, wie er mit mir umgehen wird – und dann, jedes Mal wenn ich zu dem Schluss komme, dass er unzweifelhaft der perfekte Mann für mich ist, erkenne ich plötzlich, na ja, vielleicht nicht ganz so plötzlich, normalerweise etwa sechs Monate nach der Trennung, dass er überhaupt nicht der Mensch war, für den ich ihn gehalten hatte.

An diesem Punkt befinde ich mich also, als Sal anruft. Ich habe sie seit Ewigkeiten nicht mehr gesehen, und sie lädt mich ein, mit ihr auszugehen, atemlos vor Aufregung über ihren neuen Freund; und als ich in die Bar komme, ist Nick auch da, und er erinnert sich an mich, und die Sache ist geritzt.

Na ja, nicht ganz, aber davon später mehr. Nun haben Sie sicher gedacht, ich hätte nach der Sache mit Jon meine Lektion gelernt. Und? Den Teufel habe ich. Nur, dass ich bei Nick von Anfang an wusste, dass ich niemals in der Lage sein würde, mir die unbekannten Seiten zurechtzufantasieren. Also beschließe ich in jener Nacht, jener plötzlich so erstaunlich prickelnden Nacht in der Bar, dass Nick mein Abenteuer sein wird, dass er der perfekte Kandidat für ein paar Wochen voll fantastischem Sex ist, dass ich mich in nichts hineinziehen lassen werde und dass wir hinterher bestimmt Freunde bleiben.

Und ich fühle mich wirklich stark. Ich habe zum ersten Mal in meinem Leben das Gefühl, dass es tatsächlich klappen könnte. Dass ich Sex mit jemandem erleben kann, ohne mich gefühlsmäßig auf ihn einzulassen, ohne plötzlich von Hochzeit, Babys und Glück bis an mein Lebensende zu träumen. Ich fühle mich wie eine Frau. Ich fühle mich wie eine Erwachsene.

SUE TOWNSEND *Der November ist ein grausamer Monat*

Der November ist ein äußerst unpopulärer Monat. Auch der Februar ruft ja keine allzu große Begeisterung hervor, doch zumindest bedeutet seine Ankunft, dass das Frühjahr nun gleich hinter der nächsten Ecke wartet, dass bald die ersten Knospen ausschlagen und junge Lämmer sich für kurze Zeit auf den Feldern tummeln, so lange bis die Pfefferminzsoße (zum Lammbraten) auf den Tisch kommt.

Der November hingegen kann nur wenig zu seiner Verteidigung vorbringen. Der goldene Oktober mit seinen vollen Farben und erdigen Gerüchen hat sich davongeschlichen und den düsteren Winter zurückgelassen. Die Tage sind kurz, und die Sonne macht sich kaum die Mühe, morgens aufzustehen und an die Arbeit zu gehen. Das Wetter ist zwar kalt, aber in diesen Zeiten des Treibhauseffekts auch wieder nicht kalt genug für den spektakulären Frost aus meiner Kindheit, der den tristen Gang zur Schule in eine magische Reise durch eine glitzernd-weiße Landschaft verwandelte, in der jeder Busch, jedes Tor und jeder Laternenpfosten eine neue Gestalt annahm. Es war, als ob man die schlichte Jane Eyre in einem weißen spitzenbesetzten Abendkleid sähe.

Da ich üblicherweise auf der Seite der Außenseiter und Verlierer stehe, möchte ich gerne für den November in die Bresche springen. Ich sehe besser aus in Winterkleidung. Mehrere Lagen Wolle sind für den Körper reiferen Alters weitaus schmeichelnder als die dürftig-durchsichtigen Fetzen, nach denen der Sommer verlangt. Ich mag große Mäntel, in die man sich einwickeln kann und schwere Stiefel und Schals und Wollstrumpfhosen. Ich würde auch gerne gestrickte Hüte tragen, doch seit eine Gruppe junger Männer mich einmal eines solchen Hutes wegen höhnisch ausgelacht hat (um halb sechs abends am Heiligabend 1996), traue ich mich nicht mehr. Ich habe damals mehrere Nächte lang wach gelegen und über den obigen Vorfall gegrübelt, mich gefragt, warum sie sich ausgerechnet über meinen Hut lustig machten. Inzwischen glaube ich, dass ich in dem ganzen Weihnachtseinkaufswahn den Hut vielleicht versehentlich verkehrt herum oder von innen nach außen gedreht getragen hatte oder beides zusammen.

Im November mag ich es, nach Hause zu kommen. Die Küche ist immer warm wegen des Aga-Herds. Dieser Herd ist inzwischen wahrlich keine Schönheit mehr: Er ist verkratzt und verbeult, und der Fettfilm könnte als Namensspender für einen John-Travolta-Film herhalten. Mein Aga-Herd würde nie in einem Artikel im Aga-Magazin für Aga-Besitzer auftauchen – oder höchstens wenn er vorher von Männern in Gasmasken und Overalls per Dampfstrahler gereinigt würde. Doch er produziert noch immer Wärme und ist weitaus einladender als ein Heizlüfter.

Im November kann man Feuer anzünden. Feueranzünden zählt zu meinen wenigen Hobbys. In einem anderen Leben hätte ich mit ein paar Haken und Wendungen des Schicksals gut und gerne zum Brandstifter werden können. In den Fünfzigerjahren wusste noch jedes Kind, wie man ein Feuer anzündet. Ich habe fröhliche Erinnerungen daran, wie ich in unserem Fertighaus aus Schlackenziegeln vor dem offenen Kamin kniete, die *News of the World* las, sie dann zusammenknüllte und Brennholz auf die schockierenden Geschichten menschlichen Fehlverhaltens legte. Sünden und Flammen, eine berauschende Mischung.

Ich mag die Nahrungsmittel im November – dunkle, reichhaltige Eintöpfe, Klöße, Kartoffelbrei und Kohl. Dann kommt die Bonfire Night, wenn sich ganze Familien den Empfehlungen unserer Regierung widersetzen und Freudenfeuer anzünden. Auch Fernsehen macht im November mehr Spaß. Das liegt nicht an den Programmen (obwohl uns der Lametta-Schund von Weihnachts-Sendungen, die sowieso im Juli gefilmt werden, noch erspart bleibt). Aus irgendeinem Grund ist Fernsehen schöner an langen Abenden, wenn die Welt draußen fremd und abweisend aussieht. Der November lädt außerdem dazu ein, sich aufs Sofa zu lümmeln und ein Buch zu lesen oder einfach nur in die Luft zu starren. Es ist ein Monat zum Abschalten, in dem das Wort ›faul‹ aus dem Lexikon verbannt werden soll.

Wenn ich einmal der Große Diktator von Großbritannien bin, dann werde ich in der vierten Novemberwoche zwei Feiertage einführen. Diese beiden Tage werden immer auf Montag und Dienstag fallen. Am Montag müssen alle im ganzen Land im Bett bleiben und Schlaf nachholen, oder Sex, je nachdem. (Kleinen Kindern wird ein mildes Schlafmittel verabreicht, damit sie im Bett bleiben.) Am Dienstag müssen die Frauen im Bett bleiben, während die Männer aufstehen und ein bisschen leichte Hausarbeit erledigen und kochen müssen. Zufälligerweise werden an diesem Dienstag heterosexuelle Männer auch daran erinnert, was eine Klobürste ist. Ein Rundschreiben der Regierung wird zu diesem Zweck an jeden Haushalt ergehen. Eine Skizze wird erläutern, an welchem Ende die Bürste zu fassen ist und welches in die Toilettenschüssel zu stecken ist.

Wenn ich an die Macht komme, dann wird der November zu einer weihnachtsfreien Zone erklärt. Weihnachtsschmuck – Nikoläuse, Rentierschlitten, Christbaumkugeln und so weiter – ist dann im ganzen Land verboten. Sogar Rotkehlchen müssen bis 30. November um Mitternacht Tarnfarben auf ihrer roten Brust tragen. Irgendjemand muss schließlich dafür sorgen, dass Weihnachten nicht in die angrenzenden Monate ausufert. Es ist so deprimierend, in einem Laden nach einer Guy-Fawkes-Maske für die Bonfire Night zu suchen und dabei ständig über Nikoläuse zu stolpern.

Also: Anstatt uns immer nach dem Sommer zu sehnen (der uns dann oft hängen lässt), genießen wir doch lieber den November. Er mag ja düster, kalt und abweisend sein, der Mr Rochester des Kalenderjahrs. Aber zumindest ist er nicht der Dezember. Und der ist ja nun wirklich ein aufgeblasener Truthahn von einem Monat.

ANNE PERRY *Onkel Charlies Briefe*

Rebecca saß auf der Fensterbank in ihrem Schlafzimmer, die Arme um die Knie geschlungen, mit zerknitterter Schürze, dünne Papiere in der Hand. Am Treppenabsatz war das Dienstmädchen damit beschäftigt, feuchte Teeblätter auf den Teppich zu streuen, die den Staub aufsaugten und anschließend auch noch zusammengefegt werden mussten. Eigentlich hätte das erledigt sein sollen, bevor die Herrschaften aufstanden, aber heute ging alles drunter und drüber. An einem normalen Tag wäre Rebecca um diese Zeit in der Schule gewesen, doch dies war eben kein gewöhnlicher Tag, denn die alte Königin war gestorben.

Onkel Samuel und Tante Millicent stritten sich. Das war bei den Geschwistern allerdings nichts Besonderes. Rebecca hörte Tante Millicents schrille Stimme und Samuels Erwiderungen in sachlich gönnerhaftem Ton.

Sie flüchtete in die Traumwelt der Briefe, die sie in der Hand hielt. Sie waren von Onkel Charlie, dem jüngsten Bruder ihres verstorbenen Vaters, dem Abenteurer und Tunichtgut, der vor zehn Jahren nach Afrika ausgewandert war, um dort sein Glück zu versuchen. Er schrieb viele lange Briefe, die Onkel Samuel verabscheute und Tante Millicent nur flüchtig überflog. Allerdings bewahrte sie die mitgeschickten Dokumente sorgfältig auf – Besitzurkunden der Claims, die er an verschiedenen Orten erworben hatte, von denen in England kein Mensch auch nur den Namen kannte.

»Wertloses Zeug!«, hatte Onkel Samuel verächtlich gesagt. Er war Bankier und hatte sehr nüchterne Ansichten, insbesondere in allen Geldfragen. »Charles hatte in seinem ganzen Leben keine einzige vernünftige Idee. Er träumte lieber von Goldgruben, anstatt einer anständigen Arbeit nachzugehen und auch nur einen Shilling zu verdienen.«

»Durchaus möglich«, hatte Tante Millicent zugestimmt. Die Urkunden jedoch hatte sie vorsichtig gefaltet und in ihren Sekretär gelegt, dessen Schlüssel immer an einer Kette um ihren Hals hing. »Doch selbst ein blindes Huhn findet bekanntlich manchmal ein Korn.«

»Blindes Huhn ist der richtige Ausdruck!«, hatte Onkel Samuel geschnaubt, seinen Krawattenknoten am gestärkten Stehkragen noch straffer gezogen und an seinen Rockaufschlägen gezupft.

Rebecca konnte sich kaum an Charlie erinnern, aber sie kannte ihn aus seinen Briefen, die sie fast auswendig gelernt hatte. Sie wusste, wie aufgeregt er gewesen war, als er England verließ, wie sehr er unter der drangvollen Enge auf dem Zwischendeck gelitten hatte, wie schwer es ihm gefallen war, inmitten des Lärms oder bei stürmischer See, wenn das Schiff schaukelte und schlingerte, Schlaf zu finden. Sie wusste aber auch, dass er Langeweile, Einsamkeit und die Kosten der weiten Reise vergessen hatte, sobald er mit ehrfürchtigem Staunen das Kap der Guten Hoffnung und den strahlend blauen afrikanischen Himmel erblickte.

Im Geiste hatte Rebecca ihn auf jedem Schritt des staubigen Weges nach Norden begleitet, in sengender Hitze durch weite Ebenen mit roter Erde, wo Akazien wuchsen und nachts Löwen brüllten. Sie kannte jede Linie seiner drolligen Strichmännchen, die rannten, kämpften, um ein Lagerfeuer saßen, ritten oder Karren lenkten, die von Rindern mit riesigen Hörnern gezogen wurden.

In der magischen Welt von Onkel Charlies Afrika konnte sie alle häuslichen Streitereien vergessen – Tante Millicents ewiges Herumnörgeln ebenso wie Onkel Samuels strenge Vorschriften. Wenn sie sich unerträglich einsam fühlte, schlich sie nach oben in ihr Zimmer und holte die Briefe aus den abgegriffenen Umschlägen. Dann beobachtete sie gemeinsam mit Onkel Charlie die Flusspferde, die sich im schlammigen Wasser des Sambesi wälzten, und zitterte bei der Vorstellung, eines der Tiere könnte sein Boot angreifen und zum Kentern bringen, sodass er dem Riesenmaul auf Gedeih und Verderb ausgeliefert wäre. Noch schlimmer war der Gedanke an Krokodile, die ihr Alpträume bereiteten, aus denen sie in Schweiß gebadet aufwachte.

Wenn im Haus außer dem Klappern von Tante Millicents Stricknadeln und dem Kratzen von Onkel Samuels Schreibfeder kein Laut zu hören war, kauerte Rebecca mit Charlie hinter einem umgestürzten Baum, während die Erde erbebte, weil eine tausendköpfige Zebraherde vorbeitrampelte. Oder sie schaute aus dem Fenster auf eine englische Vorstadtstraße hinaus, sah aber die gewaltigen Sonnenuntergänge am afrikanischen Himmel und bestaunte sie zusammen mit Onkel Charlie.

Er hatte an einem Ort namens Mazoe Land gekauft

und schrieb optimistisch, dass er dort eine Farm betreiben werde.

»Eine Farm!«, murrte Onkel Samuel kopfschüttelnd. »Das hält er doch nie durch! Hat noch keinen Tag im Leben hart gearbeitet! Bald ist er dieser Sache überdrüssig und jagt neuen Hirngespinsten nach.«

»Aber er hat einen weiteren Grubenanteil erworben«, betonte Millicent mit leuchtenden Augen. »Ich werde die Besitzurkunde zusammen mit den anderen aufbewahren.«

»Das wird dir nicht viel nützen«, spottete Samuel. »Ich weiß gar nicht, wozu er sich die Mühe macht, dir das Zeug zu schicken.«

»Weil alles mir gehören wird, falls ihm etwas zustoßen sollte«, entgegnete Millicent lächelnd. »Das müsstest du doch wissen, Samuel.«

»Es wird *uns* gehören«, korrigierte Samuel.

»Nein, mir«, beharrte Millicent. »Die Briefe sind an mich adressiert, nicht an dich. Auf den Umschlägen steht nur mein Name. Frag Rebecca. Verlier die Umschläge nicht, Kind! Die Briefe sind zwar blanker Unsinn, aber die Umschläge sind Beweise!«

»Beweise dafür, dass dein Bruder ein Narr ist – und du bist auch nicht viel besser!«, knurrte Samuel, während er zur Tür ging.

»*Unser* Bruder«, stellte Millicent richtig.

»Ach, jetzt ist er plötzlich *unser* Bruder?« Er zerrte an seinen Rockaufschlägen. »Unser Bruder, wenn er ein Narr ist, und deiner, wenn er Urkunden schickt!«

»So ist es.« Millicent verschloss den Sekretär und grinste mit gebleckten Zähnen. »Du solltest jetzt lieber gehen, sonst kommst du noch zu spät in die Bank, und das wäre doch eine Katastrophe!«

Dann kam an einem tristen Samstagmorgen der schlimmste Brief an, nicht von Onkel Charlie, sondern von einem Mann namens Wallasey, der mitteilte, Charlie sei gestorben. Ein Fieber habe gewütet, und Charlie gehöre zu jenen, die es nicht überlebt hätten.

»Leuchtet mir durchaus ein«, murmelte Tante Millicent mit schmalen Lippen. Wenn sie um ihren Bruder trauerte, ließ sie es sich jedenfalls nicht anmerken.

»Hoffentlich hat er wenigstens ein christliches Begräbnis erhalten.« Onkel Samuel schüttelte den Kopf. »Dort unten kann man das nie wissen ... Habe ich nicht immer gesagt, dass es mit ihm ein schlechtes Ende nehmen würde?«

Rebecca war untröstlich. Obwohl er nichts davon geahnt hatte, war Charlie ihr Freund und geistiger Gefährte gewesen, an dessen Träumen und Abenteuern sie in ihrer ganzen Kindheit teilgenommen hatte. Er war großzügig, lustig und mutig. Manchmal auch töricht, das musste sie zugeben – er machte viele dumme Sachen, ging unnötige Risiken ein und hatte großes Glück, wenn er unverletzt blieb. Doch er war auch unglaublich weise, weil er die Schönheiten der Welt wahrnahm, in den schwierigsten Lagen Humor bewies und trotz seines unsteten Wanderlebens viele Freundschaften schloss.

Jetzt war er tot. Afrika war ein abgeschlossenes Kapitel, und Rebecca blieben nur die Briefe.

»Wir müssen jetzt diese Grubenanteile beanspruchen«, sagte Onkel Samuel beim Mittagessen. »Ich werde mich gleich am Montagmorgen nach der korrekten Vorgehensweise erkundigen.«

Millicent nippte an ihrem Tee. »Das ist sehr nett von dir.«

»Nett? Es ist schlichtweg vernünftig.« Samuel griff

nach der Orangenmarmelade. Sie hatten immer die beste Marmelade der Marke Dundee, weil das seiner Ansicht nach zu den kleinen Extravaganzen eines gehobenen Lebensstils gehörte.

»Es ist nett, weil die Briefe und Claims mir gehören«, betonte Millicent.

Samuel erstarrte mit dem Marmeladenlöffel in der Hand. »Er hat die Briefe zwar an dich adressiert – wahrscheinlich dachte er, du hättest genügend Zeit, um sie zu lesen –, aber die Claims gehören selbstverständlich uns beiden. Das ist doch ganz offensichtlich und bedarf keiner ausdrücklichen Erwähnung.«

»Bei Geld bedarf alles einer ausdrücklichen Erwähnung, Samuel«, widersprach Millicent, während sie noch etwas Zucker in den Tee gab. »Das hast du mir mindestens einmal pro Woche gepredigt, seit du zwanzig geworden bist. Je mehr Geld vorhanden ist, desto vorsichtiger muss man sein, das habe ich von dir gelernt.«

Samuels Gesicht lief rot an. »Hier geht es um eine ganz andere Sache. Ich bin als Bruder ein genauso naher Verwandter wie du als Schwester! Falls er kein Testament hinterlassen hat, das mich zum Alleinerben bestimmt, wird sein gesamter Besitz gleichmäßig unter uns aufgeteilt werden.«

Rebecca wurde nicht erwähnt, obwohl ihr Vater ebenfalls Charlies Bruder gewesen war. »Und was ist mit mir, Onkel Samuel?«, fragte sie höflich.

»Dein Vater war schon tot, als Charlie die Minen gekauft hat«, erklärte Samuel. »Folglich hast du auch keine Erbansprüche. Wir haben dich wie unser eigenes Kind aufgezogen und alle damit verbundenen Unkosten getragen, ohne es dich jemals spüren zu lassen. Trotzdem werden wir großzügigerweise etwas von der Erbschaft für dich abzweigen, wenn du ins heiratsfähige Alter kommst.«

Millicent lächelte mit funkelnden Augen. »Du hast völlig Recht, lieber Samuel – wer vorher tot war, kann natürlich nicht erben. Aber Charlie hat mir die Briefe geschickt, bevor er krank, geschweige denn tot war. Selbst wenn er ein Testament hinterlassen haben sollte, so betrifft es nicht die Claims. Die gehören längst mir!«

Sie schaute Rebecca an. »Ich werde dir jedoch eine angemessene Aussteuer zur Verfügung stellen, mein Kind, wenn du heiraten willst, da brauchst du dir gar keine Sorgen zu machen.«

Doch Millicent kam nicht dazu, ihr Versprechen zu halten. Noch bevor aus Afrika Nachrichten eintrafen, was Charlies Goldminen eigentlich wert waren, stand sie eines Nachts auf – das tat sie häufig –, stolperte über eine lose Stufenkante und stürzte die Treppe hinab, wobei sie so schwere Kopfverletzungen erlitt, dass sie sich nicht mehr erholte.

Erst einen Monat nach Millicents Begräbnis erhielt Samuel eine Antwort aus Afrika. Der Bevollmächtigte bedauerte, Mr Samuel Russell mitteilen zu müssen, dass die fünfzehn Minen, an denen sein verstorbener Bruder, Mr Charles Russell, Anteile besessen hatte, nicht einmal den Lebensunterhalt der Schürfer deckten, geschweige denn Gewinn erzielten. Dreizehn waren sogar schon geschlossen worden.

Zum Schluss sprach er Samuel sein Beileid zum Verlust des Bruders aus, der zwar kein Finanzgenie gewesen sei, sich jedoch wegen seines angenehmen Charakters großer Beliebtheit erfreut habe und von allen vermisst werde.

»Angenehmer Charakter!«, knurrte Samuel zähneknirschend. Er war bleich vor Wut. »Charlie war ein Taugenichts, ein Versager! Genauso wertlos wie seine verdammten Minen!« Seine geliebte Dundee-Marmelade stand auf dem Frühstückstisch, und seine Tageszeitung lehnte an der Teekanne. Er stieß ein bitteres, hasserfülltes Lachen aus. »Du siehst, Millicent, deine kostbaren Claims hätten gleich in den Papierkorb gehört! Nun, du kannst sie jetzt alle haben! Ich werde sie im Garten verbrennen und dir nachsenden.«

Rebecca war völlig niedergeschmettert, nicht wegen der Claims – Minen bedeuteten ihr nichts –, sondern weil deren Wertlosigkeit Onkel Charlie als Versager abstempelte, und das konnte sie nicht ertragen. Er hatte so oft geschrieben, dass er ihnen etwas Wertvolles schicke, und war so stolz auf diese Geschenke gewesen. Sie warf Onkel Samuel einen angewiderten Blick zu. Nie zuvor war ihr klar geworden, wie sehr sie ihn verabscheute.

»Ich kann mir nicht vorstellen, dass Tante Millicent im Himmel etwas damit anfangen kann«, bemerkte sie frech. »Vorausgesetzt, dass sie überhaupt irgendwie zu ihr gelangen, indem du sie verbrennst.«

»Ich stelle mir Millicent nicht im Himmel vor!«, fuhr Samuel seine Nichte an. »Zudem halte ich es für höchst passend, das Zeug zu verbrennen, damit es sie erreicht. Und ich will von dir jetzt kein Wort mehr dazu hören, mein Fräulein! Frühstücke zu Ende und dann marsch in die Schule! Dein Onkel war ein absolut wertloser Mann, wie ich schon immer gesagt habe. Dieses ganze Gerede, er schicke uns etwas Wertvolles – nichts als Lügen, wie üblich! Er hat sein Leben vergeudet und nichts erreicht. Du wirst ihn nie wieder erwähnen. Ich will nicht, dass du ihm nachgerätst.«

Samuel stellte seine Tasse ab. »Deshalb ist es auch höchste Zeit, dass du mir seine Briefe aushändigst. Du träumst in den Tag hinein, anstatt jede Stunde mit einer sinnvollen Tätigkeit auszufüllen. Der Teufel hat seine Freude an Müßiggängern und Faulpelzen.«

Rebecca hatte das Gefühl, eine Ohrfeige bekommen zu haben. Sie starrte ihn entsetzt an. Jeder Versuch, ihn umzustimmen, wäre sinnlos. Onkel Samuel änderte nie seine Meinung, nur weil jemand ihn darum bat. Nur logische Argumente vermochten ihn zu überzeugen.

»Aber Onkel Samuel, Onkel Charlie hat doch versprochen, dass die Briefe etwas Wertvolles enthalten ...«

»Blödsinn! Iss jetzt endlich deinen Toast auf! Es ist Sünde, gutes Essen wegzuwerfen. Wie oft hat deine Tante dir das eingeschärft?«

»Vielleicht sind die Briefmarken wertvoll«, rief Rebecca verzweifelt. »Ausländische Marken sollen das manchmal sein.« Sie klammerte sich an jeden noch so dünnen Strohhalm. »Manche sind aus Maschonaland und Matabeleland. Es kann nicht viele davon geben.«

Samuel legte langsam sein Messer hin, wobei er das saubere Tischtuch mit Marmelade bekleckerte, und machte große Augen. »Du könntest Recht haben! Ja ... ja, möglich wäre es. Allerdings glaube ich kaum, dass Charlie sich dessen bewusst gewesen wäre – in Gelddingen war er ein kompletter Dummkopf. Aber vielleicht hat er rein zufällig eine seltene Marke ausgesucht. Hol mir diese Briefe, Mädchen! Ich nehme sie gleich heute mit und zeige sie einem Bekannten, der viel von ausländischen Briefmarken versteht. Bring alle Briefe her, denn wir wissen ja nicht, welches die besten Marken sind. Schnell!«

Rebecca stand gehorsam auf und ging nach oben, trotz seines Befehls schleppenden Schrittes, weil ihr Herz so schwer wie Blei war. Onkel Charlie war kein Versager, kein unnützer Mensch gewesen! Er war glücklich gewesen, er hatte viele Abenteuer erlebt, er hatte die Welt gesehen und geliebt. Er hatte versucht, seine Lebensfreude mit anderen zu teilen. Wenn sie die Briefe hergeben musste, um zu beweisen, dass er nicht gelogen hatte, so war sie dazu bereit, auch wenn es ihr noch so schwer fiel.

Wortlos übergab sie den Stapel ihrem Onkel, der sich nur für die Marken interessierte. »Möglich wäre es«, murmelte er skeptisch. »Keine hohen Nennwerte, doch das dürfte keine Rolle spielen. Es würde mich sehr wundern, wenn er genug von Briefmarken verstanden hätte, um seltene Marken auszuwählen, aber wir werden ja sehen.« Mit diesen Worten verstaute er die Briefe in seiner Aktentasche und machte sich auf den Weg ins Büro.

Am Abend kam er mit einem Gesicht wie zehn Tage Regenwetter nach Hause und schleuderte die Briefe auf den Tisch. Etwa die Hälfte der Briefmarken war behutsam aus den Umschlägen geschnitten worden.

»Wertlos!«, schnaubte er wütend. »Wie ich vermutet hatte. Jede hat nur ein paar Shilling eingebracht – alle zusammen zwölf Pfund, siebzehn Shilling und neun Pence! Und den Rest wollte der Händler gar nicht haben. Wirklich ein beachtliches Vermögen, muss ich sagen! Mein lieber Bruder hat sein Leben lang nur Lügen erzählt!«

»Er ist kein Lügner!«, verteidigte Rebecca ihren unbekannten Onkel, ohne zu überlegen, wie unklug es war, Samuel zu widersprechen. »Er war ein guter Mensch! Er muss geglaubt haben, dass ...«

»Ein Lügner und Betrüger!«, wiederholte Samuel aufgebracht. »Ein völlig wertloser Kerl! Sein Name wird in meinem Haus nie mehr erwähnt werden, hast du verstanden, Mädchen? Und diese prahlerischen Briefe wandern ins Feuer, damit du keine Zeit mehr mit ihrer Lektüre vergeudest.«

»Aber Onkel Samuel ...«

»Ende der Debatte! Mein Entschluss steht fest. Ich hätte das schon längst tun sollen. Mit meiner bisherigen Nachsicht habe ich dir keinen guten Dienst erwiesen.« Er schob die Briefe zusammen und ging zur Tür.

Rebecca war den Tränen nahe. Die unersetzlichen Briefe sollten vernichtet werden – und mit ihnen ihre Traumwelt! »Nein, das darfst du nicht machen ...«

Samuel bedachte sie mit einem eisigen Blick. »Nein?«, sagte er drohend. »Ich versichere dir, meine Liebe, dass ich es tun werde – und zwar auf der Stelle!«

»Ich werde sie dir abkaufen!«, rief Rebecca.

»Tatsächlich? Womit willst du denn bezahlen?«

»Bitte verbrenn sie nicht«, flehte sie. »Diese Briefe sind alles, was uns von Onkel Charlie geblieben ist.«

»Und das ist noch viel zu viel!« Seine Hand lag auf der Klinke.

»Ich gebe dir das Medaillon, das Tante Millicent mir vermacht hat. Es ist aus Gold. Du kannst es verkaufen. Es ist sehr wertvoll!«

»So wertvoll nun auch wieder nicht«, meinte Samuel lächelnd.

»Jedenfalls wertvoller als Onkel Charlies Briefe. Die Marken hast du ja schon – mir geht es nur um die

Briefe! Bitte, Onkel Samuel! Ich tu alles, was du willst, nur lass mir die Briefe! Bitte!«

»Also gut, wenn sie dir so viel bedeuten. Ich bin schließlich kein Unmensch. Allerdings muss es auf der Welt gerecht zugehen, und deshalb holst du mir jetzt das Medaillon. Hier hast du die Briefe.«

Er schrieb ihr sogar eine Quittung aus, dass er im Austausch für die Briefe des verstorbenen Charles Russell das goldene Medaillon erhalten hatte, und verkaufte es für fünfzehn Pfund, neunzehn Shilling und sechs Pence.

Rebecca hütete die Briefe wie einen Schatz und las sie immer und immer wieder. In den folgenden Jahren war sie im Geiste bei allen Abenteuern dabei, die Charlie auf seinen Reisen entlang der Ufer des Sambesi erlebt hatte. Sie sah die atemberaubende Majestät der Victoriafälle, die donnernd und schäumend in die Tiefe stürzten, umgeben von schillernden Regenbogen.

Sie sah die rote Erde im Maschonaland, das am Himmel erstrahlende Kreuz des Südens, die Dschungelblumen, die gewaltigen Elefanten, die anmutigen Gazellen, die gefährlichen Leoparden. Sie saß in afrikanischen Nächten am Lagerfeuer und hörte im Dunkeln Hyänen lachen.

Sie stand dicht neben Charlie, wenn er wunderbare Menschen kennen lernte: den englischen Händler, der auf seinem Wagen eine Ziege mit sich führte, die Tabak kaute, bis sie an einer Nikotinvergiftung starb. Rebecca lachte und weinte über diese Geschichte.

Ihr Herz klopfte laut, wenn sie las, wie tapfer der berühmteste Forscher in Afrika, Frederick Courtney Selous, Bulowayo während des Eingeborenenaufstandes von 1893 verteidigt hatte und wie Hauptmann Nesbitt sich das Victoriakreuz – die höchste Tapferkeitsauszeichnung – verdient hatte, indem er die Siedler 1896 aus Mazoe hinausführte.

Ihre Lieblingsgeschichte war die des französischen Vicomte de la Panouse, der sich durch Börsenspekulationen in Paris so hoch verschuldet hatte, dass er Frankreich verlassen musste. Auf dem Weg nach Afrika hatte er ein englisches Dienstmädchen namens Fanny Pearson eingestellt und es als Mann verkleidet, weil Frauen damals nicht ins Land gelassen wurden. Charlie beschrieb die verschiedenen Abenteuer des Paars, am ausführlichsten den Geniestreich des Vicomte, der Whisky für fünfzehn Pfund pro Flasche – das war mehr als der Jahreslohn eines Dienstboten – verkauft hatte, als die Menschen dringend Chinin benötigten, um ihre Malaria zu kurieren.

Schließlich hatte er Fanny geheiratet, die unter dem Namen ›Countess Billie‹ bekannt wurde. Während er das wenige Geld, das er besaß, in fantastische Projekte steckte und sich wie ein Pfau gebärdete, baute seine Frau eine kleine Meierei auf, die den Lebensunterhalt der Familie deckte, bis die Rinderpest von 1899 alle Farmer jener Gegend zugrunde richtete. Rebecca litt, triumphierte und litt wieder mit ›Countess Billie‹, und sie träumte davon, eines Tages selbst nach Afrika zu reisen, auf Charlies Spuren zu wandeln und das Land mit eigenen Augen zu sehen. Diese Hoffnung – und mochte sie auch noch so unrealistisch sein – gab ihr Mut und half ihr nicht nur über ihre Einsamkeit hinweg, sondern auch über Onkel Samuels Kritteleien, seine engstirnigen Vorschriften und Verbote. Ihren Geist konnte er nicht in Ketten legen!

Sie sehnte sich danach, Menschen kennen zu lernen, die in Afrika gewesen waren oder etwas über das Land wussten.

Eines Tages, als sie achtzehn war, deutete ihre Freundin auf einen jungen Mann, der etwa zehn Jahre älter als sie selbst war, ein schmales, braungebranntes Gesicht hatte und Selbstsicherheit ausstrahlte, obwohl er auffällig hinkte.

»Das ist Hauptmann Fletcher«, flüsterte die Freundin ihr zu. »Er war in der British South Africa Police in Rhodesien, musst du wissen, wurde dort aber bei dem Aufstand von 1896 verwundet. Anschließend hat er sich eine Weile als Schürfer versucht, aber damit scheint man nicht viel Geld zu verdienen.«

»Was macht er denn in England?« Rebecca war aufgeregt, endlich jemanden zu treffen, der wirklich in Maschonaland gewesen war, der die rote Erde, das Kreuz des Südens, die Löwen und vielleicht sogar die Ruinen des antiken Zimbabwe, der Stadt des schwarzen Goldes, mit eigenen Augen gesehen hatte. Aber warum hatte er das alles aufgegeben und war zurückgekommen?

»Ich werde ihn dir vorstellen«, drängte die Freundin. »Er ist sehr charmant, und man kommt ganz leicht mit ihm ins Gespräch.«

»Guten Abend, Hauptmann Fletcher«, murmelte Rebecca schüchtern.

»Guten Abend, Miss Russell.« Er hatte strahlend blaue Augen und lächelte sie an. »Aber reden Sie mich bitte nicht mit ›Hauptmann‹, sondern einfach mit ›Mister‹ an. Ich handle mit Briefmarken für Stanley Gibbons. Vielleicht kennen Sie sein Geschäft am ›Strand‹ unweit der Themse.« Fletcher schnitt eine klägliche Grimasse. »Manchmal ist das ganz interessant, aber als militärische Karriere kann man es kaum bezeichnen.«

»Sind Sie wegen Ihrer Verwundung nach England zurückgekehrt?«, platzte Rebecca heraus und errötete heftig. »Entschuldigen Sie bitte – das war eine schrecklich indiskrete Frage!«

»Keineswegs. Nein, ich bin zurückgekommen, weil ich mein ganzes Geld in eine Farm gesteckt hatte. Die Rinderpest hat mich dann ebenso wie alle anderen Farmer ruiniert.«

»O ja, das war 1899 – es muss schrecklich gewesen sein, aber das liegt schon einige Jahre zurück. Sind Sie seit damals wieder in England?«

Er warf ihr einen verwunderten Blick zu. »Sie wissen über jene Katastrophe Bescheid? Ich dachte, hierzulande hätte niemand etwas davon gehört.«

»Ich hatte einen Onkel, der damals in Rhodesien lebte.« Rebecca konnte einfach nicht anders – sie erzählte ihm alles über Charlie. Zum ersten Mal in ihrem Leben war sie einem Menschen begegnet, der sich dafür zu interessieren schien, der den Zauber Afrikas begreifen konnte. Er hörte ihr aufmerksam zu und unterbrach sie nur von Zeit zu Zeit, um zuzustimmen oder eigene Beobachtungen einzufügen.

Erst als alle anderen Gäste sich verabschiedet hatten, wurde Rebecca klar, dass sie sämtliche Anstandsregeln verletzt hatte, und das trieb ihr die Schamröte ins Gesicht.

»Sie brauchen sich wirklich nicht zu entschuldigen, meine Liebe«, versicherte die Gastgeberin sichtlich erfreut. »Seit seiner Rückkehr habe ich den armen John Fletcher noch nie so glücklich gesehen. Ich glaube, Sie haben ihm einen großen Gefallen erwiesen.«

»Er ... er hat mich gebeten, ihm die Briefe meines

Onkels Charlie zu zeigen«, sagte Rebecca verlegen. »Glauben Sie, dass er sie wirklich sehen möchte, oder wollte er nur nett zu mir sein?«

»Ich zweifle nicht daran, dass er sie unbedingt sehen will«, beteuerte die Gastgeberin, obwohl sie vermutete, dass diese Briefe genauso langweilig sein würden wie alles, was mit Afrika zusammenhing. Die Begeisterung dieses jungen Mädchens machte es jedoch sehr attraktiv, und John Fletcher war augenscheinlich angetan. Selbst wenn Rebecca ein Kursbuch mitbrachte, würde er es liebend gern zusammen mit ihr studieren.

Rebecca brachte die Briefe bei der nächsten Einladung mit und zeigte sie ihrem neuen Bekannten, der seine Freude an den Abenteuern und den Anekdoten über ein Land hatte, das er selbst liebte.

Während sie nach der Geschichte über die Tabakblätter kauende Ziege suchte, fiel ihm auf, dass viele Briefmarken fehlten. »Haben Sie sie verkauft?«, fragte er.

»Mein Onkel Samuel.« Rebecca lächelte verlegen. »Sie waren nicht viel wert, weil keine seltenen dabei waren.«

»Darf ich mir jene ansehen, die noch übrig sind?«

»Natürlich.« Sie gab ihm die sechs oder sieben Umschläge, die noch mit Marken versehen waren, und fühlte sich zum ersten Mal, seit sie John Fletcher kennen gelernt hatte, niedergeschlagen, weil sie immer noch nicht glauben wollte, dass Charlie seine Familie getäuscht hatte. »Sie sind wirklich wertlos«, wiederholte sie mutlos.

»O nein, das sind sie nicht!« John zog aufgeregt einen selbst gefalteten Umschlag aus dem Stapel, frankiert mit zwei Briefmarken zu je vier Pence aus dem Jahr 1896. Er betastete sie vorsichtig, spürte, dass sie ungewöhnlich dick waren, holte eine Pinzette aus der Brusttasche und hob eine Ecke der ersten Briefmarke an.

Verblüfft sah Rebecca, dass es in Wirklichkeit zwei gefaltete, nicht perforierte Marken waren, durch ein Stückchen Pergamentpapier getrennt, damit sie nicht zusammenkleben konnten.

»Perfekt!«, seufzte Fletcher. »Das heißt – fast perfekt. Sie sind leider gefaltet, was ihren Wert etwas mindern dürfte, aber sie sind trotzdem wundervoll!«

»Wirklich?« Rebeccas Stimme bebte vor ungläubigem Staunen. »Sind sie ... wertvoll?«

»O ja, sehr!« Auch seine Augen leuchteten.

»Dann hatte Onkel Charlie also doch Recht – er hat uns tatsächlich etwas Kostbares geschickt?«

»O ja, er hat Ihnen nicht zu viel versprochen.«

Sie holte tief Luft. »Könnten diese Marken ... hundert Pfund wert sein?«

»Mehrere hundert Pfund. Es würde mich nicht wundern, wenn sie bei einer Auktion drei- bis vierhundert Pfund einbrächten.«

»Drei- oder vierhundert? Und wie viel kostet eine Reise nach Afrika, Hauptmann Fletcher? Wissen Sie das?«

»Ja, ich weiß es, und von dem Geld, das Sie für diese Briefmarken erhalten, könnten Sie zweifellos nach Afrika reisen.« Seine Miene verdüsterte sich plötzlich. »Natürlich nur, wenn sie Ihnen gehören. Die Briefe sind an Miss Millicent Russell adressiert.«

»Das war meine Tante. Sie lebt nicht mehr.«

Sein Gesicht hellte sich wieder auf. »Und sie hat Ihnen die Briefe hinterlassen?«

»Nein, sie hat sie Onkel Samuel hinterlassen – aber ich habe sie ihm abgekauft.«

»Haben Sie ihm wirklich etwas dafür bezahlt?«

»O ja, ich gab ihm das goldene Medaillon, das Tante Millicent mir hinterlassen hatte, und er hat es für fünfzehn Pfund, neunzehn Shilling und sechs Pence verkauft. Dafür bekam ich von ihm die Briefe, die er eigentlich verbrennen wollte. Wissen Sie, er war so wütend, als Charlies Claims nichts wert waren, und die Briefmarken schienen ja auch nichts wert zu sein. Ihm ist nicht aufgefallen, dass andere darunter verborgen waren. Wahrscheinlich hat er diesen selbst gemachten Umschlag keines Blickes gewürdigt.« Rebecca holte tief Luft. »Können Sie mir sagen, wo ich eine Schiffspassage nach Afrika buchen könnte?«

»Ja, natürlich kann ich das, und es wird mir eine Freude sein, Sie zu beraten.«

»Danke … vielen Dank!« Sie konnte ihr Glück kaum fassen, und vor Aufregung war ihr ganz schwindelig.

»Du fährst nirgendwohin!«, entschied Onkel Samuel wütend. Sie hatte auf der Treppe zwei Stufen auf einmal genommen, um ihm die herrliche Neuigkeit mitzuteilen, dass Onkel Charlie doch die Wahrheit geschrieben und ihnen etwas Wertvolles – sehr Wertvolles – geschickt hatte.

»Mehrere hundert Pfund?« Sein Gesicht war hochrot.

»Ja, jedenfalls meint das Hauptmann Fletcher!« Vor Freude konnte sie kaum still stehen. »Vielleicht sogar vierhundert! Das reicht für eine Reise nach Afrika!«

»Durchaus möglich, aber für einen derart lächerlichen Zweck bekommst du kein Geld von mir. Vielleicht erhältst du einen Anteil als Mitgift, falls du jemanden heiratest, der meine Billigung findet.«

Rebecca gab nicht klein bei. »Aber das Geld gehört mir, nicht dir, Onkel Samuel. Die Briefe sind mein Eigentum. Ich habe sie dir abgekauft, und du hast mir eine Quittung gegeben.«

Samuels Augen bekamen einen harten Glanz, und er wippte auf den Zehen, als bereite er sich auf eine plötzliche Bewegung vor.

»Nun, eine Quittung kann sehr leicht beseitigt werden, mein Mädchen, und nachdem die Briefe an Millicent gerichtet sind, gehören sie jetzt selbstverständlich mir.«

»Nein! Du hast das Medaillon dafür bekommen. Die Briefe ...«

Er packte sie bei den Schultern, und erst jetzt fiel ihr auf, dass sie dicht an der steilen Treppe standen, auf der Tante Millicent verunglückt war, kurz nachdem sie jenen heftigen Streit mit Onkel Samuel gehabt hatte, wem die Goldminenanteile nun eigentlich gehörten. Verunglückt oder ...?

Rebecca versetzte ihrem Onkel einen kräftigen Tritt, und genau in diesem Augenblick klingelte es an der Haustür.

Samuel ließ sie los.

Sie drehte sich um, rannte nach unten und riss die Tür auf.

Hauptmann Fletcher stand verlegen auf der Schwelle. »Ich ... ich dachte ... ich wollte ...« Er fasste sich rasch. »Anstatt Ihnen nur zu sagen, wo Sie eine Passage buchen können, Miss Russell, würde ich Ihnen das Land gern selbst zeigen, wenn Sie es mir erlauben. Sie werden Afrika lieben, alles dort, und ich wäre gern dabei, um Ihre Freude zu erleben.«

»O ja!«, rief Rebecca selig. »Das wäre ... das wäre himmlisch!«

MARIAN KEYES *Gut, dass es jüngere Brüder gibt, die die Party retten können*

Eine Party zu geben – gleicht das vielleicht ein bisschen einer Geburt? Vorher leidet man jedenfalls Höllenqualen, und wenn alles vorbei ist, tritt eine merkwürdige Amnesie ein, und man kann sich nicht mehr an die Schmerzen, sondern nur noch an die positiven Dinge erinnern. Zumindest kann ich keine andere Erklärung dafür finden, warum ich immer wieder Partys gebe.

Früher, als ich noch jünger war und in Mietwohnungen lebte, lief das vollkommen anders ab. Damals ergaben sich die meisten Feten ganz spontan, und alles lief reibungslos, man brauchte gar nichts dafür zu tun. Die einzige Frage, die sich stellte, war die, wie alle vom Pub aus den Weg zu mir nach Hause finden sollten. Und was machte es schon aus, wenn der ohnehin hässliche Teppichboden ein oder zwei Brandlöcher mehr abbekam, weil jemand seine Zigarette fallen ließ? Vielleicht war es sogar eher eine *Verschönerung*. Und wen störte es schon, wenn sich einer der Gäste in den Vorhängen verfing und sie halb von der Wand riss? Ich konnte (und tat es auch) ein gutes halbes Jahr mit den Vorhängen auf Halbmast leben (anders ausgedrückt: so lange, bis ich aus der Wohnung auszog).

Wie auch immer – vor einiger Zeit kam ich auf die Idee, noch einmal eine Party zu geben. Eine *richtige*

Party, mit Einladungen und Essen vom Party-Service und allem, was sonst noch dazugehört. Also fertigte ich eine Liste an und war angenehm überrascht, als ich feststellte, wie viele Leute ich doch kannte. Als Nächstes entwarf ich auf dem PC eine Einladung, und nachdem ich sie versandt hatte, begann ich, mir Gedanken darüber zu machen, wie viel Essen und Trinken ich einkaufen müsste. Ich wurde sogar – man glaubt es kaum – allmählich aufgeregt.

Doch im Laufe der folgenden zwei Wochen erhielt ich eine alarmierend hohe Zahl an Absagen – die Leute waren in Urlaub oder bekamen Kinder oder wollten heiraten oder hatten andere fadenscheinige Ausreden. Die Worte »An jedem anderen Wochenende wären wir wahnsinnig gern gekommen« hörte ich mindestens hundert Mal, so schien es mir jedenfalls. Und obwohl auf der Einladung ›U.A.w.g.‹ gestanden hatte, antwortete nicht ein Mensch und sagte zu, dass er *kommen* würde.

Die eiskalte Hand der Angst begann, mich zu umklammern, und plötzlich bereute ich, dass ich die ganze Sache überhaupt angefangen hatte. Dann traf ich einen der Freunde, die ich eingeladen hatte, zufällig auf der Straße, und er sagte, dass er *natürlich* kommen würde. Er erklärte sogar, dass er sich schon auf die Fete freue! Ich wertete dies unter Vorbehalt als gutes Zeichen und beschloss, mir nicht länger einzubilden, ich hätte keine Freunde. Ich dachte mir, dass diejenigen, von denen ich keine definitive Absage bekommen hatte, damit wohl hatten zusagen wollen.

Und los ging es, zuerst zum Getränkeeinkauf!

Durch und durch Irin, fragte ich den Mann von der Spirituosenhandlung, wie viel wir für hundert Personen brauchen würden (mit so vielen Gästen rechnete ich). Auf seine Empfehlung hin sagte ich schnell: »Okay, doppelt so viel bitte!«

»Doppelt so viel?«, fragte mein Herzallerliebster besorgt.

»Nein! Du hast natürlich Recht! Dreimal so viel!«

Anschließend ging es um das Essen. Da wir nicht genügend Teller hatten, entschieden wir uns für Häppchen, die man aus der Hand essen konnte. Als man uns den Preis für die Bissen nannte, erlitt ich beinahe einen Schock.

»Nein, nein, ich meinte *Mini*-Quiches«, erklärte ich der jungen Frau in der Annahme, dass sie mich falsch verstanden hatte. »Keine normal großen.«

Aber sie hatte mich schon ganz richtig verstanden, und ich war fassungslos, wie teuer diese Dinger waren. Ich meine, sie sind wirklich *winzig*. *Mini* eben – wie der Name schon sagt. Außerdem würde sie sowieso niemand essen: Die Leute würden sich gegenseitig damit bewerfen, wenn sie sich sympathisch fanden, oder sie auf dem Teppichboden zertreten, wenn sie von dem Objekt ihrer Begierde einen Korb bekämen.

Trotzdem bissen wir die Zähne zusammen und zahlten.

In der Woche vor dem großen Ereignis trudelte eine Absage nach der anderen ein. Die Vorstellung, dass niemand, wirklich *überhaupt niemand* zu meiner Party kommen würde, löste Panik bei mir aus. Ich begann, meine alten Adressbücher durchzublättern und Telefonnummern zu wählen, die es schon lange nicht mehr gab.

Manche Gespräche verliefen etwa so: »Ach, sie ist nach Argentinien gegangen? Vor sechs Jahren schon?

Wie die Zeit vergeht! Wie auch immer, ich kenne Sie zwar nicht, aber Ihre Stimme klingt so sympathisch ... haben Sie nicht Lust, am Samstag Abend auf meine Party zu kommen? Bitte!«

In einem verzweifelten Versuch, die Party mit Leuten zu bevölkern – in diesem Stadium war es mir völlig egal, wer sie waren –, rief ich bei allen meinen Freunden an und bat sie, jeden Menschen mitzubringen, den sie kannten. In einem hellen Moment bat ich meinen Bruder Tadhg – ein junger Mann, der sich zu vergnügen wusste –, er solle seine ganzen Freunde einladen. Er warf mir einen sonderbaren Blick zu und fragte, ob mir klar wäre, worauf ich mich da einließe. Ich versicherte ihm, dass ich es wisse. »Okay, auf deine Verantwortung ...«, murmelte er vor sich hin.

Endlich war der Tag da, an dem die Party steigen sollte, und ich machte eine Bestandsaufnahme: Es sah schlecht aus, aber noch war nichts verloren. Immerhin gab es siebzehn Leute von der ursprünglichen Liste, die nicht abgesagt hatten. In verhalten hoffnungsvoller Stimmung machten mein Herzallerliebster und ich uns auf den Weg, das Essen abzuholen. Als wir wieder zu Hause ankamen, lauschten wir auf dem Anrufbeantworter siebzehn in letzter Minute gegebenen Absagen.

Es war der düsterste Moment meines Lebens. Am liebsten hätte ich die ganze bescheuerte, schlecht durchdachte Idee abgesagt, aber das war nicht mehr möglich. Ich ließ meinen Blick über die Mini-Quiches schweifen, die sich in der Küche stapelten, und hatte das Gefühl, dass sie mich auslachten.

Ich hatte für halb zehn Uhr eingeladen. Da ich ihnen andernfalls mit der Todesstrafe gedroht hatte, erschienen meine engsten Freunde um neun. Um viertel vor elf war ich mit ihnen und meiner Verzweiflung immer noch allein. Wir hatten eine Ladung *Red Squares* – jenes Gemisch aus Wodka und *Red Bull* – für die ›jungen‹ Leute besorgt, aber dann waren es die Mittdreißiger, die begannen, sich in einer Art verzweifeltem Enthusiasmus darüber herzumachen. Benebelt von Wodka und Taurin schlug jemand halbherzig vor, dass wir uns doch trotz allem gut amüsieren könnten. Jemand anderes war der Meinung, das sei eine tolle Idee.

Um zehn vor elf zerriss ein Klingeln an der Tür die düstere Stille. Es war ein Mann, von dem ich nicht einmal mehr wusste, dass ich ihn eingeladen hatte. Er brachte sechs seiner Freunde mit. Sekunden später klingelte es erneut; diesmal war es jemand, der eigentlich abgesagt hatte (»Die Hochzeit ist ausgefallen!«), der ebenfalls ein paar Leute im Schlepptau hatte. Sie gingen auf direktem Weg in die Küche und begannen, sich gegenseitig mit Mini-Sesamtoasts zu bewerfen. Woraufhin ich mich allmählich zu entspannen begann. Mittlerweile wirkte die Veranstaltung schon eher wie eine Party.

Wieder klingelte es, und als ich die Tür öffnete, sah ich ein ganzes Meer von Leuten im Garten stehen – Tadhg war gekommen und hatte siebenundfünfzig seiner engsten Freunde mitgebracht! Ich stand auf der obersten Stufe und kam mir vor wie Jesus bei der Bergpredigt, als ich sie willkommen hieß. »Die *Red Squares* sind da hinten«, sagte ich und wies mit meinem Daumen in die entsprechende Richtung. »Oh, tut mir Leid, sie sind offenbar schon alle weg.«

Und wieder läutete es an der Tür. Und noch einmal. Ich beschloss, die Eingangstür offen stehen zu lassen. Mein Versuch, die Küche zu betreten, scheiterte an der Menge von Gästen, die sich dort bereits drängelten. Alle aßen, tranken, schüttelten sich vor Lachen und ließen Asche auf meinen Laminatboden fallen. Im Flur nannte ein Mädchen in einem Trägertop aus Goldlamé ein anderes in einem nachgemachten Pucci-Kleid ›einen Geizkragen‹. Offenbar stritten sie über einen Dotcom-Vertrag. Eine der Mittdreißigerinnen, die sich über die *Red Squares* hergemacht hatten, musste sich übergeben. Eine andere hing bei Tadhg am Hals und erzählte ihm, dass sie schon immer in ihn verliebt gewesen sei. Alles lief bestens!

Um halb zwölf kam ein Nachbar vorbei, der ein paar Häuser weiter wohnte. Komisch – ich konnte mich beim besten Willen nicht erinnern, ihn eingeladen zu haben. Er gehörte zu den wenigen Einwohnern Dublins, die ich *nicht* angeschrieben hatte. Aber er kam gar nicht, um mit uns zu feiern, er kam, um mir zu sagen, dass er die Polizei rufen würde, wenn ich nicht dafür sorgte, dass der Krach aufhörte. In diesem Augenblick begann ich, mich *wirklich* zu entspannen. Die Party war ein Knaller.

DAVID SEDARIS *Zyklop*

Als junger Mensch hat mein Vater seinem besten Freund mit einem Luftgewehr ein Auge ausgeschossen. Das hat er uns erzählt. »Ein einziger unbedachter Moment, und, Jesus, wenn ich ihn ungeschehen machen könnte – ich würde es tun.« Er zuckte zusammen und schüttelte die Faust, als hielte er eine Rassel. »Es frisst mich bei lebendigem Leibe auf«, sagte er. »Damit will ich sagen, dass es mich schier zerreißt.«

Als wir einmal im Sommer seine Vaterstadt besuchten, nahm mein Vater uns zu diesem Typ mit, einem Schuhverkäufer, dessen milchige Pupille den Winkel ihrer übel zugerichteten Augenhöhle umarmte. Ich beobachtete, wie die beiden Männer sich die Hand gaben, und wandte mich ab, von dem, was mein Vater getan hatte, angewidert und beschämt.

Der Nachbarsjunge bekam zum zwölften Geburtstag ein Luftgewehr und nahm dies als persönliche Herausforderung, jedes lebende Geschöpf zu belauern und zu verstümmeln: sonnenbadende Katzen, Nacktschnecken und Eichhörnchen ...; wenn es sich bewegte, schoss er. Ich fand das eine prima Idee, aber sobald ich das Gewehr an meine Schulter hob, sah ich den Freund meines Vaters, wie er halb blind mit einem Stapel *Capezio*-Kartons vor sich hin stolperte. Wie wäre es, mit einer solchen Schuld zu leben? Wie konnte mein Vater in den Spiegel sehen, ohne sich übergeben zu müssen?

Eines Nachmittags stach mir meine Schwester Tiffany mit einem frisch gespitzten Bleistift ins Auge. Ich vergoss Ströme von Blut, und auf dem Weg ins Krankenhaus wusste ich, dass meine Schwester, falls ich erblindete, bis an ihr Lebensende meine Sklavin sein würde. Keine Sekunde lang würde ich sie vergessen lassen, was sie mir angetan hatte. In ihrer Zukunft würde es keine frivolen Cocktailpartys geben, keine Grillfeste am Schwimmbeckenrand oder ein kurzes Aufflackern sorglosen Gelächters, keinen einzigen Augenblick der Freude – dafür würde ich zu sorgen wissen. Ich hatte meine Rache so sorgfältig geplant, dass ich fast enttäuscht war, als der Arzt bekannt gab, es sei nichts als eine leichte Einstichwunde, nicht im, sondern unterm Auge.

»Sieh dir das Gesicht deines Bruders an«, sagte mein Vater und deutete auf mein Hansaplast. »Er hätte lebenslang erblinden können! Dein eigener Bruder ein Zyklop – ist es das, was du willst?« Tiffanys Leiden linderte eine bis zwei Stunden lang meine Schmerzen, aber dann begann sie mir Leid zu tun. »Jedes Mal, wenn du nach einem Bleistift greifst, möchte ich, dass du daran denkst, was du deinem Bruder angetan hast«, sagte mein Vater. »Ich möchte, dass du ihn auf Knien um Verzeihung bittest.«

Man kann sich nur eine begrenzte Anzahl von Malen entschuldigen, bevor es lästig wird. Ich verlor das Interesse, bevor das Pflaster entfernt wurde, aber nicht so mein Vater. Als er damit durch war, konnte Tiffany keinen stumpfen Buntstift mehr anfassen, ohne in Tränen auszubrechen. Ihr hübsches, sonnengebräuntes Gesicht nahm die Eigenschaften einer runzligen, fettfleckigen alten Handtasche an. Mit sechs Jahren war das Mädchen am Ende.

Überall lauerte die Gefahr, und die Lebensaufgabe meines Vaters bestand darin, uns vor ihr zu warnen. Während der Feiern zum 4. Juli im Country Club berichtete er uns, wie einer seiner Marinekumpels bis an sein Lebensende von einem Knallfrosch entstellt wurde, der ihm auf dem Schoß explodiert war. »Hat seine Eier von der Landkarte getilgt«, sagte er. »Nimm dir die Sekunde Zeit und stell dir vor, wie sich das angefühlt haben muss!« Ich raste ans ganz andere Ende des Golfplatzes und sah mir den Rest vom Feuerwerk von dort an, die Hände im Schritt verschränkt.

Feuerwerk war riskant, aber Gewitter war noch schlimmer. »Ich hatte einen Freund. War ein sehr intelligenter, gut aussehender Typ. Alles lief ganz prächtig, bis zu dem Tag, an dem er vom Blitz getroffen wurde. Er hat ihn genau zwischen den Augen erwischt, beim Forellenangeln, und ihm das Hirn verschmurgelt, dass es aussah wie ein Brathuhn. Jetzt hat er eine Metallplatte in der Stirn und kann nicht mal sein eigenes Essen kauen; alles muss in einen Mixer, und dann saugt er es sich durch einen Strohhalm rein.«

Wenn der Blitz je in mich einschlagen wollte, musste er Mauern und Wände durchdringen. Beim ersten Anzeichen eines Gewitters rannte ich in den Keller, kroch unter einen Tisch und bedeckte meinen Kopf mit einer Decke. Die Menschen, die sich das Gewitter von der Veranda aus ansahen, waren Narren. »Der Blitz kann von einem Ehering oder sogar von einer Zahnfüllung angezogen werden«, sagte mein Vater. »Der Tag, an dem man in seiner Wachsamkeit nachlässt, ist der Tag, an dem er zuschlagen wird.«

Auf der Mittelschule belegte ich Werken, und unsere erste Aufgabe war die Anfertigung eines Serviettenhalters. »Du wirst doch nicht mit einer Bandsäge arbeiten?«, fragte mein Vater. »Ich kannte mal einen Typ, einen Jungen von deiner Größe, der benutzte eine Bandsäge, als das Sägeblatt abging, aus der Maschine rausflog und sein Gesicht sauber in zwei Hälften zerschnitt.« Mit dem Zeigefinger zog mein Vater eine imaginäre Linie von der Stirn bis zum Kinn. »Der Typ hat überlebt, aber niemand wollte mehr etwas mit ihm zu tun haben. Er wurde Alkoholiker und hat eine Chinesin geheiratet, die er sich aus einem Katalog bestellt hat. Denk mal darüber nach.« Das tat ich.

Mein Serviettenhalter wurde aus gefundenen Brettern hergestellt, und als er fertig war, brachte er fast sieben Pfund auf die Waage. Meine Bücherregale waren noch schlimmer. »Das Problem mit einem Hammer«, wurde mir gesagt, »besteht darin, dass der Hammerkopf jederzeit abgehen kann, und, Junge, eins kann ich dir sagen, den Schmerz kannst du dir gar nicht vorstellen.«

Bald begann ich mich zu fragen, ob mein Vater noch Leute kannte, die sich die Schuhe selbst zubinden oder ohne die Hilfe einer eisernen Lunge atmen konnten. Mit Ausnahme des Schuhverkäufers hatten wir keinen dieser Menschen je gesehen, hatten nur von ihnen gehört, sobald einer von uns ein Huhn in schwimmendem Fett herausbacken oder den Müllschlucker betätigen wollte. »Ich habe einen Freund, der kauft sich immer ein Paar Handschuhe, und den einen Handschuh schmeißt er gleich weg. Er hat seine rechte Hand verloren, als er genau das tat, was du gerade tust. Er hatte gerade in die Müllschluckeröffnung gefasst, als die Katze sich am Schalter rieb. Jetzt trägt er Vorsteckschlipse, und die Kellner müssen ihm das Steak klein schneiden. Schwebt dir diese Art zu leben vor?«

Den Rasen durfte ich mähen, weil er zu geizig für einen Gärtner und zu faul zum Selbermähen war. »Was nämlich passierte«, sagte er, »ist, dass der Typ ausrutschte, wahrscheinlich auf einem Kackhaufen, und das Bein verfing sich in den rotierenden Messern. Er hat dann seinen Fuß wiedergefunden und ins Krankenhaus mitgenommen, aber es war zu spät, ihn wieder anzunähen. Kannst du dir das vorstellen? Der Typ ist fünfzehn, zwanzig Meilen mit dem Fuß auf dem Schoß Auto gefahren.«

Trotz der Hitze mähte ich den Rasen in voller Ausrüstung, mit langer Hose, kniehohen Stiefeln, Football-Helm und Schutzbrille. Bevor ich anfing, suchte ich den Rasen nach Steinen und Hundekot ab, kämmte den gesamten Bereich durch, als wäre er vermint. Trotzdem schob ich den Rasenmäher stockend vor mir her, musste ich doch damit rechnen, dass dieser nächste Schritt mein letzter war.

Nie war etwas Schlimmes passiert, und nach ein paar Jahren mähte ich in Shorts und Turnschuhen, dachte aber an den angeblichen Freund, den mein Vater verwendet hatte, um seine Warnung zu illustrieren. Ich stellte mir vor, wie dieser Mann in sein Auto sprang, mit einem blutigen Beinstumpf Gas gab, einen warmen Fuß auf dem Schoß geborgen wie ein schlafendes Hündchen. Warum hatte er nicht einfach einen Krankenwagen angerufen? Wie hatte er, unter Schock stehend, daran denken können, in den Wildkräutern nach seinem Fuß zu suchen? Es passte alles vorne und hinten nicht zusammen.

Ich wartete bis ein Jahr vor der Mittleren Reife, bis ich mich für den Verkehrsunterricht eintrug. Bevor wir uns auf die Straße wagten, saßen wir im verdunkelten Klassenzimmer und sahen uns Filme an, deren Drehbuch und Regie von meinem Vater hätten sein können. *Lasst es lieber*, dachte ich, als ich sah, wie das Pärchen auf dem Heimweg vom Schulball sich anschickt, einen schwerfälligen Müllwagen zu überholen. Jede Spritztour endete damit, dass sich der junge Fahrer um einen Telegraphenmast wickelte oder bis zur Unkenntlichkeit verbrannte, während die Kamera ein blutiges Brustbukett fokussierte, welches den Straßenrand beschmutzte.

Ich fuhr nicht schneller Auto, als ich den Rasenmäher schob, und bald verlor der Fahrlehrer die Geduld.

»Dieser Führerschein ist dein Todesurteil«, sagte mein Vater, als ich meine vorläufige Fahrerlaubnis bekam. »Du wirst in die Welt hinausfahren und jemanden umbringen, und die Schuld wird dir das Herz aus dem Leibe reißen.«

Die Angst vor Selbstmord hatte mich auf fünf Meilen pro Stunde verlangsamt. Die Angst davor, jemand anderen zu ermorden, brachte mich vollends zum Stillstand.

Meine Mutter hatte mich in einer Regennacht von der Probe zu einer Schüleraufführung abgeholt, und als das Auto bergauf fuhr, fuhr es über etwas, über das es nicht hätte fahren sollen. Es war dies kein Wackerstein oder ein Stiefel am falschen Ort, sondern irgendein Lebewesen, welches erbärmlich schrie, als es vom Reifen überrollt wurde. »Scheiße«, flüsterte meine Mutter und schlug die Stirn gegen das Lenkrad. »Scheiße, Scheiße, Scheiße.« Wir bedeckten uns gegen den Regen und suchten die dunkle Straße ab, bis wir eine orangefarbene Katze fanden, die Blut in den Rinnstein hustete.

»Du hast mich umgebracht«, sagte die Katze und zeigte mit ihrer platt gefahrenen Pfote auf meine Mutter. »Da hatte ich nun so viel, wofür zu leben lohnte, doch nun ist es vorbei, mein ganzes Leben – zack! – ausgelöscht.« Die Katze keuchte rhythmisch, bevor sie die Augen schloss und starb.

»Scheiße«, wiederholte meine Mutter. Wir gingen von Haus zu Haus, bis wir die Katzenhalterin fanden, eine freundliche und verständnisvolle Frau, deren Tochter keine dieser Tugenden geerbt hatte. »Du hast meine Katze umgebracht«, kreischte sie und schluchzte ihrer Mutter in den Rock. »Du bist gemein, und du bist hässlich, und du hast meine Katze umgebracht.«

»Ein schwieriges Alter«, sagte die Frau und streichelte dem Kind übers Haar.

Meine Mutter fühlte sich auch ohne die Strafpredigt, die sie zu Hause erwartete, mies genug. »Das hätte ein Kind sein können!«, rief mein Vater. »Denk darüber nach, wenn du nächstes Mal auf der Suche nach Nervenkitzel die Straße entlangfegst.« Bei ihm klang es, als überführe meine Mutter Katzen aus Quatsch. »Das findest du wohl komisch«, sagte er, »aber wir werden sehen, wer zuletzt lacht, wenn du hinter Gittern sitzt und deinem Verfahren wegen Totschlags entgegensiehst.« Ich bekam eine Variation derselben Rede zu hören, als ich einen Briefkasten gestreift hatte. Trotz der Ermutigung meiner Mutter gab ich meinen Führerschein zurück und fuhr nie wieder. Ich hielt es nervlich einfach nicht aus. Es schien mir sicherer, per Anhalter zu fahren.

Mein Vater war dagegen, als ich nach Chicago zog, und er führte eine regelrechte Kampagne des Grauens, als ich meine Umzugspläne nach New York bekannt gab. »New York! Bist du geistesgestört? Nimm doch gleich ein Rasiermesser und schneid dir die Kehle durch, denn, eins will ich dir sagen, diese New Yorker werden dich bei lebendigem Leibe fressen.« Er erwähnte Freunde, die von umherschweifenden Rüpelrudeln ausgeraubt und verstümmelt worden waren, und schickte mir Zeitungsausschnitte, in denen ausführlich von Morden an Joggern und Pauschaltouristen die Rede war. »Das könntest du sein!«, schrieb er an den Rand.

Ich hatte mehrere Jahre lang in New York gelebt, als ich, auf dem Weg zu einer Hochzeitsfeier tief im Staate New York, im Geburtsort meines Vaters Halt machte. Wir waren, seitdem meine Großmutter bei uns eingezogen war, nicht mehr dort gewesen, und ich orientierte mich mit einer geradezu gruseligen Ortskenntnis. Ich fand die alte Wohnung meines Vaters, aber das Schuhgeschäft seines Freundes war jetzt eine Billardhalle. Als ich ihn anrief, um ihm das zu berichten, sagte mein Vater: »Was für ein Schuhgeschäft? Wovon sprichst du überhaupt?«

»Wo dein Freund gearbeitet hat«, sagte ich. »Du weißt doch, der Typ, dem du das Auge ausgeschossen hast.«

»Frank?«, sagte er. »Ich habe dem nie ein Auge ausgeschossen. Der Mann war seit seiner Geburt so.«

Inzwischen besucht mein Vater mich in New York. Wir spazieren über den Washington Square, wo er »Kuck mal, was der für eine hässliche Fresse hat!« schreit und auf den dreihundert Pfund schweren Angehörigen einer Motorrad-Bande zeigt, dessen Hals von tätowierten grinsenden Totenschädeln geschmückt wird wie von einem Kropfband. Im Central Park fotografiert ein junger Mann seine Freundin, und mein Vater stürmt los, um sich ins Bild zu werfen. »Alles klar, Süße«, sagt er und legt den Arm um das verschreckte Opfer, »jetzt machen wir's uns ein bisschen nett.« Ich ducke mich, wenn er in Feinkostläden marschiert und den Geschäftsführer zu sprechen verlangt. »Zu Hause kriege ich haargenau diese Honigmelone für weniger als die Hälfte«, sagt er. Die Geschäftsführer raten ihm unweigerlich, nach Hause zu fahren und dort Honigmelonen zu kaufen. In schicken Restaurants schreit er die Kellner an und weigert sich zu warten, bis ein Tisch frei wird. »Ich habe einen Freund«, sage ich ihm, »der den rechten Arm verloren hat, weil er mit den Fingern nach einem Ober geschnipst hat.«

»Ach, ihr Kinder«, sagt er. »Ihr habt doch alle keinen Teelöffel voll Grips. Ich weiß nicht, woher ihr das habt, aber früher oder später wird es euch umbringen.«

AMELIE FRIED   *Seien Sie doch einfach selbstbewusst!*

Es ist schon ungerecht. Da hat man eh schon Probleme mit dem Selbstbewusstsein, und dann kann man keine Frauenzeitschrift aufschlagen und keinen Buchladen betreten, ohne mit der Information versorgt zu werden, dass selbstbewusste Frauen es leichter haben im Leben.

Eine Umfrage der Soziologinnen Benard und Schlaffer hat ergeben, dass sich 93% aller Frauen mehr Selbstsicherheit wünschen – vor: Liebe, Mutterschaft, Geborgenheit. Wenn Frauen es schaffen, sich selbstsicher zu fühlen und selbstbewusst aufzutreten, folgen alle anderen guten Dinge fast von selbst. Vor allem die Liebe: Die Frauen mit dem größten Erfolg in Liebesdingen sind die mit dem selbstsicheren Auftreten.

Schöne Bescherung. Da fühlt man sich schon so mickrig, dass man unter der Teppichkante spazieren gehen könnte, und dann kriegt man auch noch reingedrückt, dass man einfach nur selbstsicher sein muss, um erfolgreich und glücklich zu werden. Das ist genau so, wie wenn einem jemand sagt, reiche Leute hätten eben mehr Geld. Oder schöne Menschen würden einfach besser aussehen. Da hab ich was davon, wenn man mir nicht gleichzeitig verrät, wie ich selbst schön und reich werden kann!

Der Teufel scheißt immer auf den größten Haufen, heißt es im Volksmund. Oder: Wer hat, dem wird gegeben. Und genau so ist es mit dem Selbstbewusstsein: Die Frauen, die davon ohnehin schon eine Menge besitzen, werden obendrein noch bestätigt und von allen Seiten mit Erfolgserlebnissen versorgt. Während die kleine graue Maus mit dem fehlenden Selbstwertgefühl nur Kleine-graue-Maus-Erfahrungen macht, die sie immer kleiner und grauer werden lassen.

Was kann man also tun, um endlich zu den strahlend selbstbewussten Frauen zu gehören, die man schon immer bewundert (und, ehrlich gesagt, schrecklich beneidet) hat?

Natürlich kann man kiloweise Ratgeber-Bücher zum Thema kaufen, sich zu Hause aufs Sofa legen und versuchen, per Fernstudium selbstbewusst zu werden. In manchen dieser Bücher stehen sicher eine Menge kluger und vernünftiger Dinge, aber so ganz alleine hat man wenig Gelegenheit, das Gelesene in der Praxis zu erproben. Also runter vom Sofa und Seminare gebucht, Veranstaltungen besucht, Trainingsprogramme absolviert. Da lernt man vor allem eines: Dass man mit seinem Problem nicht alleine ist. Dass es unendlich viele Menschen gibt, überwiegend Frauen, die unter den gleichen Symptomen leiden wie man selbst.

Zu leise Stimme, unsicherer Blick, schweißnasse Hände in Stress-Situationen, Angst vor öffentlichen Auftritten, die Neigung, alle Ideen toll zu finden außer den eigenen, das Gefühl, nichts wert zu sein, nicht gut auszusehen, nichts zu können ... Die Litanei ließe sich bis zur Suizidgefährdung fortsetzen. Ganz bestimmt aber ist es ein guter Schritt, überhaupt was zu unternehmen.

Ob es allerdings Sinn hat, den tieferen Ursachen solcher Gefühle auf den Grund zu gehen, bezweifle ich. Was nützt es, wenn man nach jahrelanger Psychoanalyse herausgefunden hat, dass der erfolgreiche Vater, die dominante Mutter oder eine ehrgeizige Schwester schuld sind an den eigenen Minderwertigkeitsgefühlen? Zumal diese subjektiven Gefühle oft gar nicht mit dem Bild übereinstimmen, das andere von einem haben. Immer wieder fällt mir auf, dass auch Menschen unsicher sind, die allen Grund hätten, selbstbewusst zu sein. Dagegen fragt man sich bei anderen, woher die ihr geradezu unverschämtes Selbstbewusstsein eigentlich nehmen!

Vielleicht ist der erste Schritt zur Selbstsicherheit ja die Selbsterkenntnis. Die ehrliche Bestandsaufnahme dessen, was man wirklich ist. Was man kann, was man nicht kann, wo die eigenen Fähigkeiten sind, wo die Defizite und Grenzen. Ich gebe Ihnen ein Beispiel: Meine Tochter ist klein, blond und blauäugig. Sie hat aber keinen größeren Wunsch, als schwarze Haare und ›Chinesen-Augen‹ zu haben, außerdem will sie mindestens 1,80 Meter groß und Model werden. Sie wird den bitteren Weg der Selbsterkenntnis gehen müssen, um nicht für den Rest ihres Lebens unglücklich zu werden. So geht es im Prinzip jedem von uns, nur dass manche es früher hinter sich bringen als andere.

Wenn man sich selbst wirklich mit klarem Blick sehen, mit den eigenen Schwächen humorvoll umgehen und die eigenen Stärken schätzen kann – sich seiner selbst also bewusst ist – dann hat man eine Chance, sich seiner selbst auch sicherer zu werden.

Aber jetzt klinge ich schon wie einer dieser Ratgeber, und das will ich ja nun nicht. Ich will Sie nur ermutigen und Ihnen sagen: Auch in Ihnen steckt eine selbstbewusste Frau. Lassen Sie sie raus!

MELISSA BANK *Wie Frauen
fischen und jagen*

Meine beste Freundin heiratet. Die Hochzeit ist schon in zwei Wochen, und ich habe immer noch nichts anzuziehen. In meiner Verzweiflung beschließe ich, zu Loehmann's in der Bronx zu fahren. Meine Freundin Donna bietet mir an, mich zu begleiten, tut so, als brauche sie einen Badeanzug, aber ich erkenne eine Hilfsaktion, wenn mir eine angetragen wird.

»Es wäre vielleicht einfacher, wenn du jemanden mitbringen würdest«, sagt Donna im Auto auf dem Major Deegan Expressway. »Aber vielleicht lernst du ja noch jemanden kennen.«

Als ich keine Antwort gebe, sagt sie: »Bei welchem Mann hattest du in letzter Zeit das Gefühl, dass du ihn zu einer Hochzeit mitbringen kannst?«

Ich weiß, dass es Donna weniger um die Frage als solche geht, sondern dass sie das Thema meines Einsiedlerlebens aufbringen will. Ich sage: »Bei diesem Franzosen, mit dem ich ausgegangen bin.«

»Den hab ich ganz vergessen«, sagt Donna. »Wie hieß der noch mal?«

»Pfeife.«

»Genau.«

Am Eingang in das Geschäft trennen wir uns und wollen uns in einer Stunde wieder treffen. Ich bin eine geübte Shopperin, erkenne die Fasermischungen von Stoffen schon beim Anfassen, identifiziere die Designer auf einen Blick. Hier bei Loehmann's, am Broadway Höhe 237th Street, bin ich in meinem Element: bin Margaret Mead, die Jugend und Sexualität in primitiven Gesellschaften erforscht, bin Aretha Franklin, die in Motor City R-E-S-P-E-C-T fordert.

Trotzdem suche ich schon eine geschlagene Stunde und finde nichts, doch dann sehe ich es, mein perfektes Kleid, ein schwarzes Etuikleid von Armani – aber nur in ameisenartiger Größe 2 und in Spinnen-Größe 4.

Eine klügere Frau, als ich es bin, denke ich, hat sich das Teil in meiner Größe 10 schon vier Wochen zuvor bei Saks oder Barneys gekauft, weil sie wusste, dass es nie den Weg zu Loehmann's finden würde. Sie hat ihr Kleid auf Anhieb erkannt und nicht gezögert. Diese Frau zieht in diesem Moment den Reißverschluss ihres Etuikleids zu und ist unterwegs zu dem Mann, den sie liebt.

Doch in der Gemeinschaftsumkleidekabine reicht Donna mir das schwarze Armani-Teil in 10 – das Kleid, das beinahe verkauft worden wäre. Ich sehe darin ein gutes Zeichen.

Ist das Kleid nicht perfekt? Mehr als das.

»Du bist meine gute Einkaufsfee«, sage ich auf der Bank in der Umkleidekabine, das Etuikleid in den Armen, während Donna Badeanzüge anprobiert. Sie richtet die Träger eines schokoladenbraunen Einteilers und zieht vor ihrem Spiegelbild die Stirn in Falten. Sie hat keine Ahnung, wie schön sie ist, vor allem ihre glutvollen Augen mit den schweren Lidern; sie sagt, die Leute hielten sie auf der Straße an und gäben ihr den Rat, sich mal Ruhe zu gönnen.

»Kein Wunder, dass ich ledig bin«, sagt sie zu dem

Spiegel. »Mit diesen Schenkeln möchte nicht mal ich ins Bett gehen.«

Ich sage, heiraten ist nicht dasselbe wie der Miss-America-Wettbewerb; es läuft nicht darauf hinaus, wer im Badeanzug die beste Figur macht.

»Worauf läuft es denn sonst hinaus?«

»Wer das Kommando gibt.«

Hinterher feiern wir unsere Neuerwerbungen bei Truthahn-Burgers im Riverdale Diner. Mit gekünstelt samtiger Stimme sage ich: »Ich bin die Frau, die Armani trägt.«

»Kleider sind Waffen«, sagt Donna.

Ich brauche keine Waffen, sage ich zu ihr; ich freue mich für Max und Sophie.

»Ich hasse Hochzeiten«, sagt Donna. »Ich fühle mich dann immer so unverheiratet. Sogar beim Zähneputzen fühle ich mich unverheiratet.«

Sie hört auf mit ihren albernen Sprüchen und sieht auf einmal doch müde aus; ihre Lider decken die Augen praktisch zu. Sie erzählt mir, sie lese ein schreckliches Buch mit dem Titel *Wie frau den Richtigen kennen lernt und mit ihm in den Hafen der Ehe steuert*. »Du sollst so tun, als seist du schwer zu kriegen. Das ist der wichtigste Rat. Im Grunde ist es eine Sammlung von Manipulationstechniken.«

Ich erwidere, sie brauche das Ding ja nicht weiterzulesen.

»Ich weiß«, sagt sie, gibt mir aber nur teilweise Recht. »Es ist so, als hätte ich den Fisch dadurch an die Angel kriegen wollen, dass ich mit den Fischen schwimme. Ich bin immer wieder reingestiegen in das Wasser. Hab es in verschiedenen Flüssen probiert. Meinen Schwimmstil variiert. Aber es hat nichts genützt. Und dann finde ich diesen Ratgeber, der mir etwas von Angelruten und von Köder sagt und wie ich die Angelrute auswerfen und was ich machen soll, wenn die Schnur sich verheddert.« Sie verstummt und überlegt. »Das Deprimierende dabei ist, dass du weißt, *so* wird es was.«

»Ich hasse Fische«, sage ich.

Die Hochzeitsfeier findet in einer restaurierten Villa am Hudson River statt. Manchmal komme ich sonntags hierher. Wenn es nicht für eine Hochzeit vermietet ist, kann man Haus und Grundstück gegen eine Eintrittsgebühr besichtigen. Ich löhne die 4 Dollar 50 aber nur dafür, dass ich mich in einen Gartenstuhl setzen, die Zeitung lesen und auf den Fluss schauen kann. Es ist ein so idyllisches Fleckchen, dass man meint, sich mitten in einem Gemälde zu befinden – einem Seurat –, und eine Zeit lang habe ich auch gehofft, ein Gentleman in Hemdsärmeln und mit Kreissäge auf dem Kopf käme durch die Farbtüpfelchen auf mich zu. Dann hörte ich, wie ein Wachmann sagte, Zutritt hätten hier nur die Rosaroten und die Grauen – Hochzeitsgesellschaften und ältere Mitbürger.

Ich komme schon am verregneten Spätnachmittag, um Sophie beim Anziehen zu helfen. Werde einen Stock höher erste Tür links geschickt und erwarte, ein altmodisches Schlafzimmer mit Spitzengardinen, Frisiertisch und einem Bett mit vier Säulen vorzufinden, doch Sophie und ihre Freundinnen sitzen in einem Konferenzraum, umgeben von Stapelstühlen und einem Diaprojektor. Sophie, nur in BH und Strümpfen, steht am Pult und albert herum.

Ich gehe zu ihr, und der Ausdruck sittsame Braut kommt mir in den Sinn, wohl deshalb, weil damit auf das Erröten angespielt wird, und im Erröten schlägt Sophie jede andere Frau, die ich kenne, um Längen. Sie wird dauernd rot: von der Sonne, vom Wind, beim Lachen und beim Weinen, im Zorn oder vom Wein. Nun glüht sie regelrecht, und ich gebe ihr einen Kuss und sage: »Hallo, Glühwürmchen.«

Sophies übermütige Freundin Mavis schenkt mir ein großes Glas Wein ein; sie ist schwanger und sagt, ich müsse nun für zwei trinken.

Nachdem ich Sophie geholfen habe, ihr schulterfreies cremeweißes Kleid anzuziehen, bittet sie mich, sie zu schminken, obwohl sie weiß, dass ich dafür kein Händchen habe. Es kommt ihr auf das Ritual an, und ich pinsele ihr einen Hauch blassen Lidschatten auf die Lider und trage einen Lippenstift auf, von dem fast nichts zu sehen ist. Sophie presst die Lippen auf ein Kosmetiktuch und fixiert die Farbe.

»Himmel, Sophie, du siehst aus wie eine Nutte«, sagt Mavis.

Der Fotograf klopft und sagt Sophie, es sei Zeit für die Bilder, und wir anderen folgen ihr. Mavis und ich biegen bei der Damentoilette ab, und aus ihrer Kabine erzählt mir Mavis, sie habe eine Zeit lang gar nicht gemerkt, dass sie schwanger sei. »Ich dachte, ich werde halt dick und inkontinent. Die Schwangerschaft war also wirklich eine gute Nachricht.«

Da ich zum Thema Schwangerschaft nichts beizusteuern habe, erzähle ich ihr, ich hätte gelesen, Tiny Tim, der Sänger, habe in seinen letzten Lebensjahren Windeln getragen. Aber nicht, weil er inkontinent gewesen wäre, er hielt es einfach für eine gute Idee.

Unten gesellen wir uns zu Mavis' Mann und den anderen Gästen. Nehmen unsere Plätze in dem Raum ein, in dem die Zeremonie stattfindet. Von dort kann man den Fluss sehen, im Augenblick aber nur Nebel und Regen und nasses Gras.

Ich frage Mavis, wie ihre Hochzeit war, und sie erzählt mir, dass sie nicht den Hochzeitsmarsch wollte, sondern K.C. and the Sunshine Band, und dass sie zu dem Song ›That's the Way – Uh-Huh, Uh-Huh – I Like It‹ zwischen den Stuhlreihen hindurch nach vorn getanzt sei.

»Uh-huh, Uh-huh«, kommentiert ihr Mann mit Grabesstimme.

Die Musik spielt. Wir warten. Mavis flüstert mir zu, dass sie noch einmal zur Toilette muss. »Stell dir mal vor, wie gut du es jetzt mit Windeln hättest«, flüstere ich zurück, als Max und Sophie den Mittelgang entlang schreiten.

Mit dem Gefiedel und dem Quäken einer Klezmer-Band kommt die Feier in Schwung, und Sophie und Max werden auf Stühle gesetzt, damit die bei einer jüdischen Hochzeit obligatorische Variante von Reise nach Jerusalem gespielt werden kann. Ich bin als Assimilierte aufgewachsen, aber es ist nicht meine verworrene Identität, die mich am Mitmachen hindert; ich will schon, kann aber in dem Takt nicht klatschen.

Schließlich gehen wir zu unseren Tischen. Ich sitze an Eins zwischen Mavis und Sophie und kenne jeden in der Runde, nur den Mann nicht, der sich am anderen Ende gerade setzt. Er ist groß und schlaksig, hat eine hohe Stirn und große Augen, ganz süß, doch das erklärt nicht, was auf einmal über mich kommt. Ich habe dieses Gefühl so lange nicht mehr gehabt, dass ich es gar nicht wiedererkenne; zuerst halte ich es für Angst. Meine Haarfollikel machen sich plötzlich einzeln bemerkbar und ziehen sich fröstelnd zusammen, und dann ist mir, als würde ich am ganzen Körper rot.

Er lächelt zu mir herüber und formt mit den Lippen: »Ich heiße Robert.«

»Jane«, antworte ich auf gleiche Weise.

Als ich wieder zu mir komme, erzählt Mavis der Runde am Tisch gerade, dass sie sich bei meiner Bemerkung über die Windeln in die Hose gemacht hat. Zu mir sagt sie, ich solle Tiny Tim doch in meine kleine Rede einflechten, und erst da fällt mir wieder ein, dass ich ja eine halten soll.

Ich versuche mir während des Essens etwas auszudenken, versuche aber auch, nicht Robert anzustarren, und bin ein bisschen wacklig auf den Beinen und nicht gerade präpariert, als ich an der Reihe bin und ans Mikrofon muss.

»Hi«, sage ich zu der Hochzeitsgesellschaft. Warte auf einen Einfall. Mein Blick fällt auf Sophie, und er kommt. Ich sage, dass wir uns nach dem College in New York kennen gelernt haben und dass jede von uns im Laufe der Jahre eine Reihe von Freunden hatte, mit keinem jedoch rundum glücklich war. Immer wieder fragten wir einander: »Ist das alles, was wir erwarten dürfen?«

Dann, sage ich, folgte unsere Seepferdchen-Phase, in der man uns sagte, dass wir keine Partner brauchten, sondern uns selber glücklich machen sollten, indem wir uns einfach im Berufsleben tummelten.

»Schließlich lernte Sophie Max kennen«, sage ich und werde ernst. Ich schaue zu Max hinüber. Denke: Er hat ein nettes Gesicht. Und spreche es in das Mikrofon. »Er kriegt mit, wie witzig und großmütig und warmherzig sie ist. Er begreift, was für ein toller Mensch sie ist, und will sie trotzdem nicht zerstören.«

An dieser Stelle ernte ich ein paar verständnislose Blicke, aber Sophie lacht. »Max ist der Mann, auf den Sophie nicht zu hoffen wagte«, sage ich.

Als ich mich setze, steht Robert auf, ich nehme an, um seine Rede zu halten. Doch er kommt an meine Seite des Tisches und fragt Mavis, ob sie die Plätze mit ihm tauschen möchte.

»Nein«, sagt sie und lässt sich Zeit, bevor sie ihren Stuhl hergibt.

Robert setzt sich neben mich und sagt: »Ihre kleine Rede hat mir sehr gefallen.«

Ich lausche dem Wort *gefallen* nach, das aus seinem Mund gekommen ist über etwas aus meinem.

Er kennt Max aus dem College, erzählt er – gut zwanzig Jahre also schon. Mir fällt ein, dass ziemlich viele Freunde aus Maxens Zeit in Oberlin hier sind, und ich frage Robert, was sie denn fürs Leben verbindet.

»Mit uns will niemand sonst befreundet sein.«

Dann ergreift der nächste Redner das Mikro.

Toast, Toast, Toast; Robert und ich können nur in den Pausen rasch ein paar Worte wechseln.

Ich erfahre, dass er Karikaturist ist, und muss ihm sagen, dass ich in der Werbung arbeite. »Aber«, setze ich an und weiß nicht weiter, »… ich überlege, ob ich ein Hundemuseum eröffnen soll.«

Toast.

»Ein Hundemuseum?« Er ist sich nicht sicher, ob ich einen Witz mache. »Über die verschiedenen Rassen?«

»Vielleicht. Oder ein Museum, das Hunden gefallen würde. Es könnte interaktive Exponate haben, Eichhörnchen zum Beispiel, denen die Hunde nachjagen und die sie sogar fangen könnten. Und eine Gerüchegalerie.«

Toast.

Robert erzählt mir, dass er gerade von Los Angeles nach New York zurückgekehrt ist und bei seiner Schwester wohnt, bis er eine eigene Bleibe gefunden hat. Ich erzähle ihm, dass ich in Sophies alter Wohnung in dem riesigen alten Gebäude wohne, das wegen der Wasserspeier an der Stirnseite von allen nur Dragonia genannt wird. Fast jeder kennt jemanden, der einmal dort gewohnt hat – eine Ex-Freundin, eine Masseuse oder eine Cousine –, Robert auch, obwohl er nicht näher ausführt, wen.

Toast.

Könnte ich mich für ihn erkundigen, ob dort eine Wohnung frei ist? Mach ich.

Sophies Vater tritt ans Mikrofon und hält die letzte kleine Rede, eine Ehre, die er sich ausbedungen hat. Er liest ein gereimtes Gedicht vor:

Krieg ich je unter die Haube mein Kind?
Ich rang schon verzweifelt die Hände. Wo sind
bloß die Männer, die Sophies Schönheit erkennen?
Dann kam Max, kam wie bestellt,
wie von Gott geschickt in Sophies Welt.

Sophie schüttelt den Kopf, Max ringt sich ein verkrampftes Lächeln für seinen Schwiegervater ab. Robert beugt sich herüber und flüstert mir zu:

»Der Papa bemüht sich gar sehr,
doch mit seiner Dichtkunst ist's nicht weit her.«

Max und Sophie gehen von Tisch zu Tisch und sprechen mit ihren Gästen, und kaum haben Robert und ich Gelegenheit, uns ungestört zu unterhalten, da taucht eine klassische Schönheit in einem wallenden Gewand auf.

»Jane«, sagt Robert, »das ist Apollinaire.«

Ich bin schon im Begriff, »Sie können mich Aphrodite nennen« zu sagen, merke aber noch rechtzeitig, dass die Frau tatsächlich so heißt.

»Setz dich«, sagt Robert zu ihr und weist mit einer Kopfbewegung auf den Stuhl neben mir. Sie jedoch sinkt graziös neben ihm herab, als wolle sie ihre Amphore füllen, sodass Robert mir den Rücken zukehren muss. Mir schwant, dass ich nicht der einzige Schmetterling bin, dessen Flügel in der Nähe seiner Staubgefäße zu flattern beginnen.

Als sie davongeschwebt ist, erzählt mir Robert, dass sie Filmmusik komponiert und für einen Oscar nominiert ist. Ich muss an meine einzige Auszeichnung denken, eine ›Ehrenvolle Erwähnung‹ bei einem Wettbewerb in der Gruppe der bis Zwölfjährigen um die beste Mr-Bubble-Zeichnung.

»Ihre Toga gefällt mir«, sage ich und bringe schon meine Vorfahren durcheinander.

Wir reden und reden, und dann verkündet Robert dem Tisch im Allgemeinen, es sei allmählich an der Zeit, das Auto herzurichten, mit dem die Frischvermählten wegfahren.

Draußen nieselt es. Robert zieht zwei Supermarkttüten unter den Büschen hervor und führt uns zu Maxens Auto.

Lächelnde Gesichter aus Rasierschaum auf den Scheiben, von Mavis aufgesprüht.

»Niedlich«, sagt ihr Mann und schaut weiter.

Ich sprühe kein einziges Wort. Habe meine Rasiercremesprühdose zwar gezückt, doch es kommt nichts heraus. Ich sage, dass ich blockiert bin.

Robert, der Dosen an die Stoßstange bindet, sagt: »Stellen Sie sich einfach vor, Sie würden in Ihr Tagebuch sprühen.«

Als wir vom Parkplatz weggehen, sagt er: »Ich bin ziemlich sicher, dass es sein Auto war.«

Drinnen sagt Sophie, sie habe eine Zigarette geschnorrt, und wir gehen auf die Terrasse hinaus. Die Tische und Stühle sind nass, doch wir schaffen es, den Rock ihres Kleids so zu raffen, dass nur der Schlüpfer auf den Sitz kommt und ihr üppiger Rock sich bauscht und über die Armlehnen des Stuhls wallt. Sophie erinnert mich an einen Schwan.

Wir haben einander so viel zu sagen, dass wir das nur mit Schweigen schaffen. Wir lassen die Zigarette zwischen uns hin und her gehen wie schon tausendmal zuvor, bis Sophies kleine Nichte und ihr kleiner Neffe herausgerannt kommen und rufen: »Sie suchen dich schon alle!«

Sophie reicht mir die Zigarette und sagt beim Aufstehen: »Augen auf bei Robert.« Bevor ich fragen kann, wieso, ziehen die Kleinen sie schon fort.

Drinnen ruft jemand: »Unverheiratete Frauen! Mädchen!«

Die meisten Freunde von Max und Sophie sind ledig, und eine große Menschenmenge versammelt sich an der Treppe, und zum ersten Mal in meinem Leben als Hochzeitsgast bin ich dabei. Sophie erscheint oben an der Treppe. Ihre Augen werden größer, als sie mich sieht. Sie überlässt nichts dem Zufall und kehrt den Leuten nicht einmal den Rücken zu, sondern wirft den Blumenstrauß mir zu, und ich fange ihn auch.

Danach Küssen und Reiswerfen, und die Frischvermählten brechen für drei Wochen nach Italien auf.

Es wird Zeit für mich zu gehen, und ich möchte Robert auf Wiedersehen sagen, aber er unterhält sich mit Apollinaire. Ich fange seinen Blick ein und winke, und er entschuldigt sich und kommt herüber.

»Gehen Sie schon?«, sagt er.

Er bringt mich zur Tür hinaus und begleitet mich bis zum Parkplatz. Im Moment regnet es nicht, obwohl es nicht aufgeklart hat. Die Bäume sind tropfnass.

»Das ist mein Auto«, sage ich. Es ist ein alter VW-Käfer mit so vielen Kratzern und Beulen, dass er aussieht wie nach einer Schlacht.

Robert steht an der Beifahrer-, ich an der Fahrertür. Er wartet anscheinend auf irgendetwas, und ich sage: »Ich würde Sie ja zum Einsteigen einladen, aber da drin herrscht das reinste Chaos.«

Die Vordersitze sind mit alten feuchten Handtüchern bedeckt, weil das aufklappbare Dach nicht mehr dicht schließt, und auf dem Boden liegen die Fast-Food-Verpackungen von meinen letzten Ausflügen.

Ich erkläre Robert, dass der Müll und die Dosen Diebe abschrecken, und wenn der Abfall sie nicht in die Flucht schlägt, dann der feuchte Pudelgeruch.

»Sie haben einen Pudel?«, fragt er.

»Einen Standard«, sage ich. »Jezebel.«

Er ist mit Standard-Pudeln groß geworden und mag sie sehr, welche Farbe hat meiner denn? Ich denke, dass ich an den einzigen vernünftigen Mann auf der ganzen Welt geraten bin, der Pudel mag.

Er erzählt mir, er habe eine Katze.

»Eine Katze? Wie bringen Sie das fertig?«

»Ich hab sie gern«, sagt er. »Aber wir beide wissen, dass sie nur ein Platzhalter ist.«

Dann fallen auf einmal dicke Tropfen – zuerst denke ich, von den Bäumen, doch der Regen hat wieder eingesetzt, es schüttet regelrecht, und Robert zieht sich das Jackett über den Kopf, kommt auf meine Seite gerannt, gibt mir einen Kuss auf die Wange und galoppiert zum Haus zurück, vermutlich in Apollinaires weit gespannte Flügel.

Ich sitze auf den feuchten Lappen und gebe mir Mühe, mir nicht selbst wie ein feuchter Lappen vorzukommen.

Dann klopft es an meinem Fenster. Ich kurbele es herunter. Er sagt: »Kann ich Sie anrufen«, und ich antworte so schnell »Klar«, dass meine Stimme den Rest seines Satzes überlagert, »wegen der Dragonia?«

»Klar«, sage ich noch einmal und tu so, als hätte ich noch keinen Mucks von mir gegeben. »Ich stehe im Telefonbuch. Rosenal.«

»Rose 'n' Al, Rose 'n' Al, Rose 'n' Al«, sagt er schnell und verschwindet.

Am Sonntag ruft er nicht an.

Am Montag rufe ich von der Arbeit zu Hause an und frage meinen Anrufbeantworter ab. Ich bin in Hochstimmung, als ich wähle, und geknickt, als die unmenschliche Stimme »Keine neuen Anrufe« sagt. Zwischen Zeilen wie *Rufen Sie jetzt an und sichern Sie sich Ihr Geschenk* und *Eine bessere Gelegenheit, anzurufen, gibt es nicht*, die ich schreiben muss, probiere ich es noch einmal.

Dann ruft Donna an und fragt, wie es bei der Hochzeit war, und ich erzähle ihr von Robert. Schon seinen

Namen auszusprechen tut gut, so als sei er ganz klar noch immer eine drohende Gefahr. Dann muss es heraus: »Aber er hat nicht angerufen.«

»Warum rufst du ihn nicht an?«, sagt Donna.

Ich gebe keine Antwort.

Meine treue Freundin sagt: »Ich glaube, deine Gefühle wären nicht so stark gewesen, wenn er nicht dieselben Gefühle für dich gehabt hätte.«

»Was fühlst du denn bei Jeremy Irons?«

Als ich nach Hause komme, leuchtet das rote Lämpchen an der Maschine. »Bitte, lass es Robert sein«, sage ich. Er ist es. Seine Stimme ist leise und schüchtern, er sagt, er sei am Gehen, würde sich aber wieder melden.

Ich spiele das Band noch einmal ab und beobachte Jezebels Gesicht: »Was meinst du?«, frage ich sie.

Sie schaut mich an: *Ich meine, es ist Zeit für meinen Spaziergang.*

Wir gehen um den Block und sind schon fast wieder zu Haus, als wir einem Hund begegnen, mit dem wir noch nie die Ehre hatten, einem wunderschönen Weimaraner. Jezebel geht gleich hin zu ihm und leckt ihm die Schnauze. Der Weimaraner macht einen Sprung rückwärts. »Er ist ein bisschen schreckhaft«, sagt sein Besitzer und wird von Herrn Hübscher-Hund davongeführt.

»Ich bin sprachlos. Gleich hin und ihn geküsst«, sage ich zu Jezebel, »hast nicht mal vorher seinen Hintern beschnuppert.«

Ich mache einen Salat. Will einen neuen Edith-Wharton-Roman anfangen, kann mich in der Stille des nicht läutenden Telefons aber nicht konzentrieren.

Dann denke ich: Was, wenn er anruft? Ich vermassele es doch glatt. Die einzigen Beziehungen, die ich nicht gleich kaputtgemacht hab, waren die, die später mich kaputtgemacht haben.

Ich gestehe mir selbst nicht ein, was ich tue, als ich meinen Fahrradhelm aufsetze und zu dem Barnes & Noble radle, das ein paar Blocks entfernt ist. Ich mache mir vor, dass ich mir vielleicht nur einen neuen Roman von Edith Wharton besorge.

Aber ich gehe an der Belletristik vorbei und komme zur Selbsthilfe. *Selbsthilfe?*, denke ich. *Wenn ich mir selbst helfen könnte, wäre ich nicht hier.*

Stapelweise liegt dort *Wie frau den Richtigen kennen lernt und mit ihm in den Hafen der Ehe steuert*, das schreckliche Buch, von dem Donna mir erzählt hat. Schrecklich, weil es funktioniert. Ich trete mit meinem Exemplar so wild entschlossen an die Kasse, als wäre es ein Miederhöschen oder ein Vibrator.

Das Autorinnen-Duo Faith Kurtz-Abromowitz und Bonnie Merrill ist zwar nicht abgelichtet, doch schon nach einigen Seiten sehe ich die beiden genau vor mir. Faith ist eine zurückhaltende Blondine mit Fönfrisur, Bonnie der Typ freche, alberne Göre mit tiefen Grübchen. Die zwei begleiten mich schon mein ganzes Leben lang. Im Sportunterricht, beim Volleyballspielen, waren sie es, die in die Hände klatschten und riefen: »Seitschritt, Seitschritt, hopp-hopp-hopp, unser Team ist wirklich top!« Am College war Bonnie mein heimlicher Weihnachtsmann. Wenn ich in Personalbüros einen Witz über meine Bewerbungsphobie machte, war Faith diejenige, die sagte: »Tu einfach dein Möglichstes.«

Jetzt wende ich mich ratsuchend ausgerechnet an die beiden.

Immerhin versprechen sie der Frau, die ihre Ratschläge befolgt: »Du wirst den Mann deiner Träume heiraten!«, und so lese ich weiter.

Ihre Prämisse ist, dass Männer Raubtiernaturen sind. Je schwieriger sich die Jagd gestaltet, desto wertvoller ist ihnen ihr Fang. Anders gesagt, dem Jäger auf die Schulter zu klopfen und ihn zu bitten, dich zu erlegen, ist das Letzte, was du tun solltest.

Teils muss ich mich über das Buch lustig machen, und sei es nur deshalb, weil ich ihre Regeln schon alle gebrochen habe; teils bin ich erleichtert, weil ich bei Robert noch keine gebrochen habe.

Ich lese das Buch durch vom vorderen Klappentext bis zum hinteren Klappentext und stoße auf: **Sei nicht witzig!**

Sei nicht witzig?, denke ich.

»Genau«, höre ich die kühle, stoische Faith sagen. »Witzig ist das Gegenteil von sexy.«

»Aber ich finde witzige Männer anziehend«, sage ich.

»Wir sprechen doch nicht davon, wen du anziehend findest, Dummerchen«, entgegnet Bonnie munter. »Geh ruhig mit Clowns und mit Komikern aus, wenn dir danach ist. Lach dich kaputt. Mach bloß selber keine Witze!«

»Männer schätzen Femininität«, sagt Faith und schlägt die Beine übereinander. »Humor ist nicht feminin.«

»Denk an Roseanne Barr!«, sagt Bonnie.

»Oder an die dicken, schenkelklopfenden Mädchen aus ›Hee Haw‹«, fügt Faith trocken hinzu.

»Was ist mit Marilyn Monroe?«, wende ich ein. »Sie war doch eine große komische Schauspielerin.«

»Das ist vermutlich nicht der Grund, weshalb eine

neue Unterwäsche-Kollektion nach ihr benannt ist«, sagt Faith.

»Aber Robert mag mich, weil ich witzig bin.«

»Du kannst nicht wissen, warum er dich mag«, sagt Faith.

»Du siehst umwerfend aus in diesem Etuikleid«, sagt Bonnie.

Ich hasse dieses Buch. Sträube mich dagegen. Überlege, was ich alles über Männer weiß. Mir fällt nur ein, was ein Kundenbetreuer in der Firma einmal gesagt hat: »Neunundneunzig Prozent aller Männer träumen davon, mit zwei Frauen gleichzeitig Sex zu haben.«

Meine Mutter gab mir kaum Ratschläge zum Thema Männer, und von mir aus habe ich sie nur einmal gefragt. Ich war damals in der fünften Klasse und hatte eine Freundin losgeschickt, die herausfinden sollte, ob der Junge, der mir gefiel, mich auch mochte. »Schlechte Neuigkeiten«, berichtete mir meine Freundin, »er kann dich nicht leiden.«

Meine Mutter sagte damals nur immer wieder: »Was hast du denn, Puss?« Ich konnte es ihr nicht erzählen. Schließlich fragte ich sie, wie man einen Jungen, der einem gefällt, dazu bringt, dass er einen auch mag. Meine Mutter antwortete: »Sei einfach du selbst«, als hätte ich eine Ahnung haben können, wer das wohl ist. Meine arme Mutter, die mit ihrem Latein am Ende war, schlug vor, dass ich mich auf mein Rad schwinge und eine Runde um den Block fahre, damit ich rote Bäckchen kriege.

Mein Bruder ruft an und lädt mich für Freitagabend zu einer Benefizveranstaltung für ein Theaterensemble ein; seine Freundin Liz kennt den Regisseur. »Es ist ein Abend für Ledige, man kann einzeln hinkommen«, sagt Henry.

»Einzeln?«, frage ich zurück. Muss an amerikanischen, in einzelnen Scheiben verpackten Käse denken.

»Es gibt ein Motto.«

»Verzweiflung?«, sage ich.

Henry behält den Hörer in der Hand und fragt Liz, was das Motto ist.

Ich höre sie »Square Dance« sagen.

»Square Dance?«, wiederholt Henry im Tonfall von Soll-das-ein-Witz-sein?

»Wie du das sagst!«, höre ich wieder Liz. »Lass mich mal mit Jane sprechen.« Sie kommt ans Telefon. »Jane?«

»Hi.«

»Es hört sich bescheuert an«, sagt Liz, »aber ich war letztes Jahr da, und es hat irren Spaß gemacht.«

Vielleicht mag ich Spaß ja doch nicht.

»Du möchtest doch Männer kennen lernen«, redet Faith plötzlich dazwischen.

»Sag ja zu allem, wozu du eingeladen wirst!«, sagt Bonnie.

»Was hast du denn sonst am Freitagabend vor?«, fragt Faith ganz ruhig. »Wir sprechen doch von Edith Wharton – hab ich Recht?«

Ich bekomme gerade die Adresse der Party gesagt, als ich in der Leitung das Klopfsignal höre. Es ist Robert. »Hi«, sage ich ganz aufgeregt. »Ich bin gerade am Telefon.«

»Sag, du rufst ihn zurück«, kommt von Faith.

Aber ich bin durcheinander – habe ich da nicht gerade meinen Fisch an der Leine?

»Noch nicht«, informiert mich Faith. »Er knabbert erst am Köder.«

Ich frage Robert, ob ich ihn zurückrufen kann.

Er sagt, er sei an einem Münztelefon.

»Na und!«, ruft Bonnie dazwischen. »Einen Vierteldollar wird er wohl haben!«

Doch ich sage zu Robert: »Bleiben Sie einen Moment dran«, und zu Liz, dass wir uns beim Tanz sehen.

Robert und ich erzählen uns gegenseitig, wie sehr wir uns bei der Hochzeitsfeier amüsiert haben. Ich bin nicht ganz bei der Sache, will mich an die Regeln halten oder zumindest keine brechen, doch mir fällt nichts ein als: **Sag nicht als Erste: »Ich liebe dich!« Trag dein Haar lang! Kein Wort über Ehe!**

Robert sagt, er sei im Village, er habe sich Wohnungen angesehen, und fragt, ob wir uns irgendwo auf einen Kaffee treffen wollen.

»**Ein Date wird nur für vier Tage später angenommen!**«, sagt Bonnie.

Ich halte ihn hin und frage ihn nach den Wohnungen aus, bis die Bandstimme der Vermittlung dazwischenredet und droht, dass die Verbindung abbricht, wenn kein neuer Vierteldollar eingeworfen wird.

Robert wirft die Münze ein. »Abbrechen klingt so endgültig«, sagt er. »So unwiderruflich.«

Nicht, wenn du an den Anruf danach glaubst, denke ich. Aber Faith ermahnt mich: »Keine witzigen Bemerkungen.«

»Also«, sagt er, »möchten Sie auf einen Kaffee kommen?«

Ich presse mir ein »Ich kann nicht« ab.

»Gutes Mädchen«, sagt Faith.

»Oh«, sagt er. Überlegt. Fragt dann, ob ich am Freitagabend mit ihm essen gehen möchte.

»Du hast schon etwas vor«, wirft Faith ein. »Sag es.«
»Freitag kann ich nicht.«
Ungerührt fragt er, ob dann am Samstag.
»Gut«, sagt Faith.
»Okay«, sage ich zu Robert.
Dann meldet sich die Vermittlung wieder und bittet um den nächsten Vierteldollar.
»Hören Sie sich das an«, sagt er. »Tut so, als habe sie uns nicht schon einmal unterbrochen.«
Ich sprudele regelrecht vor Begeisterung.

Nach der Therapiestunde, ich stehe im Fahrstuhl, sagt Bonnie: »Das war großartig!«
»Was?«
»Du hast das Versprechen **Kein Wort über den Ratgeber zu deinem Therapeuten** gehalten.«
»Weil ich möchte, dass sie denkt, ich mache Fortschritte«, sage ich. »Ich hoffe, dass sie eines Tages sagen wird, mit mir sei wieder alles in Ordnung, und ich brauchte nicht mehr zu kommen.«
»Klar, so wie sie dir in der Reinigung eines Tages Handwäsche empfehlen werden«, erwidert Faith und bürstet sich das Haar.

Am Donnerstagabend hinterlässt Robert eine Nachricht und die Nummer seiner Schwester; ich notiere sie und nehme den Hörer ab, um ihn zurückzurufen.
»Noch nicht«, meldet sich Faith. »Lass ihn noch ein bisschen zappeln.«
»Ist das nicht unhöflich?«
»Nein«, sagt Faith. »Unhöflich ist, dass du dich bis heute nicht bei dem Homopärchen bedankt hast, das dich vor drei Wochen nach Connecticut eingeladen hatte.«

»Ich begreife sowieso nicht, weshalb du dich mit diesen Leuten abgibst!«, sagt Bonnie und schaut mich über eine große Schüssel Popcorn hinweg an. »Homosexuelle Männer hassen Frauen.«

»Wie bitte?«

»Sie hat Recht«, sagt Faith.

»Warum höre ich euch überhaupt zu?«, sage ich.

»Weil du nicht den Rest deines Lebens mit Edith Wharton ins Bett gehen möchtest«, sagt Faith.

Ich rufe Robert von der Arbeit aus an.

»Ist acht Uhr okay?«, fragt er.

Ich sage ja und habe Mühe, mir meinen Jubel nicht anmerken zu lassen.

Bonnie zeigt auf ihre kleine Armbanduhr und sagt mit monotoner Stimme: »Leg auf!«

»Hören Sie, ich muss Schluss machen.«

Nachdem ich aufgelegt habe, sagt Bonnie: »Kurze Telefonate! Und du bist diejenige, die das Gespräch beendet.«

»Er soll doch nach dir schmachten«, sagt Faith nickend.

Der Square Dance findet da statt, wo die East Side schon ziemlich East ist, in einer Straße in den Zwanzigern. Der Saal ist nur eine Turnhalle, und die Frau, die die Tanzfiguren ansagt, hat geflochtene Zöpfe. Ich entdecke Liz, die sich für den Anlass stilecht in einen Overall geworfen hat, und Henry, noch im Straßenanzug.

»Wie geht's, wie steht's?«, sage ich.

Ich bin an einem Freitagabend mit meinem Bruder und mit Liz auf einer Party und habe morgen eine Verabredung. Ich bin ein Stellmichein, denke ich; ich schnorchle in fischreichen Gewässern.

»Ein gutes Gefühl, nicht?«, sagt Faith.

Sie hat Recht.

Ausgiebiges Händeklatschen und Fußstampfen und Ju-huen. Ich komme mit dem Takt natürlich wieder nicht zurecht, bin aber schon im Begriff, ju-hu zu rufen, als Faith den Kopf schüttelt.

»Es hat gerade Spaß gemacht«, sage ich.

Faith erinnert mich daran, dass ich nicht deswegen hier bin.

»Es ist ein Tanzabend für Ledige!«, sagt Bonnie und klatscht genau im Takt.

Liz sagt, wir sollten mitmachen und nimmt es, als ich nicke, auf sich, einen Tanzpartner für mich zu suchen.

Der Mann, mit dem sie wiederkommt, ist Gus, der Inspizient, ein großer Teddybär mit einem wuscheligen Gesicht und so winzigen Zähnchen, dass man meint, er habe gar keine.

Ihm ist bewusst, dass er mir eine Gefälligkeit erweist; in seinen Augen bin ich anscheinend die arme, unbedarfte Catherine aus *Die Erbin vom Washington Square* oder die arme kranke Laura aus der *Glasmenagerie*.

Er nimmt meine Hand und führt mich zur Tanzfläche.

»Verbeugen Sie sich vor Ihrem Partner«, sagt die Bezopfte. »Knicks, meine Damen.«

Während Gus und ich dahinschreiten, lächelt er mir ermutigend zu, als sei ich Clara aus *Heidi* und als brächte er mir das Gehen bei. In dem Moment fällt mir ein, dass wir im Turnunterricht in der dritten Klasse auch einmal Square Dance geübt haben, und nun ist es die Neunjährige in mir, die meinen Partner mit den vorgeschriebenen Schritten – vor, zurück, zur Seite, ran – umrundet.

»Toll!«, sagt Bonnie.

Faith schickt ein gedämpftes »Ju-hu!« nach.

Nach dem Tanz will ich schon *Hab ich einen Brand!* sagen, aber Faith fällt mir ins Wort. »Sag: ›Wollen wir uns etwas Kaltes zu trinken holen?‹«, und das sind auch die Worte, die aus meinem Mund herauskommen.

»Klar«, sagt Gus.

Wir gehen in die bierdunstgeschwängerte Bar, und Faith sagt: »Frag ihn, was ein Inspizient macht.«

»Männer sprechen zu gern über sich selbst!«, fügt Bonnie hinzu.

Also frage ich, und er antwortet: »Ich mach das, wozu sich die anderen zu fein sind.«

Ich werde ermahnt, das fasziniert Lächeln nicht zu vergessen.

Faith, die sich selber ein Bier genehmigt, sagt: »Jetzt lass ihn die Arbeit tun.«

Ich gehorche nur zu gern.

»Lass deinen Blick über die Tanzfläche schweifen!«, sagt Bonnie. Aber das kommt mir undankbar vor.

»Er ist eine Aussicht«, sagt Faith, »keine milde Gabe.«

Ich schaue mich um, und Gus, der meine Aufmerksamkeit wieder auf sich lenken will, fragt, ob ich noch einmal tanzen möchte.

»Nur einen Tanz pro Interessenten«, sagt Bonnie.

Anstelle eines scherzhaften *Besten Dank, aber ich sollte mal wieder bei meinen Leuten vorbeischauen* nehme ich Faiths Worte vorweg und sage: »Es war nett, Sie kennen gelernt zu haben, Gus.«

Als sei sie selbst die Tanzmeisterin, sagt Bonnie: **»Geh herum!«** Und ich tue es.

»Keinen Augenkontakt herstellen!«, ermahnt mich Faith.

»Im Ernst?«, frage ich zurück.

»Du glaubst, anders würdest du einen Mann nicht dazu bringen, dich wahrzunehmen, stimmt's?«

»Armes Häschen!«, sagt Bonnie.

Dies habe ich noch nicht einmal mir selbst eingestanden. Ich höre mich ja traurig an.

»Jawohl«, sagt Faith, »vor allem, weil nichts einen Mann mehr fesselt als mangelndes Interesse.«

Zu meinem Erstaunen hat sie Recht. Aus dem Nichts tauchen Männer auf und können die Augen gar nicht wieder von mir lassen. Bonnie und Faith sagen mir, was ich tun muss, und ich gehorche: Ich lehne einen zweiten Tanz mit einem Mann ab, den ich attraktiv finde; ich lasse das Pasteten-Wettessen aus; ich stelle Fragen wie: »Auf welchem Gebiet des Rechts praktizieren Sie?«

Am Ende des Abends befindet sich meine Telefonnummer in einem halben Dutzend Hosentaschen.

»Das ist mir noch nie passiert«, gestehe ich Faith.

»Ich weiß, ich sollte jetzt die Überraschte spielen«, erwidert sie.

Als mein Bruder und Liz mich zu meinem Fahrrad bringen, sagt er: »Wer waren denn die Männer, mit denen du da gesprochen hast?«

»Wer weiß?«, sage ich übermütig, weil ich mir nun erlauben kann, Witze zu machen. »Ich komme mir vor wie die Ballkönigin.«

»Die Hacke beim Hacke-runter-Spitze-rauf«, sagt er.

»Wisst ihr, was mir gerade durch den Kopf gegangen ist?«, sage ich lachend. »Ich war bei einem Square Dance für Ledige in einer Turnhalle, um Männer kennen zu lernen.«

Als Liz sagt: »Du denkst doch nicht in solchen Kategorien«, erinnert mich das an Faith in der Personalabteilung und ihr: »Tu einfach dein Möglichstes.«

Ob mein Bruder Liz wohl heiraten wird?

Kurz bevor Robert mich abholt, sagt Bonnie: »Sei nicht zu enthusiastisch!« Beim Blick in den Spiegel sehe ich ein strahlendes Lächeln und Augen, die mir vor Vorfreude schier aus dem Kopf fallen. Denk an den Tod, sage ich mir. Als das nichts nützt, denke ich an die gestrige Sitzung, in der wir einen Namen für einen neuen Autoclub für Vielfahrer gesucht haben.

Robert klingelt. Ich öffne die Tür, und er sieht so aufgeregt aus wie ich einen Moment zuvor auch. Er sieht Jezebel, geht in die Hocke und krault ihr die Flanken. »Jezzie«, sagt er.

»Möchten Sie ein Glas Wein?«, frage ich.

Er möchte.

Er kommt mir in die Küche nach. Sagt, er sei immer noch auf Wohnungssuche und ob ich etwas dagegen hätte, wenn er sich ein bisschen umschaut?

»Nur zu«, sage ich, und er geht.

Er fragt, ob ich Gelegenheit hatte, mich nach freien Wohnungen in meinem Haus zu erkundigen, und das erinnert mich an Erich von Stroheim in ›Boulevard der Dämmerung‹, als er sagte: »Es war nicht Madame, die er wollte, es war ihr Auto.«

»Nein, leider nicht«, sage ich, und wenn ich in einer seiner Karikaturen vorkäme, würden Eiszapfen an meiner Sprechblase hängen.

Vielleicht hört er es, denn er ist einen Moment ganz still. Geht in meinem Wohnzimmer herum und bleibt bei dem Tisch mit meinen kleinen Farmtieren aus Pappmaché auf ihren Holzfüßen stehen. Hebt nacheinander alle hoch – den Ochsen, das Lamm, das

Schwein und die Kuh – und liest die Angaben zur Rasse, die auf der Rückseite stehen. Ich sage, dass ich sie auf einem Flohmarkt in den Berkshires gefunden und mir vorgestellt habe, wie kleine Bauernkinder nach ihrer Arbeit auf dem Feld nach Hause kommen und mit ihren Kühen und Lämmern aus Pappmaché spielen. Ich will gerade erklären, was ich so anrührend, aber auch komisch finde, und sehe, dass ich das nicht brauche.

Er geht zu meinen Bücherregalen und entdeckt meine Reiseschreibmaschinen aus den Fünfzigerjahren. Spricht flüsternd die Namen, »SILENT« und »QUIET DELUXE«, vor sich hin, genau das, was ich tat, als ich sie zum ersten Mal sah.

Beim Essen in einem putzigen kleinen französischen Restaurant in unserem Viertel fragt Robert, wie ich in die Werbung geraten bin.

»Nicht negativ sein!«, meldet sich prompt Bonnie zu Wort.

»Zu Anfang war es ein Halbtagsjob«, sage ich. Erzähle ihm, dass ich dachte, ich könnte abends Stücke oder Romane oder Gebrauchsanweisungen schreiben. Doch durch die Arbeit in der Werbung ging mein Intelligenzquotient in den Keller; jeden Abend war ich schon vollauf beschäftigt, ihn wieder auf Normalmaß zu heben.

»Wie haben Sie das gemacht?«

Ich habe meinen Fernseher abgeschafft, sage ich, und Klassiker gelesen.

»Was zum Beispiel?«

»›Middlemarch‹ war der erste.«

Er muss lachen. »Wie Sie das sagen! So als trauten Sie mir nicht zu, dass ich davon gehört habe.«

Wir sprechen weiter über Bücher, und als ich *Anna Karenina* erwähne, meinen Lieblingsroman, hat das anscheinend den gleichen Effekt wie bei anderen Männern die Mitteilung: »Ich trage keine Unterwäsche.«

»Das Gute am Lesen ist«, sage ich, »dass man nie blockiert und dass jede Seite gut geschrieben ist.« Er lächelt aber ernst, und ich weiß, dass er auch mitbekommt, was ich nicht ausspreche.

Ich frage nach seiner Arbeit, und er sagt, es sei schwierig, Karikaturen zu beschreiben – man kann ja doch bloß den roten Faden einer Geschichte erzählen, und seine Zeichnungen haben keinen. »Ich zeige sie Ihnen mal.«

Als ich wissen will, warum er aus Los Angeles fortgegangen ist, erwidert er, dass es der einsamste Ort auf der ganzen Welt war. »Vor allem, wenn du mit Leuten unterwegs bist. Alle lächeln über deine Witzeleien.«

Er mag New York sehr, sagt er. »Es ist wie Oberlin – die Leute, die sich sonst überall verloren fühlen, fühlen sich hier heimisch.«

Erst als Faith mich ermahnt, Robert nicht permanent anzustarren, wird mir bewusst, dass ich das tue. Ich schaue auf seine Hand, die auf dem Tisch liegt. Sehe, dass die Delle an dem Finger, wo er den Stift hält, von Tinte, die auch durch Waschen nicht mehr abgeht, ein bisschen dunkler ist.

»Frag, ob er einen Computer benutzt«, sagt Bonnie.

»Sie benutzen wohl keinen Computer?«, sage ich, und es kommt mir vor wie die banalste Frage, die ich je gestellt habe.

»Nur für die Animation. Ich bin ein Luddit wie Sie auf Ihrer ... Quiet Deluxe«, sagt er, zum Schluss flüsternd.

Ich weiß nicht, was ein Luddit ist, aber Bonnie erlaubt mir nicht, zu fragen.

Als die Rechnung kommt, sagt Faith: »Sieh gar nicht hin.«

»**Lass ihn zahlen!**«, sagt Bonnie.

»Woran denken Sie?«, fragt Robert und schiebt seine Kreditkarte in die Kunstlederklappe. »87 Dollar 50 für Ihre Gedanken.«

»Tu geheimnisvoll!«, sagt Bonnie.

»Entschuldigen Sie mich«, sage ich und gehe zur Damentoilette.

»Deine Zähne sind vom Rotwein belegt«, sagt Bonnie und reicht mir ein Kosmetiktuch. »Fahr doch wenigstens vorn mal drüber.«

»Hört mal«, sage ich zu den beiden, »ich weiß eure Hilfe zu schätzen, aber ich glaube, allein komme ich mit Robert besser zurecht.«

»Gestern Abend, das war nicht einfach bloß Dusel.«

»Aber Robert ist anders.«

»Der einzige Unterschied ist, dass du ihn haben möchtest«, sagt Faith.

»Und deshalb brauchst du uns mehr denn je!«, fügt Bonnie hinzu.

Auf dem Heimweg fasst Robert nach meiner Hand, verschränkt nicht bloß seine mit meinen Fingern, sondern nimmt meine ganze Hand in Besitz.

»Lass seine Hand zuerst los«, meldet sich Faith.

Ich finde Händchenhalten zu schön. In meinem ganzen Liebesleben habe ich noch nie als Erste eine Hand losgelassen.

»Du kannst es«, sagt Faith, und ich füge mich.

»Lass ihn winseln wie ein liebeskrankes Hündchen!«, sagt Bonnie.

An meiner Tür fragt Robert nicht, ob er noch mit reinkommen, sondern ob Jezebel und ich noch einmal mit ihm rauskommen.

»Bei unserem ersten Date?«

»Wenn Sie es mir erlauben, respektiere ich Sie umso mehr.«

Draußen trifft er alle Hunde aus dem Viertel – und sagt genau dasselbe wie ich immer: »Darf ich zu Ihrem Hund hallo sagen?« Er hat die am liebsten, die ich auch am liebsten habe: Flora, die riesige Bulldogge, und Atlas, die dänische Harlekin-Dogge.

Du magst Hunde genauso gern wie ich, denke ich.

Wieder in meiner Wohnung, nehme ich Jezebel von der Leine, und in meinem Mini-Korridor beugt Robert sich vor, und wir küssen uns.

»Das Date endet jetzt«, verkündet Faith. »Besser kann es nicht mehr werden.«

»Okay«, sage ich in meinem Liebestaumel. »Gute Nacht, Robert.«

Seine Augen sehen enttäuscht aus, und ich möchte seine Hand berühren oder ihn an mich ziehen, doch Bonnie sagt: »**Lass ihn im Unklaren!**« Und ich höre auf sie.

Er ruft am nächsten Vormittag an, während ich Jez ausführe. »Hi, Girls«, lautet seine Nachricht auf dem Band, »ich habe mich gefragt, ob ihr vielleicht zu dem Hundeplatz am Washington Square Park gehen wollt.«

Nichts täte ich lieber, doch ich weiß, ich kann nicht.

Bonnie schließt mich doch tatsächlich in ihre Arme.

»Ich möchte euch sehen«, sagt Robert, als er später noch einmal anruft.

Mit dem ganzen Körper höre ich diese Worte.

Er fragt, wann wir uns sehen können, und obwohl ich denke *Auf der Stelle dauert mir zu lange,* sage ich: »Freitag?«

»Kommenden Freitag?«, fragt er zurück, ganz geknickt.

»Gib Pfötchen«, sagt Bonnie, und sie und Faith schlagen die hoch erhobenen Rechten aneinander.

»Magst du mich überhaupt?«, sagt Robert.

»Ja, ich mag dich.«

»Sehr?«

Faith ermahnt mich, eine Pause einzulegen, bevor ich antworte, und ich tue es. »Ja.«

»Gut«, sagt er. »Hör nicht auf damit.«

»Wenn sie lächelt, dreht die Welt sich schneller«, singt Bonnie.

Robert ruft mich im Büro an und zu Hause. Er ruft an, um nur rasch guten Morgen und gute Nacht zu sagen.

Eines Abends ruft er an, um mir zu sagen, dass er womöglich eine Wohnung gefunden hat, nur ein paar Blocks von meiner entfernt. Er möchte, dass ich sie mir ansehe.

Ich möchte so gern hingehen, dass es wehtut. Ich sage zu Robert, ich wünschte, es wäre möglich. Wann kann ich wieder normal sein?

»Du bist jetzt normal«, sagt Faith.

»Vorher warst du nicht bei Verstand!«, sekundiert Bonnie.

»Wenn du das wärst, was *du* normal nennst, würde Robert dich jetzt nicht anrufen«, klärt Faith mich auf.

»Na gut«, sagt Robert. »Ich werde den Mietvertrag wohl unterschreiben.« Nach kurzer Pause sagt er: »Du hast nicht das Gefühl, dass ich dir an den Fersen klebe, oder?«

Ich treffe mich auf ein Glas mit Donna und gebe zu, dass ich das Buch lese, von dem sie mir erzählt hat – den Angelführer.

»Ist das nicht das Allerletzte?«, sagt sie.

»Ich weiß.«

»Die vielen Ausrufungszeichen«, sagt sie. »Das ist auf New York nicht anwendbar.«

»Das Dumme ist«, sage ich, »es funktioniert.«

»Du richtest dich danach?« Dann sagt sie: »Keine Ahnung, warum ich das so gesagt habe – ich hab's ja selbst ausprobiert.« Sie erzählt mir, dass sie ständig die Unnahbare gespielt hat, doch das haben die Männer wohl nicht registriert. »Vielleicht lag es an den Männern, die ich kennen lernte. Taxifahrer!« Sie ahmt sich selbst nach, wie sie lässig eine Adresse nannte.

Ich berichte ihr, dass ich mit Robert ausgegangen bin und dass er nun dauernd bei mir anruft und sogar in mein Viertel gezogen ist.

»Nein!«, ruft Donna aus, macht sich über meine Verzweiflung lustig.

»Aber es ist so, als hätte ich ihn mit Tricks dazu gebracht.«

»Denk doch mal an die vielen Kerle, die so tun, als wären sie in dich verliebt, damit sie dich in ihr Bett kriegen. Wie diese französische Pfeife.«

»Aber«, wende ich ein, habe Mühe, die richtigen Worte zu finden, »ich möchte, dass es echt ist.«

»War es echt, als er dich nicht angerufen hat?«

Ich mache mich für mein Date mit Robert zurecht, als Faith zu mir sagt: »Halt dich diesmal mit deinen Witzchen ein bisschen zurück, ja.«

»Hör mal«, widerspreche ich, »witzig sein, das kann ich am besten.«

»Witze machen«, erwidert Faith, »ist deine Art zu fragen: *Liebst du mich?*, und wenn ein Mann lacht, glaubst du, er habe ja gesagt.«

Das gibt mir Stoff zum Nachdenken.

»Lass ihn um dich werben«, sagt Faith.

Bonnie reicht mir mein Deo. »Du kannst so witzig sein, wie du möchtest, *nachdem* er dir den Antrag gemacht hat!«

Robert kommt zu früh und sagt, er möchte mit mir ins Theater gehen. Für Jezebel hat er einen Stock zum Knabbern mitgebracht, und sie bedenkt ihn mit dem liebevollen Blick, den ich ihm so gern schenken möchte.

Ich gieße Robert ein Glas Wein ein und gehe wieder ins Bad, um meine Haare fertig zu trocknen. »Das ist jetzt ein richtiges Date!«, sagt Bonnie.

»Bei deiner Vorstellung von einem richtigen Date fahren wir zum Schluss vermutlich mit einer Kutsche durch den Central Park.«

»Sie will sagen, dass er dich anfangs zum Kaffeetrinken eingeladen hat«, sagt Faith. »Nun versucht er dich für sich zu gewinnen.«

Durch den Lärm meines Föns hindurch höre ich das Telefon klingeln, und als ich ins Wohnzimmer komme, schaut Robert mit gerunzelter Stirn auf den Anrufbeantworter. Gus fragt, ob ich nächste Woche mit ihm essen gehen möchte.

Robert schaut zu mir herüber. »Sie kann nicht«, sagt er zu der Maschine. »Leider.«

Wir gehen in ›Mere Mortals‹, eine Serie von Einaktern von David Ives. Am besten gefällt mir der über zwei Eintagsfliegen bei ihrem Date; sie schauen sich einen Dokumentarfilm über ihre eigene Spezies an und erfahren, dass die Spanne ihres Lebens nur einen Tag lang ist – nach der Paarung sterben sie.

Beim Verlassen des Theaters sind Robert und ich beeindruckt und hingerissen, reden zur gleichen Zeit und lachen, und wir geben uns spontan einen Kuss.

»Ich möchte mich mit dir paaren und sterben«, sagt er.

In einem der altmodischen Restaurants im Theaterviertel trinken wir etwas. Robert sagt, das Stück über die Eintagsfliegen hat genau das, was er bei den Karikaturen, die er zeichnet, auch erreichen möchte: Es ist schön und komisch und traurig und wahr.

»Ich möchte deine Zeichnungen sehen.«

»Okay«, sagt er und zieht ein Stück Papier hervor.

Es ist eine Bleistift-und-Tusche-Zeichnung von Jezebel, und ich denke: *Du bist der Mann, auf den ich nicht zu hoffen wagte.*

»Nur die Ruhe«, meldet sich Faith zu Wort. »Es ist eine Skizze.«

Wieder in meiner Wohnung, beginnen wir, die Kleider noch an, mit der Paarung; wir liegen auf dem Sofa, unter uns Reste von zerkauten Stöcken.

Anfangs ist Faiths Stimme nicht mehr als ein Autoalarm in der Ferne. Doch sie wird lauter, und ich höre, wie sie »Nein!« sagt.

»Doch!«, sage ich zu ihr.

»Du willst ihn doch nicht verlieren«, sagt sie in dem Tonfall, in dem man einem mit Stoff Zugedröhnten ausreden will, aus dem Fenster zu springen, »so wie du noch jeden Mann verloren hast, den du wirklich wolltest.«

Ich seufze innerlich und lasse Robert los.

»Was ist?«, sagt er.

Ich sage ihm, dass ich noch nicht so weit bin, mit ihm zu schlafen.

»Okay«, sagt er und zieht mich wieder an sich. Ein paar Minuten lang wälzen wir uns küssend und streichelnd weiter herum, und dann sagt er: »Bist du jetzt so weit?«

Ich habe einen Mann gefunden, der meinen Körper zum Singen und mich gleichzeitig zum Lachen bringen kann. »Deshalb willst du ihn ja auch nicht verlieren«, sagt Faith.

Am Telefon erzählt er mir, dass seine Ex-Freundin ihn heute angerufen hat. Apollinaire erscheint vor meinem geistigen Auge.

Ich möchte fragen, wer sie ist und was er jetzt für sie empfindet, aber Faith nimmt mir praktisch den Hörer aus der Hand. Stattdessen frage ich, wie lange es her ist, dass sie zusammen waren.

Fast ein Jahr, erwidert er, und sie ist der Grund, weshalb er aus New York weggegangen ist. »Sie hat mich immer herabgewürdigt.« Er möchte wissen, ob ich einverstanden bin, mit ihm einen Nichtherabwürdigungspakt zu schließen.

Ich überlege gerade, von welchem meiner Herabwürdigungserlebnisse ich Robert erzählen soll, da mischt Bonnie sich ein: »Das braucht er nicht zu wissen!«

Wir treffen uns auf ein Glas in dem Café auf halbem Wege zwischen unseren Wohnungen. Robert fragt, was ich anstelle von Werbung sonst gern tun würde, wenn ich es mir aussuchen könnte.

Ich denke: *Ketten machen aus Pasta und Blätter pressen; in dem Alter hab ich dem Kindergarten noch nichts abgewinnen können.* Schüttele aber nur den Kopf.

»Machen wir eine Liste der Dinge, von denen du glaubst, sie würden Spaß machen.«

»Nein«, meldet sich Faith zu Wort. »Sonst denkt er noch, du brauchst Hilfe.«

»Brauche ich ja auch«, wende ich ein.

»Er wird denken, du seist ein Loser!«, sagt Bonnie. Mit Daumen und Zeigefinger, die sie ein paar Mal nacheinander schnell zusammenzieht und wieder öffnet, deutet sie ein L an: das Loser-Zeichen.

Am nächsten Tag ruft Robert nicht an, nicht vormittags, nicht nachmittags und abends auch nicht, und – das versteht sich von selbst – ich darf ihn nicht anrufen.

Am Freitagabend gehen wir wie geplant ins Kino, doch in dem dunklen Saal nimmt er nicht meine Hand. Küsst mich auch nicht im Taxi nach Hause. Ich will schon fragen, was los ist, doch Faith lässt es nicht zu. »Das zeigt, dass es dir nicht egal ist.«

Als das Taxi vor der Dragonia hält, sagt Robert, er sei müde. Er fragt nicht, ob ich für Samstagabend schon etwas vorhabe.

Am Samstag lese ich bis nach Mitternacht. Als ich Jezebel zum letzten Mal ausführe, gehe ich bis zu seiner Straße und dort auf der dunklen Seite entlang. Er und Apollinaire sitzen auf der Treppe am Hauseingang.

Zu Hause angekommen, zittere ich am ganzen Leib.

Ich renne hin, als am Sonntag das Telefon klingelt. Aber es ist Bill McGuire – Spitzname ›Mac‹ –, mein Schwarm aus dem College. Er lebt jetzt in Japan und sagt, dass er das nächste Wochenende nach New York kommt und mich am Samstagabend zum Essen ausführen möchte.

Ich zögere.

»Geh unter Leute!«, sagt Bonnie.

»Ich war unter Leuten«, sage ich. »Jetzt möchte ich mit Robert zu Hause bleiben.«

»Er macht es ja auch nicht!«, sagt Bonnie.

»Davon weiß ich nichts.«

»Du hast sie doch gesehen!«, sagt Bonnie wieder.

»Sie sind vielleicht bloß Freunde.«

»Freunde?«

»Er war doch in Oberlin!«, sage ich.

»Trotzdem«, mischt Faith sich ein. »Jäger mögen Konkurrenz. Dadurch wissen sie, dass das, was sie wollen, auch wirklich wertvoll ist.«

»Aber ich würde mich schrecklich fühlen, wenn er mit einer anderen ausginge«, sage ich.

»Willst du dir für deine Dates andere zum Vorbild nehmen?«, sagt Faith.

»So wird das nichts!«, sekundiert Bonnie.

Ich willige ein, mit Mac essen zu gehen, sage aber, kaum dass ich aufgelegt habe: »Es kommt mir falsch vor.«

»Es ist richtig«, redet Faith auf mich ein und macht den Reißverschluss ihres Kleides auf. »Es ist nur ungewohnt.«

»Nein«, widerspreche ich. »Mir ist nicht wohl dabei.«

Faith trägt ein aufreizendes champagnerfarbenes Seidenhemdchen mit Spaghettiträgern. »Wirst du nicht so umworben, wie du es dir immer gewünscht hast?«, sagt sie.

»Ich wurde.«

»Es wird sich auszahlen, du wirst sehen«, sagt Faith abschließend.

»Ich hoffe, du hast Recht«, sage ich. »Hübsches Hemdchen, das du da anhast.«
»Solltest du dir auch zulegen!«, sagt Bonnie.

Am Tag nach Sophies Rückkehr aus Italien treffen wir uns auf einen Kaffee in einem Café im Village. Bevor sie mir von ihren Flitterwochen erzählt, fragt sie, wie es mit Robert läuft.

Ich sage ihr, dass ich es nicht weiß. »Möglicherweise trifft er sich mit einer anderen.«
»Was?«
»Ich hab ihn mit dieser Schönheit gesehen, die bei deiner Hochzeit war. Apollinaire – die Göttin der NASA.«
»Apple ist Lesbierin, klar?«, sagt Sophie. »Außerdem ist er in dich verliebt. Fragt sich nur, ob du auch in ihn verliebt bist.«
Ich nicke.
»Warum machst du es ihm dann so schwer? Er ist sich nicht mal sicher, ob du ihn überhaupt leiden kannst.«
Ich zögere, bevor ich das Versprechen Kein Wort über den Ratgeber zu Frauen, die sich nicht daran halten breche. Dann erzähle ich Sophie alles.
Für einen Augenblick schaut sie mich an wie jemanden, den sie mal gekannt hat. »Ist das dein Ernst?«
»Ich weiß, wie es klingt.« Überlege, wie ich es Sophie erklären soll. Borge mir Donnas Vergleich über das Schwimmen im Gegensatz zum Angeln aus. »Mir ist klar geworden, dass ich von Männern keine Ahnung hatte.«
»Von Manipulation, willst du sagen.«
»Ich hab doch bisher bei jeder Beziehung Schiff-

bruch erlitten, oder willst du etwas anderes behaupten?«

Sophie murmelt etwas in dem Sinne, dass meine Ex-Freunde nichts getaugt haben.

»Ich will bei Robert keinen Schiffbruch erleiden«, sage ich. Gebe zu, dass das Buch mit manchem schon Recht hat.

»Womit denn zum Beispiel?«, fragt Sophie.

»Na«, sage ich, »Max hat doch den ersten Schritt getan, nicht?«

»Max ist ein Hallodri.«

»Und er ist dir nachgelaufen. Du hast ihn nicht einmal zurückgerufen.«

»Ich dachte, er spinnt«, sagt sie.

Ich lasse nicht locker. »Und er hat als Erster ›Ich liebe dich‹ gesagt.«

»Bei unserem ersten Date«, sagt sie. »Max ist wie du – oder wie du früher warst …«

»Das sind alles Regeln aus dem Buch«, sage ich.

»Regeln?« Sophie schüttelt den Kopf. »Du musst dringend deprogrammiert werden.«

Sie schnorrt eine Zigarette von unserer Kellnerin, und mir fällt ein, dass ich sie fragen wollte, warum sie mich vor Robert gewarnt hat.

Sophie zögert. »In meinen Augen ist er krankhaft anhänglich. Aber jetzt mache ich mir mehr Sorgen um dich. Du musst dieses Buch beiseite legen.«

»Das hab ich schon seit Wochen nicht mehr angerührt«, sage ich. »Ich habe es verinnerlicht – du weißt ja, wie beeinflussbar ich bin.« Ich erinnere sie an das alte Lehrbuch zum Maschineschreiben, das ich mir einmal aus der Bibliothek ausgeliehen hatte. Übungshalber hatte ich immer wieder einen Beispieltext abgetippt, in dem es darum ging, wie wichtig ein gepflegtes Äußeres bei Bewerbungsgesprächen ist. »Noch heute denke ich jedes Mal, wenn ich zu einem gehe: ›Hübsch frisiertes Haar und saubere Fingernägel vermitteln einem potenziellen Arbeitgeber ...‹«

Sophie fällt mir ins Wort. »Du brauchst ein Gegenmittel. Sie schlägt Simone de Beauvoir vor.

Ich lese gerade *Das andere Geschlecht*, als Faith sagt: »Mein Mann war völlig unfähig, sich zu binden, wirklich krankhaft.«

»Ach ja?«, sagt Bonnie.

»Die ganzen vier Jahre, die er Medizin studiert hat, hatte Lloyd keine einzige Freundin«, sagt Faith.

»Vielleicht hat er die ganze Zeit studiert«, sage ich.

»Klar doch«, sagt sie, »Muschis.«

»Faith!« Bonnie zieht das Näschen kraus.

»Im Grunde gibt der Ratgeber nur Tipps«, sagt Faith, »wie man krankhaft Bindungsunfähige dazu bringt, bei der Stange zu bleiben.«

»Ich möchte lesen«, sage ich.

»Hast du schon mal ihre Briefe an Sartre gelesen?«, fragt Faith. »Traurig.«

Ich überhöre es.

»Dir wird nicht entgangen sein, dass sie niemals Madame Sartre wurde.«

»Hör zu«, sage ich, »ich bin nicht mehr aufs Heiraten aus. Ich möchte nur mit Robert zusammen sein.«

»Du hörst dich an wie Simone«, sagt Faith.

Am Freitag führt Robert mich zum Essen ins Times Café aus, ein schickes Restaurant, und wir werden direkt gegenüber einem Tisch platziert, an dem lauter Models sitzen.

Robert sieht die Frauen anscheinend nicht einmal,

und Faiths Einwänden zum Trotz sage ich Robert mit den Augen, was ich fühle.

Ich sehe, dass er überrascht ist – er sagt praktisch: *Ich?*

»Du«, sage ich.

»Ich was?«, sagt er.

»Möchtest du nach dem Essen mit mir schlafen?«

»Das ist unglaublich«, sagt Bonnie.

Faith gibt der Kellnerin ein Zeichen und bestellt sich einen doppelten Martini.

Robert schiebt den Tisch beiseite und kommt zu mir aufs Sofa, und wir küssen uns und hören erst auf, als unser Salat kommt.

Er isst seinen in gespielter Eile auf. »Lass uns doch morgen mit Jezebel aufs Land fahren.«

»Ja«, sage ich.

Robert erzählt mir, dass Apple uns nach Lambertville eingeladen hat, wo ihre Freundin wohnt, er braucht nur anzurufen.

»Du bist morgen verabredet, Dummerchen«, sagt Bonnie.

Ich schmecke den Essig in meinem Salat.

Als unsere Teller abgeräumt sind, entschuldige ich mich und gehe zum Telefon. Wähle die Auskunft. Mir ist mulmig bei dem Gedanken, Mac abzusagen, doch als die Frau von der Vermittlung fragt: »Welcher Teilnehmer, bitte?«, ist mir noch mulmiger. Ich weiß nicht, wo Mac wohnt.

Beim Essen versuche ich mir einzureden, dass ich ja einfach nicht zu meinem Date zu erscheinen brauche. Weiß aber, dass ich dazu nicht fähig bin. »Robert?«, sage ich schließlich. »Ich kann nicht mit dir wegfahren.«

»Warum nicht?«

Meine Lippen sträuben sich, die Worte zu formen. Ich strenge mich an. Sage: »Ich habe ein ...«, und Robert beendet den Satz: »... ein Date.«

Er schüttelt nur kurz den Kopf. Gibt dann der Kellnerin ein Zeichen. Während er die Kreditkartenabrechnung unterschreibt, platze ich heraus, dass der Mann aus Japan ist und dass ich ihm ja absagen würde, aber ... Verstumme bei Roberts Blick.

»Zweimal halten«, sagt er zu dem Taxifahrer.

»Nimm's leicht«, sagt Faith.

Am Vormittag rufe ich Robert an und lasse das Telefon ewig läuten. Ich gehe mit Jezebel zu dem Hundeplatz am Madison Square Park. Es ist der erste richtige Sommertag, doch bei klarem Himmel und vollem Sonnenschein sieht New York einfach nur staubig aus.

Nicht einmal der Anblick der herumtollenden Jezebel heitert mich auf. Ich komme mir vor wie der alte, ewig jaulende Beagle, mit dem keiner der Hunde spielen will.

»Ich weiß, wie schwer es ist«, sagt Faith. »Aber wenn Robert sich so leicht entmutigen lässt, ist er sowieso nicht der Richtige für dich.«

»Wenn Robert mir das antäte, würde ich versuchen, ihn zu vergessen«, erwidere ich.

»Du versetzt dich in seine Lage«, sagt Faith.

»Du bist aber nicht Robert!«, sekundiert Bonnie. »Du bist kein Mann!«

»Ich bin ein Hund«, sage ich, »und ihr wollt eine Katze aus mir machen.«

Ich wasche mir die Haare. Trockne sie. Ziehe ein Kleid und Sandalen an. Stecke mir Lippenstift in die

Handtasche. Dies alles beiläufig, als machte ich mich für eine Verabredung mit meinem Steuerberater zurecht.

»Schau dir mal deine Nägel an!«, weist Bonnie mich zurecht. »Mit dem, was da drunter ist, kannst du eine Geranie umtopfen!«

»Was habt ihr nur dauernd mit den Fingernägeln von Leuten?«, sage ich verärgert.

Ich setze meinen Fahrradhelm auf.

»Du wirst doch nicht mit dem Rad fahren!«, sagt Bonnie. »Er muss ja denken, du bist verrückt.«

»Bin ich doch auch, Bonnie.«

»Aber das musst du doch nicht wie eine Fahne vor dir hertragen«, sagt sie.

Ich sehe Mac, bevor er mich sieht. Er ist groß, hat breite Schultern und gewelltes blondes Haar, wirkt aristokratisch in seinem blauen Blazer mit dem weißen Hemd. Trotz seiner seltsamen Züge – Kulleraugen, schmale Lippen, spitzes Kinn – sieht er, alles in allem, letztlich doch attraktiv aus, obwohl sich die elektrisierende Spannung vergangener Jahre nicht mehr einstellt.

»Jane Rosenal«, sagt er, und als er mir einen Kuss auf die Wange gibt, wird mir bewusst, dass wir uns bei allem Flirten niemals geküsst haben.

Mac schaut auf meinen Helm. »Fahrrad?«

»Jawoll.«

»Ist das nicht gefährlich?«

Ich nicke.

»Wäre es dir recht, wenn wir uns zum Essen irgendwo draußen hinsetzen?«

Wir folgen dem Maître de service in die obere Etage zu einem eleganten Dachgarten mit Kerzen und Blumen, Blumen vor allem. Ein lindes Lüftchen weht, und Wolken ziehen am Himmel entlang. Für einen Augenblick bereue ich nicht, hier zu sein. Dann denke ich an Robert und was dieses Abendessen wohl kosten wird.

»Möchtest du eine Flasche Wein?«, fragt Mac.

»Ich glaube, ich nehme mal einen härteren Drink«, sage ich und bestelle einen Martini, als der Kellner kommt. Mac bestellt das Gleiche.

»Also«, sagt er und beginnt die erwarteten Fragen zu stellen. Erst spricht er, dann ich, dann wieder er, dann wieder ich; es ähnelt weniger einer Unterhaltung als einem Telefongespräch nach Übersee.

Mac erzählt, dass er in einem Apartmenthotel für Geschäftsleute wohnt, das sehr bequem und luxuriös ist, und erst als er noch »Trautes Hotelheim, Glück allein, müsste man wohl sagen« hinzufügt, merke ich, dass er witzig ist, einen trockenen Humor hat, aber keine Miene verzieht: ein selbstzufriedener Spießer.

»Ach, übrigens«, sagt er, »du kannst Mac zu mir sagen, aber eigentlich laufe ich jetzt unter William.«

»Und ich unter Prinzessin Jane. Wenn wir einander besser kennen, erlaube ich dir vielleicht, einfach Prinzessin zu mir zu sagen.«

Er lacht. »Das ist die Jane, an die ich mich erinnere. Du warst immer so witzig.«

»Hört ihr das?«, sage ich zu Bonnie und Faith.

»Hat ja auch nur fünfzehn Jahre gebraucht, um dich anzurufen«, sagt Faith.

Zwei Martinis und eine Flasche Wein später wird mir klar, dass ich mir wohl einen Kaffee bestellen muss, wenn ich die Treppe hinunterkommen will.

Während des Nachtischs fragt Mac, ob er Prinzessin zu mir sagen darf, und ich sage: »Ja, William.«

Er erzählt mir, dass er in nicht allzu ferner Zeit aus Asien zurückkehren will; er möchte in Morristown, New Jersey, unterrichten, dem Vorort, in dem er aufgewachsen ist und in dem die Leute einen Pferdefimmel haben.

»Was möchtest du denn unterrichten?«

»Alles, bloß nicht Sport«, sagt er. »Was ist mit dir, Prinzessin? Könntest du dir vorstellen, in den Vororten alt zu werden?«

Ich weiß, was er da fragt, und die Faith-und-Bonnie in mir ist froh, es zu hören. Doch ich antworte: »Nur, wenn ich bloß die Wahl zwischen Vorort und Selbstverbrennung habe.«

Vor dem Restaurant schlägt er vor, dass wir noch wohin gehen, etwas trinken oder Musik hören. »Nein, vielen Dank.« Ich sage, dass ich mein Fahrrad schieben muss und es vielleicht gerade bis Sonnenaufgang nach Hause schaffe, wenn ich jetzt losgehe.

»Darf ich dich küssen?«, fragt er.

Ich schüttele den Kopf. Will gerade sagen, dass meine Lippen schon versprochen sind, als mir einfällt, dass das nicht stimmt. Es gibt mir einen Stich. »Du kannst mir aufschließen«, sage ich und reiche ihm den Schlüssel.

Er schließt mein Fahrradschloss auf und sagt: »Wir packen es in ein Taxi.«

Er winkt eines heran und hievt mein Rad in den Kofferraum. Ich steige ein und danke ihm für das Essen. Er nickt und sagt: »War mir ein Vergnügen.«

»Du hast eine nette Art«, sage ich. Nenne dann dem Fahrer meine Adresse.

Keine Nachrichten auf dem Anrufbeantworter. Ich gehe mit Jezebel raus und laufe mit ihr bis zu Roberts

Haus. Schaue zu den Fenstern hinauf und rate, welches seine sein mögen.

»Geh heim, dumme Trine«, sagt Bonnie.

Ich setze mich auf die Treppe am Hauseingang. Jezebel tänzelt und dreht sich so lange, bis sie sich neben mir ausstrecken und den Kopf auf meinen Schoß legen kann.

Zu der Melodie von ›Warum kann eine Frau nicht sein wie ein Mann?‹, singe ich flüsternd: »Warum kann ein Mann nicht sein wie ein Pudel?«

»Du hast zu viel getrunken«, sagt Faith. »Wenn du möchtest, darfst du ihn morgen Vormittag anrufen.«

»Das sagst du nur, damit ich nach Hause gehe.«

Am Vormittag läutet das Telefon bei Robert immer noch umsonst.

Ich springe auf, als nachmittags mein Telefon klingelt. »Prinzessin?«, sagt Mac. »Ich habe mich großartig amüsiert.«

»Gleichfalls«, sage ich.

Als wir aufgelegt haben, tätschelt Bonnie mir das Knie. »Ist es nicht herrlich, das Telefon klingeln zu hören?«

Ich stelle mir Robert auf dem Lande bei Apollinaire und ihrer Freundin vor. »Robert«, sagt sie, »ich bitte dich, die Frau ist in der Werbung.«

Vielleicht haben sie jemanden für Robert eingeladen, eine normale, klassisch-schöne Oscar-Anwärterin.

»Du bringst da etwas durcheinander!«, sagt Bonnie. »Du warst diejenige, die das Date hatte.«

Am Abend rufe ich Robert noch einmal an, und

diesmal nimmt er ab. »Solltest du mir nicht an den Fersen kleben?«

»Ich war nicht da«, sagt er, und seine Stimme klingt lustlos.

Ich frage, ob er sich mit mir in dem Café auf halbem Weg zwischen unseren Wohnungen treffen will, und er sagt ja.

Nachdem wir aufgelegt haben, stelle ich mich vor den Spiegel, und Bonnie reicht mir meinen Lippenstift. Faith sitzt auf dem Wannenrand und greift nach einer Papiernagelfeile. Feilt sich die Nägel, hört auf und schaut zu mir hoch. »Das ist der entscheidende Augenblick der Jagd«, sagt sie.

»Wir sind in New York. Hier geht niemand auf die Jagd«, sage ich.

»Du brauchst nicht gleich schnippisch zu werden«, sagt Bonnie. »Ist doch nur ein Vergleich.«

»Nix mehr mit Fischen und Jagen.«

»Soll wohl heißen, sei einfach du selbst, ja?«, sagt Faith.

»Nein!«, ruft Bonnie aus und zieht die Stirn in so tiefe Falten, dass ihre Grübchen sichtbar werden.

»Doch.«

»Du wirst ihn verlieren, Jane«, sagt Faith.

»Werd ich nicht.«

»Doch«, sagt Faith. »Wirst du.«

»Okay, aber dann verliere ich ihn wenigstens auf meine Art.«

»Das ist die richtige Einstellung!«, sagt Faith.

Ich schließe die Augen. »Ich möchte, dass ihr jetzt geht.«

»Wir sind schon weg«, sagt Faith, und als ich die Augen aufmache, sind sie tatsächlich nicht mehr da. Das Bad ist plötzlich leer und still. Ich bin allein.

In dem Café sitzt Robert draußen und studiert die Karte.

Er erhebt sich halb von seinem Stuhl und gibt mir einen Kuss auf die Wange, als hätten wir uns schon getrennt und wollten nun bloß Freunde sein. Es haut mich um.

»Wie geht's?«, frage ich.

»Gut. Und dir?«

Ich nicke.

Wir bestellen beide Rotwein. »Wo warst du übers Wochenende?«

Er lässt sich Zeit, bis er antwortet. »In New Jersey. Bei meinen Eltern«, sagt er, und es klingt, als hätte er lieber etwas anderes zu berichten gehabt.

»Wie war es denn?«

»Das Übliche. Ich hab den Rasen gesprengt und mich mit meinem Vater gestritten. Er ist alt geworden und ein bisschen kindisch.«

Ich lächle, was er offenbar nicht sieht.

Unser Wein kommt, und Robert trinkt einen Schluck und dann noch einen.

»Du hast einen blauen Mund«, sage ich.

»Hör mal. So wird das nichts.«

»Nein?«

Robert schaut zu Jezebel, die den Kopf hebt und gekrault werden will, und er streckt den Arm nach unten.

»Fass meinen Hund nicht an«, sage ich. »Wenn wir uns trennen, darfst du keine von uns beiden mehr berühren.«

»Wir können uns nicht trennen«, sagt er. »Du gehst doch mit andern aus.«

»Einem anderen«, sage ich. »Aus Japan«, füge ich noch hinzu, als beweise das irgendetwas.

»Kommt aufs selbe raus.«

»Ich will aber mit keinem anderen ausgehen.« Ich bin erleichtert, als diese Worte über meine Lippen kommen, sehe aber, dass sie bei ihm nichts bewirken.

»Das ist es nicht«, sagt er.

»Was dann?«

Er holt tief Luft. »Ich habe mich in eine andere verliebt.«

»Oh«, sage ich. »Na dann.« Ich habe mal jemanden sagen hören, Eifersucht sei so, als rinne einem Eiswasser durch die Adern, aber bei mir ist es mehr wie Erbrochenes.

»Es liegt nicht daran, dass du nicht toll wärst – du bist toll. Ich dachte nur, du bist anders.«

»Was willst du damit sagen?«

»Bei der Hochzeit kamst du mir anders vor als ...«, er zögert, »... als die, die du jetzt bist.«

Ich brauche eine Weile, um zu begreifen – er will sagen, dass er sich in mich verliebt hatte! Und wieder eine Weile später begreife ich, dass er auch gesagt hat, er sei jetzt nicht mehr in mich verliebt.

Meine Stimme ist so leise, dass nicht einmal ich sie höre, und ich muss mich wiederholen: »Wer bin ich denn nun?«

Er schüttelt den Kopf. Ich sehe, dass er mich nicht verletzen will, und das verletzt mich nur noch mehr. »Nein, im Ernst«, sage ich, »ich möchte wissen, wer ich in deinen Augen nun bin.«

»Du kommst mir vor wie aus der High-School«, sagt er.

Ich muss an Faith und Bonnie in der Turnhalle denken.

»Oder anders gesagt, ich kam mir vor wie in der

High-School, als liefe ich dir nach. So als müsste ich dich verdienen oder gewinnen oder so.«

»Jaaa«, sage ich.

»Wir hatten Dates«, sagt er. »Ich weiß gar nicht, wie das geht, Dates.«

»Aber ich doch auch nicht.«

Er reagiert nicht. Er hört mich nicht mehr; er weiß jetzt, wer ich bin – und dass ich nichts für ihn bin.

»Ich weiß, ich bin verrückt«, sagt er, »aber für mich fing unsere Beziehung an, als ich dich bei der Hochzeit kennen lernte.«

»Bei mir dasselbe.«

»Aber du bist nicht mehr dieselbe, Jane«, sagt er, und seine Stimme klingt wieder vorsichtig. »Du hast mich wissen lassen, dass ich mich Tage im Voraus mit dir verabreden muss. Zu Dates nach Vorschrift.«

»Dates nach Vorschrift«, sage ich, obwohl er unmöglich wissen kann, dass ich diesen Ausdruck auch verwende.

»Das soll nicht heißen, du hättest alles falsch gemacht«, sagt er. »Ich meine, du bist normal.«

»Ich bin nicht normal«, sage ich mir selbst.

»Es tut mir Leid«, sagt er und meint es ehrlich.

»Wer war ich denn in deinen Augen? Bei der Hochzeit.«

Er schüttelt den Kopf.

»Sag schon.«

Er schaut mich an, als sei ich eine gute Freundin und als gestatte er sich eine Erinnerung an die Person, in die er verliebt war. »Du warst wirklich witzig und klug und offen. Du warst genau richtig.«

»Ich war genau richtig«, plappere ich ihm nach.

Seine Stimme klingt traurig. »Genau.«

»Hör mal«, sage ich. Er ist gutwillig, aber ich spüre,

dass er überlegt, wie lange das wohl dauern wird, und ich muss mit mir kämpfen, damit ich nicht einfach aufstehe und gehe. »Ich hab Angst bekommen«, sage ich.

Anscheinend hört er mich, aber ich weiß nicht welche Jane – vielleicht nur die Freundin Jane, auf die er noch hofft.

»Ich bin schlimm bei Männern«, sage ich.

Zum ersten Mal nach langer Zeit lacht er.

»Man hat alle diese Stimmen im Kopf, wie eine Frau angeblich sein soll, weißt du – feminin.« Ich möchte nicht weitersprechen. »Und mein ganzes Leben lang habe ich versucht, nicht auf sie zu hören. Aber …«, und es kostet mich viel Überwindung weiterzusprechen, »… ich wollte so gern mit dir zusammen sein, dass ich doch auf sie gehört habe.«

Er nickt langsam, und ich weiß, dass er beginnt, mich zu sehen – die Jane, die ich in seinen Augen war und bin.

Trotzdem muss ich meinen ganzen Mut zusammennehmen, um zu sagen: »Zeig mir deine Karikaturen.«

Auf dem Weg zu seiner Wohnung sage ich, er kann Jezebels Leine nehmen, wenn er möchte, und er nimmt sie.

Ich folge ihm die Stufen zu seinem Haus hinauf, steige hinweg über das Gespenst, das vom Abend zuvor noch da sitzt, und bis zu seiner Wohnung im obersten Stock hinauf. Jezebel und ich warten draußen, während Robert die Katze in sein Schlafzimmer bringt. Dann führt er uns in sein Arbeitszimmer, dessen große Mansardenfenster zum Hof alle offen sind. Er fragt, ob ich ein Glas Wein möchte, ich sage ja.

Eine Wand ist von oben bis unten mit Karikaturen in schwarzer Tusche und Aquarellfarben bedeckt. Ich finde die Gerüchegalerie aus meinem Hundemuseum. Finde sich tummelnde Seepferdchen. Sehe, dass er sich selber karikiert hat als den Mann, der sich danach verzehrt mich zu karikieren.

Er reicht mir meinen Wein. Und ich sage ihm, dass seine Karikaturen wunderschön und komisch sind und traurig und wahr.

Er lächelt.

Ich frage, was die Durchsicht seiner Träume sonst noch über ihn verrät. Die Frage gefällt ihm. Er überlegt. Sagt dann: »Robert Wexler ist ein Wirrkopf und hat sich auf Knall und Fall in dich verliebt.«

Ich denke: *Und ich bin ein Schwirrkopf, und bei mir war's auf Fall und Knall*, und mir wird klar, dass ich nun sagen kann, was ich will. Tu es auch.

Statt zu lachen, zieht er mich an sich. Wir küssen und küssen uns, küssen uns vor Jezebel und all den Karikaturen. Jetzt gibt es kein Halten mehr. Beide sind wir Jäger und Beute, beide Angler und der Fisch am Haken. Sind das Fisch-und-Fleisch-Spezial mit Pommes und Kraut. Sind zwei Eintagsfliegen, die sich an einem Sommerabend paaren.

GILES SMITH *Die Beatles*

Wenn mich jemand fragt: »Was war die erste Platte, die du gekauft hast?«, erzähle ich stolz, dass es ›Let It Be‹ von den Beatles war. 1970 veröffentlicht, als ich acht war. Und wie nahezu jeder, der die Frage nach der ersten Platte gestellt bekommt (und ich schätze, dass diese innerhalb eines normal aktiven Gesellschaftslebens drei- oder viermal pro Jahr auftaucht), lüge ich wie gedruckt. ›Let It Be‹ war natürlich *nicht* die erste Single, die ich gekauft habe.

Gerade bin ich meine Singles durchgegangen, und da sind Platten dabei, die ich lange vor ›Let It Be‹ besaß. Platten, die ich mit den Jahren übersah. Und ich muss zugeben, die Wahrheit kam wie ein Schock. Ich habe mich so daran gewöhnt, mich mit den Beatles zu ihrer hymnischsten Zeit zu identifizieren, dass ich immer, wenn mich jemand nach meiner ersten Platte fragt, unbewusst alle anderen weglasse und mit ›Let It Be‹ antworte.

Ich bin nicht in der Lage, den genauen Zeitpunkt festzumachen, an dem ich mich dieser Fiktion hingab. Aber es erscheint mir klar, dass es eine durchdachte Entscheidung war. Wenn du über deine erste Platte sprichst, sagst du etwas darüber aus, wie schnell du aus den Startlöchern gekommen bist: Du gibst den Punkt an, an dem es zwischen dir und der Popmusik richtig gefunkt hat. Und ich muss mir irgendwann darüber klar geworden sein, dass ich nicht einfach irgendwo anfangen wollte. Es muss mir bewusst geworden sein, dass die Beziehung zwischen einem selbst und seiner ersten Platte viel zu wichtig ist, um auf so etwas Nebensächlichem und Zufälligen wie der Wahrheit zu beruhen.

Also schraubte ich ein wenig an der Geschichte herum, und durch einen besonders cleveren, zielgerichteten Rückblick kam ich bei der Single an, die das Ende der Beatles bedeutete – und nicht etwa bei ›A Windmill In Old Amsterdam‹, was, wenn wir es genau nehmen würden, das erste Stück Vinyl war, das ich mein Eigen nennen konnte. So großartig Ronnie Hiltons sanfte wie fröhliche Darbietung (I saw a mouse/Where?/There on the stair/Where on the stair?« etc.) auch sein mag, das war nicht das Statement, das ich über mich und Pop und unsere Anfangstage machen wollte.

Aus dem gleichen Grund entschied ich mich auch dafür, mein ganzes Album voller Songs aus dem ›Dschungelbuch‹, das ich bei Woolworth's in Colchester gekauft hatte, nicht in die Wertung einzubringen.

Um noch mal schnell an dieser ›Dschungelbuch‹-Platte zu mäkeln: Es war nicht der Filmsoundtrack mit der Originalbesetzung, wie ich entdeckte, als er auf dem Teller landete, sondern eine schäbige Imitation mit zweitklassigen Session-Musikern – ein mauer Mogli, ein banaler Balu. Es war wie eines dieser billigen *Top Of The Pops*-Alben, die damals groß in Mode waren. Sie enthielten die aktuellen Hits, gespielt von jemandem, der so klingen wollte wie das Original, es aber nicht tat. Auf dem Cover meines ›Dschungelbuch‹-Soundtracks war keine Frau im Wildlederbikini mit Fransen zu finden, sondern ein ziemlich echt aussehendes Foto vom Colonel und seinen Freunden, die durch das Unterholz pirschten. Das hielt ich in meiner Naivität als Zeichen für das echte Disney-Produkt. Durch hartnäckiges Abspielen über einen Zeitraum von fünf Tagen gelang es mir, mich selbst davon zu überreden, dass diese verantwortungslose Fälschung dem Original ebenbürtig sei – ein Trick, den ich viele Jahre später noch bei den Platten von Paul Young probiert habe, allerdings mit deutlich weniger Erfolg.

Egal, jedenfalls habe ich in der entscheidenden Angelegenheit meiner ersten Platte ein klein wenig gemogelt und einige Käufe ins Jahr 1970 vorverlegt, als die Beatles am Ende der Fahnenstange waren und ihre Auflösung mit ›Let It Be‹ bezeugten. Dieser zuckerüberzogenen Mitwipp-Nummer, der man förmlich anhören kann, wie sich die Beatles von den Sechzigern verabschieden, von uns allen verabschieden. Zu der Zeit nannte der *New Musical Express* den Song einen ›Papp-Grabstein‹, mit dem Argument, dass ›Let It Be‹ – das, so muss gesagt werden, mehr als ein gehäuftes Maß an billiger Religiosität enthält – kein passendes Vermächtnis für die Beatles war, keine standesgemäße Schlussnote für die Band, die auf so viele Arten alles in Gang gebracht hatte. Da stimme ich zu. Es gibt keinen einfacheren Weg, um herauszufinden, wie weit die Beatles gereist sind und wie viel sie auf dem Weg verloren haben, als die Distanz zu vermessen zwischen ›She Loves You‹, in dem jede Sekunde noch lebenswichtiger schien als die zuvor, und der sich im Kreise drehenden Schicksalsergebenheit von ›Let It Be‹.

Ein getürkter Ton, mit dem ich einsetze, aber ein schneidender mit gewissen aufregenden morbiden

Obertönen: Meine erste Single, die letzte der Beatles. Da steckt eine Geschichte dahinter – und, unnötig zu sagen, es ist eine Geschichte, die mir schmeichelt. Und das war der einzige Zweck dieser ›Let It Be‹-Illusion. Es war meine Art zu zeigen, dass ich, obwohl ich ein Kind der musikalisch verarmten Siebziger bin, immerhin ein wenig in den Goldenen Sechzigern verwurzelt bin. Es erlaubte mir auch anzudeuten, dass ich, falls ich ein Plattenkäufer in den Sechzigern gewesen wäre, mich den Beatles verbunden gefühlt hätte und nicht so ein trauriger Typ gewesen wäre, der dachte, Cliff Richards sei aufregender.

Um die Wahrheit zu sagen: Ich war nicht immer so loyal gegenüber ›Let It Be‹. Es gab eine lange Phase, die erst vor kurzem zu Ende ging, in der ich Leuten erzählte, die erste Platte, die ich gekauft hätte, sei ›Hey Jude‹ gewesen. Ich bin mir ziemlich sicher, dass ich niemanden absichtlich in die Irre führen wollte. Ich wollte damit nichts beweisen. Es war wohl eher aus einer Kombination von Vergesslichkeit und Verwirrung heraus, dass ich aufhörte, ›Let It Be‹ anzuführen und stattdessen ›Hey Jude‹ nannte. Dabei ist es ziemlich unwahrscheinlich, dass ›Hey Jude‹ meine erste Single gewesen sein könnte: Ich war sechs, als der Song veröffentlicht wurde, und noch nicht einmal reif für Sparky und sein magisches Piano auf Ed ›Stewpot‹ Stewarts *Junior Choice*, geschweige denn für ›Hey Jude‹ mit seinen stürmischen McCartney-Vocals und seiner endlos kreisenden Ausblende.

Das Problem ist, wenn man einmal angefangen hat, so in die Tatsachen einzugreifen, wenn man einmal gesehen hat, wie sich mit einem kleinen Einschnitt hier und einer Zugabe dort der musikalischen Vergangenheit Gewinn bringend Wichtigkeit verleihen lässt, findet man potenziell kein Ende mehr. In den frühen Siebzigern zum Beispiel, als meine Beziehung zu T. Rex am unkritischsten und stärksten war, gab ich an, dass die erste Platte, die ich mir mit meinem eigenen Geld gekauft hatte, ›Ride A White Swan‹ war.

Und dann, auf dem Höhepunkt des Erfolges von The Jam in den späten Siebzigern, und in einem müden Versuch meinerseits, frühreife Mod-Anwandlungen vorzutäuschen, war ›Cindy Incidentially‹ von den Faces die erste Platte, die ich je gekauft habe. Obwohl die, meinem ausgeklügelten Nummerierungssystem nach (wir werden später auf mein ausgeklügeltes Nummerierungssystem zurückkommen), in Wirklichkeit die neunzehnte war. Und einmal, es ist nicht so lange her, wie ich gerne zugeben möchte, war meine erste Platte Otis Reddings ›(Sittin' On) The Dock Of The Bay‹ (1968). Das hatte ich gesagt, um eine Frau zu beeindrucken. Schande: Ich besaß die Platte nie. (Aber mein Bruder, falls das etwas hilft.)

Aber nach jeder dieser Schulschwänzereien kam ich immer wieder auf ›Let It Be‹ zurück, mit schamrotem Kopf zwar, aber mit der Abgeklärtheit des Heimkehrers.

Warum kann ich also meine ›Let It Be‹-Single nicht finden? Ich war oben und habe meine Kiste durchwühlt, und sie ist nicht da. Es ist unwahrscheinlich, dass ich sie verloren habe oder sie in all den Jahren losgeworden bin. Ich sollte dies vielleicht möglichst früh erwähnen: Ich verkaufe, tausche oder verschenke niemals Platten, die ich selber gekauft habe. Ich bin nicht einmal bereit, über solche Transaktionen nachzudenken. Mir erscheint es, dass der Besitz von

Platten und die moralische Verantwortung und das, was sie über die Persönlichkeit sagen, viel zu ernste Dinge sind, um diese respektlose Pferdehändlermentalität zuzulassen, die manche Leute an den Tag legen. Es kam schon mal vor, dass ich an Freunde Platten verschenkte, die ich, aus dem einen oder anderen Grund, doppelt hatte, aber selbst dann nur widerwillig, so wie jemand, der einen Kredit vergibt und erwartet, dass dieser in den nächsten fünf Minuten zurückgezahlt wird. In jeder anderen Hinsicht, was die Ordnung und Pflege von Platten, verwandter Literatur und allen Dingen, die mit Pop zu tun haben, angeht, vereine ich in mir die Eigenschaften eines Archivisten, der um seinen Job fürchtet, und eines schwer paranoiden Eichhörnchens.

Daher auch die zehn Jahrgänge des *Record Mirror* und des *NME* (1977–87), die gegenwärtig eine Feuergefahr ohnegleichen auf dem Dachboden im Haus meiner Mutter darstellen. Daher auch mein lückenloser Satz *Q*-Magazine (der, während ich schreibe, gerade die 100er-Marke übersteigt, die meisten davon in erstaunlich gutem Zustand). Und deswegen habe ich auch die schlecht kopierte Liste von Tourdaten aufgehoben, die 1978 bei einem Gig der Tom Robinson Band an der Essex University verteilt wurde.

Wenn ich das Fehlen von ›Let It Be‹ der ausgereiften Effizienz meines Ordnungssystems gegenüberstelle, bin ich gezwungen, mich der verstörenden Möglichkeit zu stellen, dass ›Let It Be‹ nicht nur *nicht* die erste Single war, die ich je gekauft habe, sondern dass ich sie tatsächlich *überhaupt nicht* gekauft habe. Trotzdem kann ich sie klar vor mir sehen – der dunkelgrüne Apfel, der auf der Mitte der A-Seite abgebildet ist, der halbierte Apfel auf der B-Seite –, aber daran könnte ich mich auch von jeder anderen Beatles-Platte erinnert fühlen, die auf dem AppleLabel veröffentlicht wurde. Aber was ist mit der einfachen weißen Hülle, in der sie herauskam, der schwarzen Schrift in der Mitte der Single, fast zu dunkel, um lesbar zu sein? Eine Fantasie, so scheint es. Ein selbst gebauter Mythos.

Also, was war nun die erste Single, die ich gekauft habe – ich meine, die erste, die kein Kinderlied war, das erste anständige Stück Pop? In der Singles-Kiste entdecke ich eine Single, die mit blauem Kugelschreiber dick als Nr. 1 markiert ist: ›(Dance With The) Guitar Man‹ von Duane Eddy And The Rebelettes. Aber das kann ich ausschließen. Erstens, weil das ein Hit im November 1962 war und ich neun Monate alt. Und zweitens, weil ich sie irgendwann von einem meiner Brüder gestohlen habe. Das weiß ich, weil kleine Jungs sich immer sehr beeilen, ihren Namen auf Dinge zu schreiben. Und weil ich auf der grünen Columbia-Papierhülle, ein kleines Stück unterhalb davon, wo ich meinen Namen in strengen Druckbuchstaben schrieb, die Initialen meines Bruders durchstrich, es mir aber nicht gelang, sie unlesbar zu machen. Schlechte Arbeit von mir, aber immer noch deutlich besser als das Werk meines Bruders. Das beweisen die Kratzspuren auf der B-Seite, wo er das Label mit den Fingernägeln abrubbeln wollte, man aber immer noch klar und deutlich die Besitzerinschrift ›Ada Clark‹ lesen kann. (Ich weiß nicht, wer Ada Clark war, aber ich weiß, dass sie bestohlen wurde.)

Als ich endlich dazu kam, das numerische System einzuführen, das muss so 1972 oder '73 gewesen sein, als meine Sammlung zu einem solchen Grad angewachsen war, dass sie strenge Kontrolle durch Katalogisierung brauchte (sprich: als ich vier oder fünf Singles hatte), machte ich Duane Eddy zur Nr. 1. Weil es die älteste Platte war – und die am gewagtesten beschaffte. (Bis zu diesem Tag ist es die einzige Platte, die ich mir durch einen Raubzug aneignete.) Wenn ich jetzt den Rest durchsehe, bleibt die numerische Reihenfolge ungebrochen. Es klafft keine Lücke, wo ›Let It Be‹ einst gewesen sein könnte. So fürchterlich es auch ist, dies zuzugeben, alle Indizien sprechen dafür, dass ›Rosetta‹ aus dem Jahr 1971 von Georgie Fame und Alan Price die erste Platte war, die ich gekauft habe.

Wenn ich genauer darüber nachdenke, tun mir all die Leid, deren erste Single tatsächlich ›She Loves You‹ war, ›Heartbreak Hotel‹ von Elvis oder ›I Wish It Would Rain‹ von den Temptations oder irgendein anderer einmaliger Pop-Evergreen; Leute, die zur rechten Zeit am rechten Ort waren, am Puls der Zeit. Weil wir alle langsam und voller Beifall nicken werden, wenn sie uns das erzählen, und dann sagen wir: »Oh, wirklich? Fan-tastisch!« Aber wer wird ihnen schon glauben?

Natürlich ist jetzt, wo die Single fast völlig von CD und Kassette ersetzt wurde, die bewegendere Frage: »Was war die letzte Single, die du gekauft hast?« Erinnerst du dich? Das letzte Stück Sieben-Inch-Vinyl. Meins war ›Don't Dream It's Over‹ von Crowded House. Was in Ordnung geht, denn ich würde sagen, dass es ihr bis dahin bester Song war, wegen dieser stolpernden kleinen Chorus-Zeile (»Hey now«), der Art, wie der Bass die letzte Strophe antreibt, dem verschleppten Rhythmus des Drummers und dem nuscheligen Gesang, die dem ganzen Song so einen verschlafenen Gesamteindruck verleihen. Und es würde auch nicht das Risiko gesellschaftlicher Entfremdung mitbringen, ›Don't Dream It's Over‹ als die allerletzte gekaufte 7-Inch zu nominieren, weil die meisten Leute Crowded House sowieso gemocht haben.

Aber wie lange dauert es wohl, bis ich den Rest auch noch erfinde? Wie lange, bis ich eine Story zusammenschustere, die sich noch besser anhört?

Na ja, überhaupt nicht lange. Ich erinnere mich nämlich jetzt, dass, als ich ›Don't Dream It's Over‹ kaufte, ich auch ›Building A Bridge To Your Heart‹ von Wax erstand. Ich war bei Tower Records in London, wollte gerade die U-Bahn zur Liverpool Street nehmen und dort in den Zug steigen. Es war ziemlich spät nachts, und ich war leicht betrunken – was kein Zustand ist, in dem man je Platten kaufen sollte, falls man nicht bereit ist, das Risiko einzugehen, dass man mit alten Carly-Simon-Alben im Wert von 70 Pfund den Laden verlässt. Oder eben mit einer Single von Wax.

Wax waren ein kurzlebiges Duo, gegründet von Andrew Gold (Man erinnere sich: das bewundernswerte ›Never Let Her Slip Away‹ und das bodenlose ›Thank You For Being A Friend‹) und Graham Gouldman, dem mit den plüschigen Haaren von 10cc. Ich hatte ›Building A Bridge To Your Heart‹ ein paar Mal im Radio gehört und hatte, ziemlich schuldbewusst, Gefallen am Refrain gefunden. Mit dem Alkohol und dem Realitätsverlust, der sich einstellt, wenn man sich spätnachts in einem Plattenladen befindet, wurde aus Gefallen der unzähmbare Zwang, Geld auszugeben. Und ich glaube, ›Building A Bridge To Your Heart‹ erfüllt schon seinen Zweck, auf eine Art, wie es wirklich seelenlose Musik so oft tut. Aber als

Nachwort zu meiner Lebensgeschichte als Käufer von Seven-Inch-Vinyl-Singles ... nun, ich denke nicht, dass es dazu die Größe hat. Da bleibe ich doch lieber bei Crowded House.

Also stellt sich heraus, dass meine erste Single eine Platte war, die ich niemals gekauft habe, und zu meiner letzten Single komme ich, indem ich ihren Mitbewerber einfach unter den Teppich kehre. Beängstigend. Aber viele meiner Begegnungen mit der Popmusik verliefen so. Die Möglichkeiten zur Selbsterfindung, die Pop bietet, scheinen endlos. Und von Anfang an habe ich mich auf sie gestürzt.

DEAN KOONTZ   *Der Handtaschenräuber*

Billy Neeks hatte in Bezug auf Besitzrechte eine sehr flexible Philosophie. Er glaubte an das proletarische Ideal der Güterteilung – solange diese Güter anderen Leuten gehörten. Was hingegen ihm selbst gehörte, würde er notfalls bis aufs Messer verteidigen. Das war eine einfache und sehr brauchbare Philosophie für einen Dieb – und Billy war nichts anderes.

Billy Neeks' Beschäftigung spiegelte sich in seinem Aussehen wider: Er machte einen schmierigen Eindruck. Das dichte schwarze Haar wurde mit Unmengen von parfümiertem Öl glatt zurückgekämmt. Die grobe Haut war ständig unrein und fettig, so als litte er unter Malaria. Er bewegte sich schnell und geschmeidig wie eine Katze, und seine Hände besaßen die verblüffende Anmut eines Zauberkünstlers, sodass man glauben konnte, alle Gelenke wären bei ihm besonders gut geölt. Seine Augen glichen zwei benachbarten texanischen Ölquellen, nass und schwarz und tief – und gänzlich unberührt von jedem menschlichen Gefühl, von Wärme ganz zu schweigen. Wenn man sich den Weg zur Hölle als abschüssige Rampe vorstellte, die immer gut geölt sein musste, um den Abstieg zu erleichtern, so hätte der Teufel bestimmt Billy Neeks dazu ausersehen, diese giftige schmierige Substanz bis in alle Ewigkeit auszuscheiden.

Wenn Billy in Aktion war, rammte er irgendeine ahnungslose Frau, beraubte sie ihrer Handtasche und war schon Meter entfernt, bevor sie überhaupt registrierte, dass sie bestohlen worden war. Taschen mit einem Bügel, Taschen mit zwei Bügeln, Schultertaschen, Unterarmtaschen – alle Arten von Taschen waren für Billy Neeks eine leichte Beute. Ob sein Opfer vorsichtig oder sorglos war, spielte keine Rolle. Er ließ sich durch nichts abschrecken.

An diesem Mittwoch im April spielte er den Betrunkenen und rempelte eine gut gekleidete ältere Frau auf der Broad Street an, vor dem Kaufhaus Bartram's. Während sie angewidert auszuweichen versuchte, glitt der Schulterriemen ihrer Tasche unmerklich an ihrem Arm hinab, und die Tasche verschwand in der Plastiktüte, die Billy immer bei sich trug. Torkelnd entfernte er sich von ihr und hatte schon sechs oder acht Schritte gemacht, als der Frau endlich auffiel, dass dieser Zusammenprall nicht so unabsichtlich gewesen war, wie es zunächst den Anschein gehabt hatte. Als das Opfer zum ersten Mal »Polizei!« rief, rannte Billy schon los, und bis die Frau »Hilfe, Polizei, Hilfe!« kreischte, war er schon fast außer Hörweite.

Er sprintete durch einige Seitenstraßen, umrundete geschickt die Mülltonnen, sprang über die gespreizten Beine eines schlafenden Penners hinweg, hetzte über einen Parkplatz und flüchtete in eine andere Gasse.

Mehrere Blocks vom Bartram's entfernt, konnte er es sich erlauben, langsam weiterzugehen. Er war nicht einmal allzu sehr außer Atem, und er grinste zufrieden.

An der Ecke zur 46th Street sah er eine junge Mutter, die ein Baby und eine Einkaufstüte schleppte und eine Handtasche am Arm trug. Sie sah so wehrlos aus, dass Billy der Versuchung einfach nicht widerstehen konnte. Er zückte sein Klappmesser und schnitt im Nu die dünnen Riemen ihrer teuren Handtasche aus blauem Leder durch. Dann rannte er wieder los, quer über die Straße, wo Autofahrer scharf bremsen mussten und wütend hupten. Erneut tauchte er in den Seitenstraßen unter, die ihm wohlvertraut waren.

Während seiner Flucht kicherte er vergnügt vor sich hin. Dieses Kichern war weder schrill noch einnehmend; vielmehr hörte es sich so an, als würde Salbe aus einer Tube gedrückt.

Wenn er auf irgendwelchen Abfällen – Orangenschalen, welken Kohlblättern oder durchweichtem und schimmeligem Brot – ausrutschte, fiel er nie hin; er musste nicht einmal seine Geschwindigkeit verringern. Ganz im Gegenteil – diese Schlitterpartien schienen ihm geradezu Flügel zu verleihen.

Am Prospect Boulevard verlangsamte er das Tempo und schlenderte gemächlich dahin. Das Klappmesser war längst wieder in seiner Hosentasche verschwunden, und die beiden gestohlenen Handtaschen ruhten in der Plastiktüte. Er setzte eine Unschuldsmiene auf – jedenfalls bemühte er sich nach Kräften darum, obwohl dieser Versuch kläglich misslang –, erreichte unbehelligt sein Auto, das an einer Parkuhr am Prospect Boulevard korrekt abgestellt war, und verstaute die gestohlenen Handtaschen im Kofferraum. Sein Pontiac war seit mindestens zwei Jahren nicht mehr gewaschen worden und hinterließ überall Ölflecken – so wie ein Wolf in der Wildnis sein Territorium mit Urin markiert. Fröhlich pfeifend, fuhr er in einen anderen Stadtteil, zu neuen Jagdrevieren.

Es gab verschiedene Gründe für seinen Erfolg als Handtaschenräuber, aber am allerwichtigsten war vielleicht seine Beweglichkeit. Die meisten Straßenräuber waren Kids, die auf die Schnelle zu ein paar Dollar kommen wollten, und diese jugendlichen Ganoven waren nicht motorisiert. Billy Neeks war fünfundzwanzig, alles andere als ein Kid, und er besaß ein zuverlässiges Fahrzeug. Sobald er in irgendeiner Gegend zwei oder drei Frauen beraubt hatte, setzte er sich ins Auto und nahm seine Arbeit in einem weit entfernten Viertel wieder auf, wo niemand nach ihm suchte.

Die jugendlichen Handtaschenräuber handelten oft aus einem plötzlichen Impuls heraus, oder aber sie begingen Verzweiflungstaten. Billy hingegen sah sich als Geschäftsmann, und er plante sein Gewerbe genauso sorgfältig wie jeder andere Geschäftsmann, wägte Risiken und Chancen jedes Einsatzes ab und schritt nur nach genauen, zuverlässigen Analysen zur Tat.

Andere Straßenräuber – Amateure ebenso wie dumme Profis – begingen oft den gravierenden Fehler, in der nächsten Seitenstraße oder in einem Torweg stehen zu bleiben und die gestohlenen Taschen nach Wertsachen zu durchstöbern, wobei sie riskierten, verhaftet oder auch nur von zufälligen Zeugen beobachtet zu werden. So töricht war Billy nicht – er brachte die gestohlenen Handtaschen im Kofferraum unter und inspizierte sie später in aller Ruhe bei sich zu Hause.

Billy Neeks war stolz auf seine methodische und vorsichtige Vorgehensweise.

An diesem bewölkten und feuchten Mittwoch Ende April fuhr er kreuz und quer durch die Stadt und konnte in drei weit voneinander entfernten Vierteln noch sechs weitere Taschen erbeuten, abgesehen von den beiden, die er der älteren Frau vor Bartram's Kaufhaus und der jungen Mutter in der 46th Street geraubt hatte. Die letzte der insgesamt acht Taschen nahm er wieder einer alten Frau ab, die auf den ersten Blick wie ein besonders leicht zu beraubendes Opfer wirkte, sich aber als unglaublich zäh entpuppte und Billy zuletzt regelrecht unheimlich wurde.

Als er sie erspähte, kam sie gerade aus einer Metzgerei in der Westend Avenue, ein Fleischpaket an die Brust gedrückt. Sie war *alt*. Ihr schütteres weißes Haar bewegte sich in der Frühlingsbrise, und Billy hatte das seltsame Gefühl, als könnte er hören, wie diese trockenen Dauerwellen raschelten. Das runzelige Gesicht, die gebeugten Schultern, die welken bleichen Hände und der schlürfende Gang – alles vermittelte den Eindruck, als sei sie nicht nur sehr alt, sondern auch hinfällig und wehrlos, und das übte auf Billy eine unwiderstehliche Anziehungskraft aus, so als wäre er ein Eisenspan und sie ein Magnet. Ihre Handtasche war sehr groß, fast schon eine Mappe, und schien schwer zu sein, denn sie schob die Riemen – durch das Fleischpaket behindert – mühsam über die Schulter und verzog dabei vor Schmerz das Gesicht, so als machte Arthritis ihr sehr zu schaffen.

Obwohl es Frühling war, war sie schwarz gekleidet: schwarze Schuhe, schwarze Strümpfe, schwarzer Rock, dunkelblaue Bluse und darüber auch noch eine schwere schwarze Wollweste, die an diesem milden Tag völlig überflüssig war.

Billy vergewisserte sich rasch, dass die Straße in beiden Richtungen leer war, und ging zum Angriff über. Er wandte wieder einmal seinen Betrunkentrick an, torkelte auf die Alte zu und rempelte sie an. Doch als er die Riemen an ihrem Arm hinabzog, ließ sie plötzlich ihr Fleischpaket fallen und hielt die Tasche mit beiden Händen fest. Einen Moment lang waren sie in einen unerwartet heftigen Kampf verwickelt. Für eine Frau ihres Alters war sie erstaunlich kräftig. Billy riss und zerrte an der Tasche, versuchte sie ihr mit allen Mitteln zu entwinden und die Alte aus dem Gleichgewicht zu bringen, aber sie erwies sich als ebenso standfest wie ein tief verwurzelter Baum, der jedem Sturmwind trotzt.

»Lass los, du altes Luder«, zischte Billy wütend, »sonst schlag ich dir in die Fresse!«

Und dann geschah etwas Merkwürdiges!

Sie verwandelte sich vor Billys Augen. Mit einem Mal sah sie nicht mehr gebrechlich, sondern stählern aus, nicht mehr schwach, sondern unheimlich energiegeladen. Ihre knochigen, arthritischen Hände glichen plötzlich den gefährlichen Klauen eines mächtigen Raubvogels. Das Gesicht – blass, aber gelblich verfärbt, fast fleischlos, nur aus scharfen Linien und Falten bestehend – war immer noch alt, aber es kam Billy nicht mehr *menschlich* vor. Und ihre Augen! O Gott, ihre Augen! Das waren nicht mehr die wässerigen, kurzsichtigen Augen einer hilflosen Greisin, sondern Augen von überwältigender Kraft, die Feuer und Eis sprühten, sein Blut in Wallung versetzten und gleichzeitig sein Herz gefrieren ließen – Augen, die ihn durchbohrten und durch ihn hindurchsahen. Es waren die Augen eines mörderischen Raubtiers, das ihn bei lebendigem Leibe verschlingen wollte und konnte.

Billy schnappte vor Angst nach Luft, ließ die Tasche fast los und war nahe daran wegzurennen. Doch schon in der nächsten Sekunde sah sie wieder wie eine wehrlose alte Frau aus, und sie kapitulierte plötzlich. Die geschwollenen Knöchel der verkrümmten Hände gaben nach, die Finger erschlafften. Mit einem leisen verzweifelten Aufschrei ließ sie sich die Tasche entreißen.

Billy knurrte bedrohlich, nicht nur, um die Alte einzuschüchtern, sondern auch, um seine eigene unerklärliche Angst zu vertreiben, stieß sie rückwärts gegen einen Papierkorb und rannte mit der großen Tasche unter dem Arm davon. Nach einigen Schritten drehte er sich um und rechnete fast damit, dass sie die Gestalt eines großen dunklen Raubvogels angenommen hatte und auf ihn zugeflogen kam, mit Funken sprühenden Augen, gefletschten Zähnen und gespreizten messerscharfen Klauen, die ihn in Stücke reißen würden. Doch sie hielt sich am Papierkorb fest und sah so hilflos und gebrechlich aus wie zuvor.

Das einzig Merkwürdige: Sie blickte ihm lächelnd nach. Gar kein Zweifel, ein breites Lächeln entblößte ihre gelben Zähne. Ein fast irres Grinsen.

Senile alte Närrin, dachte Billy. *Sie muss schon sehr senil sein, wenn sie es komisch findet, dass ihre Tasche geraubt wurde.*

Er konnte überhaupt nicht mehr verstehen, warum er sich vor ihr gefürchtet hatte.

Wieder rannte er durch Gassen, überquerte einen sonnigen Parkplatz, verschwand in einer schattigen Durchfahrt zwischen zwei Mietshäusern und gelangte auf eine Straße, die weit vom Schauplatz seines letzten Diebstahls entfernt war. Darin kehrte er gemächlich zu seinem geparkten Auto zurück und legte die schwarze Handtasche der Alten zu den anderen in den Kofferraum. Ein schwerer Arbeitstag lag hinter ihm, und während er nach Hause fuhr, freute er sich darauf, seine Einnahmen zu zählen, ein paar eisgekühlte Dosen Bier zu trinken und gemütlich vor dem Fernseher zu sitzen.

Als er an einer roten Ampel anhalten musste, glaubte er flüchtig, aus dem Kofferraum irgendwelche Geräusche zu hören, so als bewegte sich dort etwas. Ein dumpfes Dröhnen. Ein kurzes Schaben. Doch als er den Kopf zur Seite legte und angestrengt lauschte, hörte er nichts mehr und vermutete deshalb, dass der Stapel gestohlener Handtaschen nur etwas verrutscht war.

Billy Neeks lebte in einem baufälligen Vier-Zimmer-Bungalow zwischen einem Bauplatz und einer Spedition, zwei Blocks vom Fluss entfernt. Das Haus hatte seiner Mutter gehört, und solange sie es bewohnt hatte, war es sauber und in gutem Zustand gewesen. Vor zwei Jahren hatte Billy sie überredet, es ›aus steuerlichen Gründen‹ ihm zu überschreiben. Dann hatte er sie in ein Pflegeheim gesteckt, wo sie auf Staatskosten versorgt wurde. Wahrscheinlich war sie immer noch dort; genau wusste er es nicht, weil er sie nie besuchte.

An diesem Aprilabend ordnete Billy die acht Handtaschen zu zwei Reihen auf dem Küchentisch an und betrachtete sie eine Weile in seliger Vorfreude auf die zu erwartenden Schätze. Er öffnete eine Dose Budweiser und riss eine Packung Doritos auf, zog dann einen Stuhl heran, setzte sich und seufzte zufrieden.

Schließlich öffnete er die Tasche, die er der Frau vor Bartram's abgenommen hatte, und nahm seinen ›Verdienst‹ in Augenschein. Sie hatte wohlhabend ausgesehen, und der Inhalt ihres Portemonnaies enttäuschte Billy nicht: 409 Dollar in Scheinen, weitere drei Dollar und zehn Cent in Münzen. Außerdem mehrere Kreditkarten, die er mit Hilfe des Pfandleihers und Hehlers Jake Barcelli zu Geld machen konnte, der ihm auch für die anderen Wertgegenstände ein paar Dollar geben würde. In der ersten Handtasche fand er beispielsweise einen vergoldeten Tiffany-Füller, eine vergoldete Tiffany-Puderdose mit passendem Lippenstiftetui sowie einen schönen, wenngleich nicht besonders wertvollen Opalring.

Die Handtasche der jungen Mutter enthielt nur elf Dollar und zweiundvierzig Cent. Keinerlei Wertsachen. Billy hatte nichts anderes erwartet, und diese magere Ausbeute beeinträchtigte in keiner Weise seine freudige Erregung beim Durchwühlen der Tasche. Gewiss, er betrieb Diebstahl als Gewerbe, und er hielt sich für einen guten Geschäftsmann, aber es bereitete ihm auch großes Vergnügen, die Besitztümer seiner Opfer zu betrachten und zu *berühren*. Die Inbesitznahme der persönlichen Kleinigkeiten einer Frau war sozusagen eine Vergewaltigung ihrer selbst, und als seine flinken Hände jetzt die Tasche der jungen Mutter durchwühlten, hatte er fast das Gefühl, ihren Körper zu erforschen. Manchmal warf Billy billige Gegenstände, für die der Hehler ihm ohnehin nichts bezahlen würde – Puder, Lippenstifte oder Brillen – auf den Boden und zertrampelte sie. Und wenn sie unter seinen Absätzen knirschten, war es fast so, als würde er die Frau zermalmen, der diese Sachen gehörten. Er liebte seine Arbeit, weil er auf diese Weise leicht zu Geld kam, aber eine genauso starke Motivation war das enorme Machtgefühl, das er dabei empfand; der Job erregte und befriedigte ihn, das war das Schöne daran.

Als er langsam sieben der acht Taschen durchsucht und ihren Inhalt voll ausgekostet hatte, war es 19.15 Uhr, und Billy war in euphorischer Stimmung. Sein Atem ging schnell, und hin und wieder überliefen ihn ekstatische Schauer. Sein Haar wirkte jetzt noch fettiger als sonst, denn es war feucht von Schweiß und hing strähnig herab. Schweißperlen schimmerten auch auf seinem Gesicht. Er hatte nicht einmal bemerkt, dass er die offene Packung Doritos vom Küchentisch gestoßen hatte, und in der zweiten Dose Budweiser, die er zwar geöffnet, dann aber ganz vergessen hatte, wurde das Bier warm. Billys Welt war auf die Ausmaße einer Damenhandtasche zusammengeschrumpft.

Er hatte sich die Tasche der verrückten Alten bis zuletzt aufgehoben, weil er glaubte, dass in ihr der größte Schatz dieses Tages verborgen war.

Es war eine große Tasche aus weichem schwarzem Leder, fast schon eine Mappe, mit langen Riemen und einem einzigen Fach, dessen Reißverschluss geschlossen war. Billy zog sie zu sich heran und schob den Moment, da er sie endlich öffnen würde, absichtlich noch etwas heraus, um die Spannung zu erhöhen.

Er dachte an den heftigen Widerstand der Alten, die ihre Tasche so fest umklammert hielt, dass er schon gedacht hatte, er würde sein Klappmesser zücken und zustechen müssen. Er hatte das schon bei mehreren Frauen getan, und er wusste, dass es ihm Spaß machte, sie zu verletzen.

Genau darin bestand das Problem. Billy war intelligent genug, um zu erkennen, dass seine Vorliebe für Messerspiele ihm gefährlich werden konnte, dass er es sich nicht erlauben durfte, aus reiner Lust Menschen zu verletzen. Gewaltanwendung musste sich auf absolute Notfälle beschränken, denn wenn er sein Messer zu oft benutzte, würde er nicht mehr damit aufhören können – und dann wäre er verloren. Die Polizei verschwendete keine große Energie auf die Suche nach Handtaschenräubern, aber ein Messerstecher würde gnadenlos gejagt werden.

Deshalb hatte er sein Messer seit mehreren Monaten nicht verwendet. Diese bewundernswerte Selbstbeherrschung hätte ihm seiner Ansicht nach eigentlich jedes Recht zu einer kleinen Freude gegeben, und es hätte ihm einen enormen Genuss bereitet, sein Messer in das welke Fleisch der Alten zu rammen. Er fragte sich jetzt, warum er das nicht getan hatte, sobald sie ihm Schwierigkeiten bereitet hatte.

Dass sie ihm kurzfristig Angst eingejagt hatte, dass sie vorübergehend nicht wie ein Mensch, sondern wie ein Raubvogel mit gefährlichen Klauen anstelle der knochigen Hände ausgesehen hatte, dass ihre Augen Blitze geschleudert hatten – das alles hatte er total verdrängt. Demütigende Erinnerungen wären für einen Macho – und er hielt sich selbst für einen Macho – unerträglich gewesen.

Immer mehr davon überzeugt, dass er in der Tasche einen erstaunlichen Schatz finden würde, strich er mit beiden Händen über das Leder und drückte leicht darauf. Die Tasche war so voll gestopft, dass sie aus den Nähten zu platzen drohte, und Billy bildete sich ein, Bündel von Banknoten zu ertasten – bestimmt lauter Hundert-Dollar-Scheine ...

Sein Herz klopfte zum Zerspringen.

Er öffnete den Reißverschluss, warf einen Blick in die Tasche und runzelte die Stirn.

Das Innere der Tasche war – dunkel.

Billy beugte sich dichter darüber.

Sehr dunkel.

Unglaublich dunkel.

So angestrengt er auch in die Tasche starrte – er konnte nichts erkennen: keinen Geldbeutel, keine Puderdose, keinen Kamm, keine Kleenextücher, ja nicht einmal die Umrisse der Tasche, nur eine tiefe Dunkelheit, so als würde er in einen Brunnen spähen. *Tief* war das richtige Wort, denn er hatte das Gefühl, in geheimnisvolle, unergründliche Tiefen zu blicken, so als wäre der Taschenboden nicht Zentimeter entfernt, sondern viele Meter – nein, unzählige Kilometer! Und ihm fiel plötzlich auf, dass das Licht der Deckenlampe direkt in die offene Tasche fiel, aber dennoch nichts erhellte. Die Tasche schien jeden Lichtstrahl zu verschlucken.

Kalter Schweiß drang ihm plötzlich aus allen Poren, und er bekam eine Gänsehaut. Er wusste, dass er den Reißverschluss rasch schließen, die Tasche vorsichtig aus dem Haus tragen und mehrere Blocks entfernt in einen fremden Müllcontainer werfen sollte. Doch er sah, dass seine rechte Hand sich stattdessen auf die gähnende Öffnung zubewegte, und als er versuchte, sie zurückzureißen, schaffte er es nicht, so als gehörte die Hand nicht mehr ihm, so als hätte er jede Kontrolle über sie verloren. Seine Finger verschwanden in der Dunkelheit, und der Rest seiner Hand folgte. Er schüttelte den Kopf – nein, nein! –, war aber immer noch außerstande, sich selbst Einhalt zu gebieten. Etwas zwang ihn dazu, immer tiefer in die

Tasche zu greifen. Bis zum Handgelenk steckte seine Hand schon darin, aber er konnte nichts ertasten, spürte nur eine so schreckliche Kälte, dass seine Zähne klapperten, und trotzdem schob er nun auch seinen Arm bis zum Ellbogen hinein. Eigentlich hätte er den Taschenboden schon längst erreichen müssen, aber da war nur eine unermessliche Leere, und nun verschwand auch sein Oberarm fast bis zur Schulter in der Tasche, und er tastete mit gespreizten Fingern umher, suchte in dieser unmöglichen Leere nach etwas, nach irgendetwas.

Er fand nichts.

Er *wurde* gefunden.

Tief unten in der Tasche streifte etwas an seiner Hand entlang.

Billy zuckte erschrocken zusammen.

Etwas biss ihn.

Er stieß einen Schrei aus und brachte endlich genügend Willenskraft auf, um sich der unwiderstehlichen Anziehungskraft des dunklen Tascheninnern zu entziehen. Er riss seine Hand heraus und sprang so heftig auf, dass sein Stuhl umkippte. Bestürzt starrte er die blutigen Male im fleischigen Teil seiner Handfläche an. Zahnspuren. Fünf kleine runde Löcher, aus denen Blut sickerte.

Zunächst war er vor Schreck wie gelähmt, doch dann streckte er wimmernd die Hand aus, um den Reißverschluss zu schließen. Doch als seine blutigen Finger gerade die Schlaufe berührten, kletterte die Kreatur aus den lichtlosen Tiefen der Tasche hervor, und Billy zog seine Hand entsetzt zurück.

Es war ein kleines Wesen, höchstens dreißig Zentimeter groß, sodass es ihm keine Mühe bereitete, aus der offenen Tasche zu kriechen. Es war knorrig und schwärzlich, besaß zwei Arme und zwei Beine wie ein Mensch, aber ansonsten hatte es keine Ähnlichkeit mit einem Menschen. Sein Gewebe schien aus Klumpen von stinkendem Klärschlamm – wenn nicht aus Schlimmerem – geformt zu sein, mit Muskeln und Sehnen aus Menschenhaar, halb verwesten menschlichen Eingeweiden und ausgetrockneten menschlichen Venen. Die Füße waren im Verhältnis zur Körpergröße doppelt so lang wie die eines Menschen und endeten in rasiermesserscharfen schwarzen Klauen, die Billy Neeks genauso viel Angst einjagten wie sein Klappmesser den von ihm überfallenen Frauen. Von den Fersen wiesen spitze gebogene Sporne nach oben. Die Arme waren im Verhältnis so lang wie die eines Affen, mit sechs oder sogar sieben Fingern – Billy konnte nicht genau erkennen, wie viele es waren, weil das Wesen seine Hände unablässig bewegte, während es aus der Tasche kroch und sich auf dem Tisch aufrichtete, aber er sah, dass jeder Finger mit einer elfenbeinfarbenen Kralle versehen war.

Als die Kreatur sich auf die Füße stellte und einen bedrohlichen Laut – eine Art Fauchen oder Zischen – ausstieß, taumelte Billy rückwärts, bis er gegen den Kühlschrank stieß. Über der Spüle war ein Fenster, aber es war verschlossen, und die schmutzstarrenden Vorhänge waren zugezogen. Die Tür zum Esszimmer befand sich auf der anderen Seite des Küchentisches, und auch wenn er die Tür zur hinteren Veranda erreichen wollte, musste er dicht am Tisch vorbei. Er saß in der Falle.

Der Kopf der scheußlichen Kreatur war asymmetrisch und blatterig, so als wäre er von einem Bildhauer mit sehr vagen Vorstellungen von menschlichen Formen grob modelliert worden – aus Schlamm und verwestem Fleisch, genauso wie der Körper. Ein Augenpaar befand sich dort, wo beim Menschen die Stirn gewesen wäre, und darunter blinkte ein zweites Augenpaar. Zwei weitere Augen starrten seitlich, wo eigentlich die Ohren hätten sein müssen, aus dem Schädel. Alle sechs Augen waren völlig weiß, ohne Iris und Pupille, was den Eindruck erweckte, als wäre das Geschöpf an Star erblindet.

Aber es konnte sehen. Daran gab es gar keinen Zweifel, denn es blickte Billy an.

Am ganzen Leibe zitternd und erstickte Schreckenslaute ausstoßend, streckte Billy seine gebissene rechte Hand seitlich aus und öffnete eine Schublade des Küchenschranks neben dem Kühlschrank. Ohne den Blick von der Kreatur zu wenden, die aus der Handtasche geklettert war, tastete er nach den Messern, fand sie und umklammerte das große Fleischmesser.

Auf dem Tisch öffnete der sechsäugige Dämon sein ausgefranstes Maul, entblößte spitze gelbe Zähne und zischte wieder.

»O G-G-Gott!«, stammelte Billy, und das hörte sich so an, als würde er ein Fremdwort aussprechen, dessen Bedeutung ihm nicht ganz klar war.

Der Dämon verzog sein unförmiges Maul zu einer Art Grinsen, kickte die offene Bierdose vom Tisch und gab einen grässlichen Laut von sich, eine Mischung aus Knurren und Kichern.

Billy stürzte plötzlich vorwärts und schwang sein großes Fleischmesser wie ein mächtiges Samuraischwert. Er wollte dem widerwärtigen Geschöpf den Kopf abschlagen oder es halbieren. Die Klinge drang nicht einmal zwei Zentimeter in den dunkel schimmernden Leib oberhalb der knorrigen Hüften ein und blieb dann stecken, während Billy das Gefühl hatte, eine Brechstange gegen einen dicken Eisenpfosten geschmettert zu haben, so schmerzhaft machte sich der Rückschlag seines wirkungslosen Angriffs in seiner eigenen Hand und in seinem Arm bis zur Schulter hinauf bemerkbar.

Im selben Augenblick machte die Kreatur eine blitzschnelle Handbewegung und riss mit ihren scharfen Krallen zwei von Billys Fingern bis zu den Knochen auf.

Billy stieß vor Schmerz und Schreck einen lauten Schrei aus, ließ seine Waffe los, stolperte wieder rückwärts zum Kühlschrank und umklammerte seine verletzte Hand.

Die Kreatur stand trotz des Messers, das in ihrer Seite steckte, völlig ungerührt auf dem Tisch. Sie blutete nicht, und sie schien auch keine Schmerzen zu haben. Mit ihren kleinen schwarzen Händen packte sie den Griff und zog die Waffe aus ihrem Fleisch heraus. Alle sechs funkelnden milchig-weißen Augen unverwandt auf Billy gerichtet, hob sie das Messer, das fast so groß war wie sie selbst, in die Höhe, zerbrach es in zwei Teile und warf die Klinge in eine Richtung, den Griff in eine andere.

Billy rannte los.

Um auf die andere Seite des Tisches zu gelangen, musste er dicht an dem Dämon vorbeirennen, aber er fackelte nicht lange, denn die einzige Alternative bestand darin, vor dem Kühlschrank stehen zu bleiben und sich in Stücke reißen zu lassen. Als er aus der Küche ins Esszimmer stürzte, hörte er hinter sich ein dumpfes Geräusch: Der Dämon war vom Tisch gesprungen. Was aber noch viel schlimmer war – er hörte das Klick-Tick-Klack der hornigen Klauen auf dem Linoleum, während das Wesen die Verfolgung aufnahm.

Als Handtaschenräuber musste Billy gut in Form sein und fast so schnell wie ein Hirsch springen können. Seine Kondition war jetzt sein einziger Vorteil.

War es möglich, dem Teufel zu entfliehen?

Er rannte aus dem Esszimmer ins Wohnzimmer, sprang über einen Fußschemel und eilte zur Haustür. Sein Bungalow stand zwischen einem ungenutzten Baugelände und einer Spedition, die abends geschlossen war, aber auf der anderen Straßenseite gab es doch einige Häuser, und an der Ecke war ein 7-Eleven-Supermarkt, in dem normalerweise reger Betrieb herrschte. Billy glaubte, dass er in Gegenwart anderer Leute in Sicherheit sein würde, weil der Dämon bestimmt nicht von jedermann gesehen werden wollte.

Er rechnete halb damit, dass die Kreatur ihn anspringen und ihre Zähne in seinen Hals bohren würde, während er die Haustür aufriss. Das geschah nicht. Trotzdem blieb er auf der Schwelle wie angewurzelt stehen, als er sah, was vor ihm lag: nichts. Draußen gab es nichts, keinen Rasen, keinen Gehweg, keine Bäume, keine Straße. Keine Häuser auf der anderen Straßenseite, keinen Supermarkt an der Ecke. Nichts. Gar nichts. Nirgendwo ein Licht. Der Abend war außerhalb seines Hauses unnatürlich dunkel, absolut lichtlos wie der Boden eines Minenschachts – oder wie das Innere der Handtasche, aus der die Kreatur herausgeklettert war. Und trotz des milden Aprilabends war die samtschwarze Finsternis eiskalt, genauso eiskalt wie das Innere der großen schwarzen Ledertasche.

Billy stand schwitzend und atemlos auf der Schwelle. Er zitterte wie Espenlaub, und sein Herz hämmerte wild in der Brust. Ihm kam plötzlich die absurde Idee, dass sein ganzer Bungalow sich jetzt in der Tasche der verrückten Alten befand. Aber das ergab natürlich keinen Sinn. Die bodenlose Tasche lag auf dem Küchentisch. Wenn die Tasche im Haus war, konnte das Haus nicht gleichzeitig in der Tasche sein. So etwas war unmöglich. Oder doch nicht?

Er war völlig durcheinander. Ihm war schwindelig und übel.

Er hatte immer alles Wissenswerte gewusst. Jedenfalls hatte er sich das eingebildet. Jetzt wurde er eines Besseren belehrt.

Er traute sich nicht, aus dem Bungalow in die undurchdringliche Finsternis hinauszutreten. Er glaubte nicht, dass es dort draußen in der kohlrabenschwarzen Nacht irgendeinen Zufluchtsort gab, und er wusste instinktiv, dass es kein Zurück geben würde, sobald er auch nur einen Schritt in die eisige Dunkelheit hinaus machte. Ein einziger Schritt, und er würde in jene schreckliche Leere stürzen, die er in der Tasche gespürt hatte: immer tiefer hinab, bis in alle Ewigkeit.

Ein Zischen.

Die Kreatur musste dicht hinter ihm stehen.

Wimmernd wandte Billy sich von der grauenvollen Leere jenseits seines Hauses ab, warf einen Blick ins Wohnzimmer, wo der Dämon auf ihn wartete, und schrie entsetzt auf, als er sah, dass die Ausgeburt der Hölle größer geworden war. Viel größer. Nicht mehr dreißig Zentimeter, sondern fast einen Meter groß. Mit breiteren Schultern, muskulöseren Armen, dickeren Beinen, größeren Händen und längeren Krallen.

Das widerwärtige Geschöpf war nicht direkt hinter ihm, wie er befürchtet hatte. Es stand mitten in dem kleinen Wohnzimmer und beobachtete ihn grinsend, mit mörderischem Interesse, so als wollte es ihn verhöhnen, indem es die Konfrontation bewusst hinauszögerte.

Der Unterschied zwischen der warmen Luft im Haus und der eisigen Luft jenseits der Schwelle erzeugte einen Zug, der die Haustür krachend zufallen ließ.

Fauchend machte der Dämon einen Schritt vorwärts, und Billy konnte hören, wie sich das knorrige Skelett und das schlammige Fleisch aneinander rieben, so als wäre eine Maschine schlecht geölt.

Er wich zurück und versuchte, seitwärts an der Wand entlang den kurzen Gang am anderen Ende des Zimmers zu erreichen, der in sein Schlafzimmer führte.

Die abscheuliche Kreatur folgte ihm, und ihr Schatten war sogar noch grotesker und unheimlicher, als zu erwarten gewesen wäre. Nicht der missgestaltete Körper schien diesen Schatten zu werfen, sondern die noch viel monströsere Seele. Vielleicht war sich der Unhold bewusst, dass sein Schatten nicht stimmte, vielleicht wollte er nicht über die Ursache dieser verzerrten Silhouette nachdenken – jedenfalls warf er absichtlich die Stehlampe um, während er Billy verfolgte, und nun, da alles in Schatten gehüllt war, bewegte er sich behänder und zuversichtlicher, so als käme die Dunkelheit ihm sehr zupass.

Billy hatte die Schwelle zum Gang erreicht, machte einen Satz, rannte ins Schlafzimmer und schlug die Tür hinter sich zu. Er drehte den Schlüssel im

Schloss, gab sich aber nicht der Illusion hin, in Sicherheit zu sein. Die Kreatur würde dieses Hindernis mühelos überwinden. Er hoffte nur, dass ihm noch genügend Zeit blieb, um die Smith & Wesson .357er Magnum aus der Nachttischschublade zu holen, und das gelang ihm tatsächlich.

Die Pistole war kleiner als in seiner Erinnerung. Er sagte sich, dass sie ihm nur deshalb unzureichend vorkam, weil sein Gegner so Furcht erregend war. Wenn er abdrückte, würde die Waffe sich durchaus als groß genug erweisen. Doch sie kam ihm trotzdem sehr klein vor, fast wie ein Spielzeug.

Er umklammerte die Pistole mit beiden Händen und zielte auf die Tür, wusste aber nicht so recht, ob er durch das Holz hindurchschießen oder lieber abwarten sollte, bis der Unhold ins Zimmer stürzte.

Der Dämon nahm Billy die Entscheidung ab: Die verschlossene Tür explodierte förmlich, es regnete Holzsplitter und verbogene Metallscharniere, und schon stand er im Raum, noch größer als zuvor, über einen Meter achtzig, größer als Billy, ein gigantisches Ekel erregendes Wesen. Jetzt konnte man noch besser erkennen, dass es aus Klärschlamm, Schleimklumpen, verfilzten Haaren, Pilzen und verwesten Leichenteilen bestand. Nach faulen Eiern stinkend, seine sechs weißglühenden Augen auf Billy gerichtet, kam es immer näher und blieb nicht einmal den Bruchteil einer Sekunde stehen, als Billy sechs Schüsse abfeuerte.

Um Himmels willen, wer oder was war jene Alte gewesen? Ganz bestimmt keine normale Seniorin, die von der Sozialhilfe lebte, hin und wieder beim Metzger einkaufte und sich auf das Bingo am Samstagabend freute. Verdammt, nein! Und nicht einmal eine Verrückte würde eine derart unheimliche Tasche besitzen und ein solches Ungeheuer in ihren Diensten haben. War die Alte eine Hexe gewesen?

Natürlich, das war die einzige Erklärung. Eine Hexe!

In eine Ecke gedrängt, seine leere Pistole immer noch in der linken Hand, während die rechte von den Bissen und Kratzern brannte, das Monster dicht vor sich, begriff Billy zum ersten Mal in seinem Leben, was es bedeutete, ein wehrloses Opfer zu sein. Als das grausige Wesen, für das er keinen Namen wusste, seine groben Hände mit den säbelartigen Krallen nach ihm ausstreckte – eine Hand packte ihn bei der Schulter, die andere bei der Brust –, machte Billy in die Hose und wurde zu einem schwachen, hilflosen und zu Tode geängstigten Kind.

Er war überzeugt, dass der Dämon ihn in Stücke reißen, ihm das Rückgrat brechen und das Mark aus seinen Knochen saugen würde, aber stattdessen senkte die Kreatur nur ihren missgebildeten Kopf und presste ihre gummiartigen Lippen auf seinen Hals, direkt auf die Halsschlagader, fast so, als wollte sie ihn küssen. Doch dann spürte Billy, dass die kalte Zunge ihn vom Schlüsselbein bis zu den Kieferknochen ableckte, und das fühlte sich so an, als würde er von hundert Nadeln gestochen. Gleich darauf war er total gelähmt.

Die Kreatur hob ihren Kopf und betrachtete sein Gesicht. Ihr Atem stank noch schlimmer als ihr Fleisch, von dem ein penetranter Friedhofsgeruch ausging. Außerstande, die Augen zu schließen oder auch nur zu blinzeln, starrte Billy in den Rachen des Dämons und sah die weiße stachelige Zunge.

Das Monster trat einen Schritt zurück, und Billy sank schlaff zu Boden. Obwohl er sich verzweifelt bemühte, konnte er nicht einmal einen Finger rühren.

Der Unhold packte ihn bei den Haaren und zerrte ihn aus dem Schlafzimmer. Billy konnte keinen Widerstand leisten. Er konnte nicht einmal schreien. Seine Stimme war genauso gelähmt wie sein Körper.

Er sah nur, was an seinem starren Blick vorbeiglitt, denn er konnte weder den Kopf wenden noch die Augen bewegen. Außer den Wänden und der Decke, über die verzerrte Schatten huschten, konnte er Teile der Möbel erkennen, an denen er vorbeigeschleppt wurde. Die Kreatur hatte ihn immer noch an seinen öligen Haaren gepackt und drehte ihn nun auf den Bauch, ohne dass Billy Schmerz empfand, und danach konnte er nur noch den Boden vor seinem Gesicht und die schwarzen Füße des Dämons sehen, der schwerfällig in Richtung Küche tappte, wo die Jagd begonnen hatte.

Billys Sicht verschwamm, klärte sich flüchtig, verschwamm wieder, und er dachte zunächst, dass das eine Folge der Lähmung wäre. Dann begriff er aber, dass Tränen ihm den Blick raubten, dass Tränen ihm über die Wangen liefen, obwohl er sie nicht fühlen konnte. Er konnte sich nicht daran erinnern, jemals zuvor in seinem miserablen Leben geweint zu haben.

Aber er wusste, was mit ihm geschehen würde.

Er wusste es tief im Herzen, das vor Angst zu zerspringen drohte.

Das stinkende schlammige Geschöpf zerrte ihn grob durchs Esszimmer, sodass er gegen Tisch und Stühle prallte. In der Küche wurde er durch eine Bierpfütze und über verstreute Doritos gezogen. Dann nahm der Dämon die große schwarze Tasche vom Tisch und stellte sie auf den Boden, sodass Billy die gähnende Öffnung dicht vor Augen hatte.

Die Kreatur wurde nun wieder kleiner – jedenfalls die Beine, der Rumpf und Kopf. Der Arm, mit dem sie Billy festhielt, blieb jedoch riesig und stählern. Entsetzt, aber nicht allzu überrascht, beobachtete Billy, wie sie in die Tasche kroch und dabei immer mehr zusammenschrumpfte. Dann zog sie ihn hinter sich her.

Er hatte nicht gespürt, dass auch er kleiner geworden war, aber es musste wohl so sein, denn andernfalls hätte er ja nicht in die Tasche gepasst. Immer noch gelähmt und an den Haaren festgehalten, warf Billy unter seinem Arm hindurch einen Blick zurück und sah die Küchenlampe, sah seine eigenen Hüften am oberen Rand der Tasche, versuchte vergeblich, Widerstand zu leisten, sah seine Oberschenkel und Knie in der Tasche verschwinden. O Gott, die Tasche verschluckte ihn einfach, sie saugte ihn auf, und er konnte nichts dagegen tun! Jetzt waren nur noch seine Füße draußen, und er wollte sich mit den Zehen am Taschenrand festklammern, war aber außerstande, sie zu bewegen.

Billy Neeks hatte nie an die Existenz der Seele geglaubt, aber jetzt wusste er, dass er eine besaß – und dass sie nun von ihm gefordert wurde.

Seine Füße waren in der Tasche.

Sein ganzer Körper war in der Tasche.

Er war in der Tasche.

Während er an den Haaren in die Tiefe gezogen wurde, starrte Billy immer noch unter seinem Arm hindurch auf das ovale Licht über und hinter ihm. Es wurde immer kleiner, nicht etwa, weil der Reißverschluss zugezogen wurde, sondern weil das grausige

Geschöpf ihn immer weiter in die Tasche hinabzog, sodass die Öffnung zu entschwinden schien wie die Einfahrt eines Tunnels, wenn man einen Blick in den Rückspiegel warf, während man auf das andere Ende zufuhr.

Das andere Ende.

Der Gedanke, was ihn am anderen Ende erwarten würde, war Billy unerträglich.

Er wünschte sich sehnlichst, verrückt zu werden. Wahnsinn wäre ein willkommenes Entrinnen vor der Angst. Wahnsinn würde ihm süßes Vergessen bescheren. Aber das Schicksal hatte ihm offenbar auferlegt, alles bei vollem Bewusstsein und Verstand zu erleben.

Das Licht über ihm war nur noch so groß wie ein bleicher Mond hoch am Nachthimmel.

Ein Gedanke schoss Billy durch den Kopf: Das Ganze war wie eine Geburt – nur dass er diesmal aus dem Licht in die Finsternis geworfen wurde.

Der weißliche Mond über ihm schrumpfte auf die Größe eines fernen Sterns zusammen. Der Stern verblasste immer mehr …

In der totalen Schwärze hießen viele seltsame zischende Stimmen Billy Neeks willkommen.

In dieser Aprilnacht hallten Echos von grässlichen Schreien durch den Bungalow, aber sie kamen von so weit her, dass sie zwar in allen Räumen des kleinen Hauses zu hören waren, aber nicht durch die Wände auf die stille Straße drangen. Keiner der Nachbarn hörte etwas. Die Schreie hielten einige Stunden an, verklangen allmählich und wurden durch sabbernde, nagende und kauende Geräusche ersetzt, bis auch das Festmahl zu Ende war.

Dann trat Stille ein.

Diese Stille hielt bis zum nächsten Nachmittag an. Sie wurde durch das Öffnen einer Tür und durch Schritte beendet.

»Ah!«, rief die alte Frau glücklich, als sie die Küche betrat und ihre Tasche offen auf dem Boden stehen sah. Sie bückte sich langsam, von Arthritis geplagt, hob die Tasche auf und spähte eine Weile hinein.

Lächelnd zog sie den Reißverschluss zu.

NICHOLAS SPARKS *Heiligabend*

Genau vierzig Tage, nachdem sie das letzte Mal die Hand ihres Mannes gehalten hatte, saß Julie Barenson am Fenster und sah hinaus auf die stillen Straßen von Swansboro. Es war kalt. Seit einer Woche war der Himmel düster verhangen, und der Regen klopfte sacht gegen das Fenster. Die kahlen Bäume reckten ihre knorrigen Äste wie verkrümmte Finger in die frostige Luft.

Jim, das wusste Julie, hätte gewollt, dass sie an diesem Abend Musik hörte. Im Hintergrund sang Bing Crosby leise ›White Christmas‹. Jim zu Ehren hatte sie auch den Baum aufgestellt. Dabei hatte es, als sie sich endlich dazu durchrang, einen zu besorgen, vor dem Supermarkt nur noch verdorrte, kümmerliche Exemplare gratis zum Mitnehmen gegeben. Doch das spielte keine Rolle. Es fiel ihr schwer, überhaupt etwas zu fühlen, seit Jim an dem Tumor im Kopf gestorben war.

Nun war sie mit fünfundzwanzig Jahren schon Witwe, und sie hasste alles an dem Wort: wie es klang, was es bedeutete, wie ihr Mund sich anfühlte, wenn sie es aussprach. Also nahm sie es gar nicht erst in den Mund. Wenn sich andere nach ihrem Befinden erkundigten, zuckte sie nur die Achseln. Aber manchmal spürte sie den Drang zu antworten. *Du willst wissen, wie es war, meinen Mann zu ver-*

lieren?, hätte sie dann gern gefragt. *Ich werd's dir sagen.*

Jim ist tot, und jetzt, da er fort ist, fühle ich mich auch wie tot.

Ob die Leute das hören wollten?, fragte sich Julie. Oder lieber doch nur irgendwelche oberflächlichen Sätze? *Ich komme schon klar. Es ist schwer, aber das stehe ich schon durch. Danke der Nachfrage.* Sie hätte natürlich die Tapfere spielen können, aber das wollte sie nicht. Es war einfacher und ehrlicher, bloß die Achseln zu zucken und nichts zu sagen.

Schließlich hatte sie keineswegs das Gefühl, klarzukommen. Die meiste Zeit über fürchtete sie eher, den Tag nicht zu überstehen, ohne zusammenzubrechen. Abende wie diese waren am schlimmsten.

Im Widerschein der Christbaumkerzen legte Julie die Hand ans Fenster und spürte das kalte Glas an ihrer Haut.

Mabel hatte sie gefragt, ob sie zum Abendessen kommen wollte, aber Julie hatte abgelehnt. Mike, Henry und Emma hatte sie ebenfalls einen Korb gegeben. Sie alle hatten zumindest so getan, als hätten sie Verständnis dafür, obwohl sie es im Grunde wohl nicht gut fanden, dass Julie an diesem Abend allein war. Und vielleicht hatten sie Recht. Alles im Haus, alles, was sie sah und roch und berührte, erinnerte sie an Jim. Seine Sachen nahmen die Hälfte des Kleiderschranks ein, sein Rasierer lag immer noch neben der Seifenschale im Bad, und am Vortag war per Post die neueste Ausgabe von *Sports Illustrated* gekommen. Im Kühlschrank lagen noch zwei Flaschen Heineken, sein Lieblingsbier. Früher am Abend hatte Julie bei ihrem Anblick vor sich hin geflüstert: »Die wird Jim nie mehr trinken«, hatte die Kühlschranktür zugemacht, sich dagegen gelehnt und eine Stunde lang in der Küche geweint.

Julie nahm nur verschwommen wahr, was jenseits der Fensterscheibe geschah. Ganz in Gedanken versunken, kam ihr erst nach und nach zu Bewusstsein, dass ein Ast gegen die Hauswand schlug. Er pochte hartnäckig, und es dauerte eine Weile, bis sie merkte, dass das Geräusch, das sie hörte, gar nicht von diesem Ast herrührte.

Jemand klopfte an die Tür.

Benommen stand Julie auf. An der Tür blieb sie kurz stehen und fuhr sich mit den Händen durchs Haar, in der Hoffnung, dadurch einen halbwegs akzeptablen Anblick zu bieten. Falls es ihre Freunde waren, wollte sie nicht den Eindruck vermitteln, dass es besser wäre, ihr Gesellschaft zu leisten. Als sie jedoch die Tür öffnete, sah sie zu ihrer Verwunderung einen jungen Mann in einer gelben Regenjacke vor sich stehen. In den Händen hielt er einen großen Karton.

»Mrs Barenson?«, fragte er.

»Ja?«

Der Fremde machte einen zögerlichen Schritt auf Julie zu. »Ich soll das persönlich bei Ihnen abgeben. Mein Dad hat gesagt, es wäre wichtig.«

»Ihr Dad?«

»Er wollte sichergehen, dass Sie es heute Abend bekommen.«

»Kenne ich ihn?«

»Keine Ahnung. Aber er hat wirklich viel Wert darauf gelegt. Es ist ein Geschenk.«

»Von wem denn?«

»Mein Vater meinte, das würden Sie verstehen, sobald Sie es aufmachen. Aber nicht schütteln – und diese Seite hier ist oben.«

Bevor Julie etwas dagegen unternehmen konnte, drückte der junge Mann ihr den Karton in die Arme und wandte sich dann zum Gehen.

»Moment mal«, sagte sie. »Ich verstehe nicht ...«

Der junge Mann schaute sich noch mal um. »Frohe Weihnachten«, sagte er.

Julie sah von der offenen Tür aus zu, wie er in seinen Lieferwagen stieg. Kurz darauf stellte sie den Karton vor dem Weihnachtsbaum auf den Boden und kniete sich daneben. Ein kurzer Blick bestätigte, dass nirgendwo eine Karte steckte, und auch sonst deutete nichts auf den Absender hin. Julie löste das Band, hob den separat mit Papier umwickelten Deckel ab – und starrte sprachlos ihr Geschenk an.

Ein verfilztes, winziges Fellknäuel, kaum mehr als ein paar Pfund schwer, kauerte in einer Kartonecke – der hässlichste Welpe, der Julie je untergekommen war. Sein Kopf war groß und stand in deutlichem Missverhältnis zum übrigen Körper. Winselnd sah er zu ihr hoch, die Augen mit Schleimpfropfen verklebt.

Jemand hatte ihr einen Welpen gekauft. Einen hässlichen Welpen.

Innen an der Kartonwand war mit Klebeband ein Briefumschlag befestigt. Während sie danach griff, erkannte sie die Handschrift darauf und hielt inne. Nein, dachte sie, das kann nicht sein ...

Die Liebesbriefe, die er ihr an ihren Hochzeitstagen schrieb, trugen diese Handschrift, und auch die hastig gekritzelten Nachrichten neben dem Telefon, die Unterlagen, die sich auf seinem Schreibtisch türmten. Julie hielt den Umschlag vor sich und las immer wieder ihren Namen darauf. Dann zog sie mit zittrigen Händen den Brief heraus.

Liebe Jules,

Es war Jims Spitzname für sie, und Julie schloss die Augen. Ihr war, als schrumpfe ihr Körper plötzlich. Sie zwang sich, tief durchzuatmen, und fing noch einmal an zu lesen.

Liebe Jules,
wenn du diesen Brief liest, werde ich schon dahingegangen sein. Ich weiß nicht, wie lange ich dann schon fort bin, aber ich hoffe, du hast langsam begonnen, es zu verschmerzen. Wenn ich an deiner Stelle wäre, würde es mir schwer fallen, aber du weißt, dass ich dich immer schon für die Stärkere von uns beiden gehalten habe.
Ich habe dir, wie du siehst, einen Hund gekauft. Harold Kuphaldt war mit meinem Vater befreundet, und er züchtet Dänische Doggen, so lange ich denken kann. Als Junge habe ich mir immer eine gewünscht, aber da unser Haus so klein war, hat Mom es nicht erlaubt. Es sind große Tiere, zugegeben, aber Harold zufolge sind sie auch die liebsten Hunde der Welt. Ich hoffe, du hast viel Freude mit ihm (oder ihr).
Insgeheim habe ich wohl immer gewusst, dass ich es nicht schaffen werde. Darüber wollte ich aber nicht nachdenken, weil ich wusste, dass du niemanden hast, der dir hilft, solch eine Situation durchzustehen. Jedenfalls keine Eltern oder Geschwister. Der Gedanke, dass du dann ganz allein bist, hat mir das Herz gebrochen. Weil ich keine bessere Idee hatte, habe ich wenigstens dafür gesorgt, dass du diesen Hund bekommst.
Falls er dir nicht gefällt, musst du ihn natürlich nicht behalten. Harold meinte, er würde ihn ohne Probleme zurücknehmen. (Seine Telefonnummer müsste beiliegen.)
Ich hoffe, es geht dir ganz gut. Seit ich krank wurde, war ich in ständiger Sorge um dich. Ich liebe dich, Jules,

wirklich. Als du in mein Leben getreten bist, hast du mich zum glücklichsten Mann der Welt gemacht. Die Vorstellung, dass du nie wieder glücklich wirst, bricht mir schier das Herz. Tu es also für mich, werde wieder glücklich. Finde jemanden, der dich glücklich macht. Mag sein, dass du es für unmöglich hältst, und dass es tatsächlich schwer ist, aber ich möchte gern, dass du es versuchst. Die Welt ist so viel schöner, wenn du lächelst.

Und mach dir keine Sorgen. Wo ich auch sein mag, ich werde auf dich aufpassen. Ich werde dein Schutzengel sein, Sweetheart. Verlass dich darauf, ich beschütze dich.

Ich liebe dich,

Jim

Mit Tränen in den Augen spähte Julie über den Rand des Kartons und griff hinein. Der Welpe schmiegte sich an ihre Hand. Sie hob ihn heraus und hielt ihn sich dicht vors Gesicht. Er war winzig und zitterte, und sie konnte seine Rippen fühlen.

Wirklich ein hässliches Kerlchen, dachte Julie. Und ausgewachsen war er sicher so groß wie ein Kalb. Was um alles in der Welt sollte sie mit solch einem Hund?

Warum hatte Jim ihr nicht einen Zwergschnauzer mit grauem Backenbärtchen schenken können, oder einen Cockerspaniel mit traurigen Kulleraugen? Etwas Handlicheres? Etwas Süßes, das sich ab und zu auf ihrem Schoß zusammenrollte?

Der Welpe, ein Rüde, begann zu winseln, ein hoher Laut, der an- und abschwoll wie der Widerhall von fernen Lokpfeifen.

»Schscht ... dir passiert nichts«, flüsterte Julie. »Ich tu dir nichts ...«

Leise redete sie mit dem Welpen, damit er sich an sie gewöhnte, während sie immer noch kaum glauben konnte, dass dieses Geschenk von Jim kam. Der Welpe winselte weiter, fast, als wolle er die Musik aus der Anlage begleiten, und Julie kraulte ihn unterm Kinn.

»Singst du für mich?«, fragte sie, zum ersten Mal sanft lächelnd. »So hört es sich nämlich an, weißt du.«

Ganz kurz hörte der kleine Hund mit seinem Gewinsel auf und sah zu ihr hoch, genau in ihre Augen. Dann begann er erneut zu winseln, aber es klang schon viel weniger verängstigt.

»Singer«, flüsterte sie. »Ich glaube, ich werde dich Singer nennen.«

Quellenverzeichnis

Melissa Bank (geb. 1961), amerik. Schriftstellerin. »Wie Frauen fischen und jagen« aus *Wie Frauen fischen und jagen*. München 2000. Übers. Sylvia Morawetz. Mit freundlicher Genehmigung der Literary Agency Michael Meller, München.

Chitra Banerjee Divakaruni (geb. 1957), indisch-amerik. Schriftstellerin. »Kleider« aus *Der Duft der Mangoblüten*. München 1999. Übers. Angelika Naujokat. Mit freundlicher Genehmigung von Sandra Dijkstra Literary Agency, Del Mar und Agence Hoffman GmbH, München.

Amelie Fried (geb. 1958), dt. Schriftstellerin und Moderatorin. »Immer voll vorbei«; »Seien Sie doch einfach selbstbewusst!« aus *Verborgene Laster*. München 2002. Mit freundlicher Genehmigung der Presseagentur Lionel v. dem Knesenbeck, München.

Frank Goosen (geb. 1966), dt. Schriftsteller. »Nachtlicht«. Erstveröffentlichung. Copyright © 2002 by Frank Goosen. Mit freundlicher Genehmigung des Autors.

Jane Green, engl. Schriftstellerin. »Champagnerlaune« aus *Frösche küssen besser*. München 2002. Übers. Barbara Schnell. Mit freundlicher Genehmigung von David Higham Associates, London.

Mary Higgins Clark, amerik. Schriftstellerin. »Lady Spürnase, Lady Spürnase, scher dich zurück nach Hause!« aus

Lauf, so schnell du kannst. München 2000. Übers. Christine Strüh und Adelheid Zöfel.

Marian Keyes (geb. 1963), irisch. Schriftstellerin. »Gut, dass es jüngere Brüder gibt, die die Party retten können«; »Die glückliche Reisetasche« aus *Unter der Decke*. München 2003. Übers. Bärbel Radke. Mit freundlicher Genehmigung von Curtis Brown, London und Agence Hoffman GmbH, München.

Dean Koontz (geb. 1946), amerik. Schriftsteller. »Der Handtaschenräuber« aus *Highway ins Dunkel. Stories*. Copyright © 1987 by Nkui, Inc. Übers. Alexandra von Reinhardt.

Anne Perry (geb. 1938), engl. Schriftstellerin. »Onkel Charlies Briefe« aus *Die letzte Königin*. München 2002. Übers. Alexandra von Reinhardt. Mit freundlicher Genehmigung der Literarischen Agentur Thomas Schlück, Garbsen.

David Sedaris (geb. 1956), amerik. Schriftsteller. »Zyklop« aus *Nackt*. München 2000. Übers. Harry Rowohlt. Mit freundlicher Genehmigung der Andrew Nurnberg Associates. London.

Giles Smith (geb. 1962), amerik. Schriftsteller. »Die Beatles« aus *Lost in Music*. München 2002. Übers. Stefan Rohmig. Mit freundlicher Genehmigung der Marsh Agency, London.

Nicholas Sparks (geb. 1962), amerik. Schriftsteller. »Heiligabend« aus *Du bist nie allein*. München 2003. Übers. Ulrike Thiesmeyer. Mit freundlicher Genehmigung der Literary Agency Mohrbooks, Zürich.

Sue Townsend (geb. 1946), engl. Schriftstellerin. »Der November ist ein grausamer Monat« aus *Krieg der Schnecken*. München 2003. Übers. Marlies Ruß. Mit freundlicher Genehmigung der Marsh Agency, London.

Amelie Fried

Amelie Fried schreibt
»mit dieser Mischung aus Spannung,
Humor, Erotik und Gefühl
wunderbare Frauenromane.« **Für Sie**

01/13657

Am Anfang
war der Seitensprung
01/10996

Der Mann von nebenan
Auch im Ullstein Hörverlag
als MC oder CD lieferbar
01/13194

Geheime Leidenschaften
und andere Geständnisse
01/13361

Glücksspieler
Auch im Ullstein Hörverlag
als MC oder CD lieferbar
01/13657